꼬리
없는
소

예옥

꼬리 없는 소

1판 1쇄 인쇄 | 2018년 2월 22일
1판 1쇄 발행 | 2018년 2월 28일
지은이 | 이 정 유영갑 이지명 도명학 이성아
　　　　 김정애 정길연 설송아 방민호 박주희
펴낸이 | 서울대학교 통일평화연구원
편 집 | 권영임
디자인 | 김세준

펴낸곳 | 예옥
등 록 | 제2005-64호(2005.12.20)
주 소 | (03387) 서울시 은평구 연서로22길 16-5(대조동) 명진하이빌 501호
전 화 | (02)325-4805
팩 스 | (02)325-4806
이메일 | yeokpub@hanmail.net

ISBN 978-89-93241-59-4 03810

값 15,000원

2017년도 서울대학교 통일기반구축사업의 지원을 받아 수행된 결과물임.

이 도서의 국립중앙도서관 출판시도서목록(CIP)은 서지정보유통지원시스템 홈페이지
(http://seoji.nl.go.kr)와 국가자료공동목록시스템(http://www.nl.go.kr/kolisnet)에서
이용하실 수 있습니다. (CIP제어번호: CIP2018004215)

꼬리 없는 소

북한 인권을 말하는
남북한 작가의 **공동 소설집 세 번째 권**

이　정 · 이지명 · 유영갑 · 도명학 · 이성아
김정애 · 정길연 · 설송아 · 방민호 · 박주희

예옥

차례

붉은 댕기머리 새

이 정

이 정

충남 논산에서 태어났다. 경향신문 기자를 지냈다. 동 신문의 민족네트워크연구소 부
소장 재직 시부터 북한에 관심을 갖고 중국을 수백 차례, 북한을 열 차례 가까이 왕래
했다. 2010년 『계간문예』로 등단한 이래 북한과 북한 사람들에 대한 소설을 써 왔다.
현재, 통일문학포럼 상임이사, 『한국소설』 편집위원으로 활동하고 있다. 작품으로는
장편소설 『국경』이 있고, 다수의 중·단편이 있다. 아르코문학상(문화예술위원회)을
수상했다.

1

골목길에 쌓인 눈이 눈보라를 일으켜 백양나무를 할퀸다. "인민을 위해 복무하라"는 구호가 쓰인 플래카드의 한쪽 끝이 백양나무 가지에 걸려 거칠게 나풀거린다. 새 한 마리가 플래카드와 눈보라를 피해 나뭇가지 위에서 폴짝거린다. 처녀의 붉은 댕기 같은 뒤통수를 가진 새다. 눈보라는 나무 아래쪽을 거니는 행인들에게도 실랑이를 건다. 행인들은 어깨 사이에 목을 깊숙이 박고서 한사코 피하려 애쓴다. 허리를 수그려 가슴을 감싸기도 하고, 돌아서서 등을 내주기도 한다.

장 씨는 창문으로 그런 골목길 풍경을 바라본다. 담요를 뒤집어쓰고 방구석에 웅크리고 앉은 아내와 열 살 먹은 아들 명철이도 마찬가지다. 그들은 제각기 깊은 상념에 잠겼다. 미술관의 조각상들처럼 꿈쩍하지 않고서. 장 씨는 체념이란 이런 깊은 상념 끝에 오는 것이로구나, 깨닫고 있다. 딸꾹딸꾹 우는 벽시계 소리를 뚫고 조선족 박 씨의 말이 귓가에 윙윙 맴돈다. 어제 저녁 박 씨는 작심한 듯 그를 찾아왔다.

"명철이 엄마를 구부리기오. 내일 아침까지 답을 주오."

밤새 장 씨는 북방의 혹한보다 더한 냉기를 풍기는 그 말에서 헤어 나오지 못했다. 다른 사내들의 몸을 아내가 받아들인다? 그렇게라도 하지 않으면 살아날 가망이 없다는 생각과 그렇게라도 해서 연명해야 하는가, 하는 생각 사이에서 여태 헤매고 있는 것이다. 한 가족의 추락이 이처럼 끝 간 데 없을까? 아침에 붉은 댕기머리새를 보면 기쁜 일이 생긴다는 세상 사람들의 이야기가 문득 떠오른다. 뜬구름 잡는 생각이나 하는 자신이 어처구니없다. 장 씨는 고개를 내젓는다.

장 씨네 가족이 지금 머무는 곳은 말이 방이지 한데나 다름없다. 헛간을 개조해서 남에게 세를 주던 방이라고 부르기엔 허름하기 짝이 없는 박 씨네 문간방이다. 세 살던 이가 형편이 피어 떠나자 한동안 버려졌던가 보았다. 장 씨네 세 식구가 갈 곳이 없어 안절부절못할 때 박 씨는 큰 아량이라도 베풀 듯 이 방을 내주었다. 벽에는 오줌 줄기 모양으로 생긴 두툼한 고드름들이 매달려 그들을 노리는 뱀처럼 혀를 날름거린다. 금이 간 귀퉁이로는 밖의 전신주가 빠끔히 내다보인다. 그 틈으로 전선이 윙윙 우는 소리가 그들에게 가해지는 채찍 소리가 되어 파고든다. 문짝조차 헐거워 제 맘대로 벌렁벌렁 여닫힌다. 쥐새끼도, 바람도, 냉기도 제 집처럼 드나들고 있다. 장 씨네는 그제 이 방에 몸을 부리는 순간부터 자신들에게는 이 불청객들의 만행을 저지할 힘이 없다는 것을 알았다. 장 씨네가 가져온 물건들도 맥없이 방바닥에 나동그라져 있다. 벽에 삐딱하게 기대앉은 뻐꾸기가 도망친 뻐꾸기 벽시계, 그 옆에 라면 박스 하나, 주발 몇 개, 쭈그러진 냄비, 그리고 옷 보따리 하나…… 이것들조차 방 안의 살풍경과 어울리지 못해 시름에 빠진 듯하다. 뚜껑이 열린 냄비만이 물에 분 생라면을 품고 장 씨의 다음 손길을 기다리고 있다.

이윽고 골목길에 박 씨 아내가 나타난다. 궁둥이를 실룩거리며 백양나무 밑에 다가가 불이 벌겋게 남은 연탄재를 내버린다. 나무 밑에는 더 많은 쓰레기들이 쌓여 있을 테지만, 순백의 눈에 덮여 말끔하게 보인다. 연탄재로 인해 눈이 녹은 수증기가 눈보라 속에 섞인다. 그녀가 사라지기를 기다리다가 장 씨는 생라면이 든 냄비를 들고 밖으로 나선다. 문이 여닫히며 삐걱대는 소리가 방 안의 정적을 깬다. 박 씨 아내가 뒤돌아볼까 봐 장 씨는 멈칫한다. 아직도 자존심 나부랭이를 팽개치지 못했다고 이내 자책한다. 어깨에 굳은살처럼 올라앉은 조선인민군 대위로서의 위세가 다 사라지지 않았다. 냄비를 연탄재 위에 올려놓는다. 손바닥을 비비며 불을 쬐는 시늉을 한다. 눈보라가 그의 등을 강타한다. 이 문간방을 떠나야 된다. 임시거처라도 마련한 뒤 일자리를 찾으러 나서기 위해서는 단돈 삼백 원만 있으면 된다. 그런데 지금 수중에 땡전 한 닢이 없다.

이역만리 타국에서 그나마 손을 벌릴 사람이라고는 박 씨뿐이다. 같이 고향을 떠나온 은별이 엄마가 가까이 있긴 하다. 하지만 혹 떼듯 야멸차게 내팽개친 사람이다. 사람의 얼굴을 하고서는 찾아갈 엄두가 나지 않는다. 박 씨는 자신을 찾아온 장 씨네를 고작라면 한 상자와 함께 이 문간방에 구겨 넣었다. 그리고는 돈을 꿔줄 테니 아내를 내놓으라고 했다. 눈 한번 끔뻑하지 않고 이 뻔뻔한 제의를 내뱉었다. 박 씨가 악마와 닮은 자라는 것을 모르진 않았다. 하지만 엄연히 남편이 곁에 있는 아내에게 발톱을 세우고 달려들 줄은 정말 몰랐다. 생각해보면 은별이 엄마도 박 씨의 덫에 걸린 셈이다. 그것을 모르고 그녀를 맹비난했다. 갈라선 것을 은근히 기뻐했다. 그런데 어쩌자고 자신까지 이 악마의 발톱에 목숨을 맡기고 구차한 시은을 입자고 했던 것일까?

2

삼 개월 보름 전, 장 씨네 가족과 은별이 엄마는 통화에서 수천 리 북쪽에 있는 이곳 내몽고의 우란하오터로 도망쳐왔다. 통화의 조선족 식당에서 일하던 중이었다. 여느 때 같으면 아무리 도망친다 해도 일이백 리 길이면 족했다. 남의 나라 땅에 숨어들어 떠도는 처지라 먼 데로 간다 한들 뾰족한 수가 있을 턱이 없었다. 동포들이 많이 살아 말이라도 통하는 변방 부근이 그래도 벌어먹기에 수월했다.

막상 도망을 나서고 보니 사이비 종교라는 파룬궁 신도 검거 선풍이 전국적으로 일었다. 엎친 데 덮친 격이었다. 파룬궁이 무엇인지도 모르면서 검문에 걸릴까 봐 덩달아 이리 뛰고 저리 내달렸다. 혼자 몸도 감당하기 벅찬 것이 도망자 신세다. 일행이 넷이나 되니 공안의 눈을 피하기가 여간 힘들지 않았다. 거기에다 한꺼번에 세 사람의 일자리를 얻는다는 것이 어디 쉬운 일인가. 결국 수천 리 밖 북방의 이 작은 도시까지 밀려온 것이다.

통화에서는 땡볕을 피할 나무 그늘이 그리운 시기였다. 이곳 우란하오터는 벌써 늦가을에 접어들고 있었다. 가로수의 이파리들이 된서리를 맞아 맥없이 늘어졌다. 단풍이 들 사이도 없이 하나둘 떨어져 내렸다. 푸른 낙엽이 뒹구는 거리는 이 지방의 색다른 풍경이었다. 아침저녁으로 팔뚝과 목덜미에 소름이 돋을 때마다 장 씨는 참 멀리도 달아나 왔구나, 라고 실감했다.

　장 씨는 아내와 함께 시내를 헤매며 셀 수 없이 많은 식당의 문을 두드렸다. 오십 군데도 넘을 것이다. 막무가내로 밀고 들어가 행운을 구걸했지만 번번이 쫓겨났다. 그럴 때면 가족의 굶주림을 보다 못해 부대를 뛰쳐나와 압록강을 건널 때 자신의 모습을 떠올렸다. 여기선 밥술은 뜬다는 생각을 하며 위안을 삼았다. 등을 떠미는 식당 주인들에게 허리를 굽히고 또 굽혔다. 일당은 고사하고 먹여 주고 누워 잘 단칸방만 내준다면 은인으로 섬기겠다는 다짐이 절로 들었다.

　변두리 골목길에서 조선국수점이라는 우리말 간판을 보았다. 까마득히 잊었던 것을 문득 마주친 기분이었다. 혈육이라도 만난 것처럼 가슴이 먹먹해졌다. 식구 수를 줄여 보이기 위해 장 씨 부자와 은별이 엄마는 식당 뒤편에 숨었다. 이번에는 아내 혼자 안으로 들어갔다. 입구의 계산대에 앉은 주인 노인 역시 다른 식당 주인들처럼 지레 손사래를 쳤다. 아내의 모습이 남루하기 그지없는 데다 유리창을 통해 일행이 숨는 모습까지 눈여겨보았던 모양이다. 거절당하는 데에는 이골이 난 터여서 아내는 물러서지 않고 애써 밝은 표정을 지었다. 주인 노인이 우리말을 알아듣지 못하는 것 같아 미리 연습해 둔 중국말로 천천히 용건을 말했다. 제발 귀를 열어주기를 바라면서. 아무 데나 내뱉는 가래 취급을 더 이상 당하지 않기를 바라면서.

"제가 조선요리 잘해요. 요리사 자리가 없으면 주방 허드렛일이
라도 시켜 달라요. 정말 잘할 거라요."

조금 전까지 같잖다는 듯 비웃음을 머금던 주인 노인이 돌연 외
면과 경계의 눈빛을 거두었다. 더듬거리는 아내의 중국말이 이상
했던가 보았다.

"조선족이오? 요리할 줄 안다 했소?"

주인 노인은 알아들을 수 있도록 그녀처럼 천천히 말했다.

"호텔 요리사까지 한 걸요."

"그런 거짓말은 안 해도 돼요. 신수 좋은 시절에 호텔 음식을 맛
보긴 했겠지."

아내는 그야말로 신수 좋은 시절에 수천 리 남쪽 제 나라의 별
네 개짜리 호텔에서 요리사로 당당히 일했던 전력을 까발릴 수 없
었다.

"국수도 만들 줄 아오?"

주인 노인은 밑져야 본전이라고 마음먹은 것 같았다. 늘어진 뱃
살을 흔들며 그녀를 주방으로 데리고 갔다. 당장 국수를 끓여보라
고 했다. 육수 재료가 엉성하기 짝이 없었다. 그것을 내놓는 몽고
족 주방장은 잔뜩 주눅이 들어 있었다. 나중에 들은 이야기지만,
한족인 주인 노인은 조선족 음식이 잘 팔린다는 소문을 듣고 조선
국수점이라고 간판을 바꿔 달았다가 호락호락하지 않은 세월을
견디던 참이었다. 기대와 달리 신장개업한 뒤 찾아온 첫손님부터

개운찮은 표정으로 발길을 돌렸던 것이다. 마침내 애초의 단골조차도 코빼기를 보기 어려운 지경에 이르렀다. 엉성한 재료나마 아내는 나름대로 다스려 국수를 삶았다. 맛을 본 주인 노인은 단박에 환한 표정을 지었다.

"바로 이 맛이오. 조선음식은 역시 조선족이 만들어야 제맛이 나는가 보오."

주인 노인은 귀인을 만났다는 듯 당장 채용을 결정했다. 대신 몽고족 주방장에게는 매정하게 해고를 통보했다. 밤하늘의 별이 품 안에 떨어지는 것 같은 행운이 다시 한 번 장 씨네에게 찾아왔다. 주인 노인은 밍 씨였다. 밍 노인은 그제야 정말 호텔에서 일한 적이 있느냐고 물었고, 그녀를 어느 정도 인정했다. 그래 봐야 고작 소도시의 이름 없는 호텔, 그것도 요리사 보조원쯤으로 여기는 눈치였다. 하지만 변두리의 초라한 식당 주인에 불과한 밍 노인으로서는 물을 본 기러기처럼 기뻤던가 보았다. 그녀를 끌고 홀 안쪽에 차려놓은 관운장 제단 앞으로 갔다.

"나더러 돈푼이나마 만져보라고 관운장께서 비로소 감응하시는가 보오."

밍 노인은 제단에 향을 다발째로 바쳤다. 푸르스름한 연기가 홀에 가득 차올랐다. 새로운 주방장의 등장을 고하며 밍 노인은 식당의 번창을 기원했다. 그때야 그녀는 군식구가 딸렸는데 괜찮겠느냐고 물었다. 셋방도 알선해줄 수 있겠느냐고 덧붙였다. 묻는 말마다 밍 노인은 메이꽌시(괜찮다)를 연발했다. 조선족이라서 중국말을 잘 못한다고 해도 메이꽌시였다. 하지만 장 씨 부부만 주방에 들였다. 은별이 엄마는 받을 수 없다고 버텼다. 얼굴이 고우니 홀 종업원으로 쓰면 어떠냐고 애걸했다. 미인은 주변사람을 심란하게 해서 복을 달아나게 한다는 얄궂은 속설을 내세우며 끝내 받아주지 않았다. 장 씨 아내는 주방장이 되었다. 장 씨는 청소며 설거지, 장작 패기 따위의 허드렛일을 맡았다. 장 씨는 자기 부부라도 일자리를 잡은 것에 감지덕지했다.

고향을 떠나올 때 장 씨는 압록강 도강을 눈감아주기로 한 국경경비대에 바칠 뇌물이 모자랐다. 할 수 없어 가족 틈에 은별이 엄마를 끼워 넣었다. 그때는 죽어도 같이 죽고 살아도 같이 살자고 그녀와 굳게 약속했다. 그 말이 원죄가 되어 그녀가 자기네 꽁무니를 졸졸 따라다니게 되었다. 하지만 이렇게 일자리를 찾는 날이면 비 오는 날에 찾아온 손님처럼 여간 거추장스럽지 않았다. 죽어도 같이 죽자는 약속에 대해 왈가왈부하는 것이 얼마나 어리석은 짓인지 그녀도 이젠 잘 알게 되었다.

밍 노인의 주선으로 가까운 곳에 단칸 월세방을 얻었다. 부부는 일을 하기 시작했다. 은별이 엄마는 일자리를 찾아 다시 변두리를 헤맸다. 갑작스러운 시련에 스스로 훌쩍 커버린 명철이는 방 안에서, 식당 주변 양지바른 곳에서 혼자 놀았다. 식당 입구에는 조선음식 전문 호텔요리사를 초빙했다는 벽보가 나붙었다. 제대로 조선국수를 만드는 식당이라는 소문이 근방에 서서히 퍼져나갔다. 떠나갔던 손님들이 돌아왔다. 두어 달이 지나자 줄을 서서 들어와야 할 정도로 손님들이 북적댔다. 밍 노인은 흥이 났다. 아내의 월급을 갑절로 올려주었다. 부부는 이 북방도시에 갇혀 지내는 서러움이 봄볕에 눈 녹듯 조금씩 가벼워지고 있음을 느꼈다. 금세 돈을 모으리라. 중국 호구戸口를 사서 이곳에 눌러 살리라. 은별이 엄마와 달리 장 씨는 다시 고향으로 돌아가지 않으리라고 작정하고 있었다.

두 달이 넘도록 은별이 엄마는 일자리를 찾지 못했다. 찬밥 더운밥 가리지 않는데 일자리가 없었다. 일거리 자체가 없는 긴 겨울이 단단히 한 몫을 거들었다. 그녀가 어깨를 축 늘어뜨리고 식당 앞을 지나가는 것이 보일 때마다 장 씨는 벼룩의 간을 빼먹을 년이라는 욕이 튀어나오려는 것을 참아냈다. 그녀가 자신들의 벌이를 축내는 것이 여간 신경 쓰이지 않았다. 손에 잡힐 듯 다가오는 서광이 그녀로 말미암아 저만큼씩 뒷걸음질 치는 것 같아 조바심이 났다.

장 씨는 틈틈이 식당 손님들에게 그녀를 부탁했다. 어떤 자리라도 좋으니 후딱 해치웠으면 좋겠다는 생각이었다. 단골로 얼굴을 내밀던 조선족 박 씨에게도 부탁했다. 며칠 뒤 박 씨는 일자리 대신 괜찮은 혼처를 소개하겠다고 나섰다. 그녀의 얼굴과 마음이 남달리 고운 덕에 통화에 살 때에도 군침을 삼키는 남자들이 있었다. 하지만 결혼은 그녀가 결코 원하는 일이 아니었다. 그녀는 네 살 박이 외동딸 은별이를 남편에게 남겨 두고 고향을 떠나 왔다. 양식이 다 떨어져도 꿈쩍 않는 남편을 기막혀 하던 차에 장 씨의 유혹을 떨치지 못해 중국행을 결정했다. 친정에서 도강 비용을 꾸어 두 달을 작정하고 돈 벌러 왔던 것이다. 그것이 벌써 반년이나 지났다. 제삿날 떡 맛보듯 번 돈이나마 공안을 피해 도망 다니느라 다 날렸다. 따지고 보면 가족을 데리고 도망쳐 온 장 씨보다 그녀가 더 속이 탔을 것이다.

손님이 먹다 남긴 술이라도 손에 들고 장 씨가 셋집으로 돌아올 때면 그녀는 그것을 마시고 신세한탄을 쏟아냈다. 살 뺀다고 굶는 중국 아이들과 먹을 것이 없어 눈이 휑하게 뚫린 은별이를 비교하면서. 그 새 은별이가 죽었으면 어쩌나 근심하면서. 그때마다 장 씨는 역정을 냈다. 스스로 어찌해볼 도리가 없는 과거에 매달려 힘을 탕진하는 것이 못마땅했다. 아예 시집을 가라고 노골적으로 압박하기도 했다.

"차라리 결혼을 하는 게 낫지 않겠소? 남편이 벌어 먹일 거니까니 적어도 일자리 구할 걱정은 덜 게 아니오?"

"명철이 아버지까지 기리 말하면 내레 참 속상해요."

"남편, 자식은 그만 잊기오. 다 압록강 너머의 일이오. 그 강 건너고 나면 자식이고 뭐고 이미 다 잃은 것이오. 병신이라도 좋으니까니 돈 많은 사람을 골라 새 인생 사는 게 내 보기엔 백 번 났소. 나도 그 덕을 좀 보자요."

그날, 그녀는 눈에 있는 힘, 없는 힘을 다 박아 장 씨를 째려보았다. 그러다가 더는 견디지 못하고 두 눈을 흥건히 적셨다. 온몸을 팽팽하게 채우고 있던 서러움을 쏟아내듯 그녀는 좀체 눈물을 거두지 않았다. 아내가 상처에 소금을 뿌린다고 장 씨를 핀잔했다. 하지만 장 씨는 물러서지 않았다.

"압록강 너머 일을 내 앞에서 다시 말하지 마오. 정말 넌더리가 난단 말이오. 기리고……."

장 씨는 잠시 뜸을 들였다.

"자식 생각하며 울고 짜고 하는 꼴도 더는 두고 못 보오. 결혼을 안 하려거든 아예 우리와 갈라지기오."

심중에 있던 말을 장 씨는 기어코 내뱉었다. 취기 때문에 은별이 엄마는 더욱 서러워진 대신, 장 씨는 더욱 용감해졌다. 결혼을 하면 자연히 헤어지게 될 터다. 그런데 결혼을 안 해도 헤어지자고 했으니 결국은 당장 헤어지자는 말을 장 씨가 대놓고 한 셈이다. 그녀는 사십 도짜리 백주를 병째 들이켰다. 무릎 사이에 얼굴을 쿡 박고 흐느꼈다. 그러다가는 머리를 벽에 쿵쿵 찧었다. 한이라는 것은 그렇게 해서 가슴 깊은 곳에 단단히 똬리를 틀게 되는 것인가 보았다.

"내가 명철이네 밥 축낸다고서리 말을 이리 함부로 해도 되나요? 아이고, 다른 이도 아니고 철석같이 믿어온 명철이 아버지가 이리 말하니까니…… 아이고, 이를 어쩌나요? 아이고…….”

그날 아내는 장 씨를 문밖으로 떠밀었다. 자신이 할 말을 했다고 아내가 생각해주기를 장 씨는 내심 바랐다. 댓돌에 앉아서 밤하늘을 올려다보았다. 별빛이 함박눈처럼 소담스럽게 이역의 지상에 내려앉고 있었다.

통화의 식당에서 일하던 때가 떠올랐다. 점심 손님이 다 빠져나가고 난 뒤였다. 홀에서 조선족 주인의 앙칼진 목소리가 째앵쨍 유리창을 울렸다. 주방에서 설거지를 하던 장 씨는 보나마나 은별이 엄마가 또 실수를 저질러 주인에게 야단을 맞는 것이라고 짐작했다. 홀 종업원인 그녀는 특유의 행동으로 종종 주인의 노여움을 샀다. 안쓰럽다 싶은 손님에겐 주문하지도 않은 고기반찬을 주인 몰래 얹어주었다. 돈에 목을 매고 살면서도 공산당원임을 자랑스레 떠버리는 주인에게 청렴한 공산당원은 제 돈벌이를 해서는 안 된다고 대놓고 말했다. 주인을 더 화나게 한 짓은 제멋대로 손님에게 주문을 줄이라고 권유하는 것이다. 무슨 기념일을 맞았다든지, 애인하고 같이 왔다든지 하여 호기롭게 돈을 쓰는 판인데 너무 많이 시켰어요, 라거나 다 못 먹어요, 라고 말하곤 했다. 주인은 해도 너무 한다면서 당장 나가라고 그녀의 턱밑에 종주먹을 들이댔다. 장 씨는 그때까지만 해도 그런 단련을 통해서 그녀가 낯선 타국 생활에 익숙해질 것이라고 믿었다. 그러나 얼마 못 가 그녀의 버릇은 불쑥불쑥 도졌다.

장 씨는 그날따라 주인의 꾸중이 더 거칠고 더 오래 이어지고 있다는 느낌을 받았다. 배식구를 통해 홀을 들여다보았다. 어라! 이게 무슨 일이람? 주인이 그녀의 따귀를 연거푸 후려치고 있다. 헝클어진 그녀의 머리칼 사이로 피가 흘러내리는 입언저리가 보였다. 맞고도 피하지 않는 것을 보면 그녀와 주인 사이에 전과 달리 유별난 긴장이 흐르는 것이 분명했다. 그녀를 도와 음식 나르는 심부름을 하는 꼬맹이 철영이는 홀 구석에서 주먹을 단단히 말아 쥐고 지켜보고 있었다. 그녀를 무척 따르던 철영이였다. 주먹을 부들부들 떠는 것이 인내심이 한계에 다다랐음을 느끼게 했다. 주인은 폭행을 멈추지 않았다. 철영이가 철제의자를 들어 냅다 주인의 머리통을 후려쳤다.

"왜 착한 사람을 때려! 이 나쁜 놈아!"

장 씨가 주방에서 뛰쳐나가는 찰나에 벌어진 일이었다. 장 씨가 홀에 당도했을 때에는 주인이 머리를 감싸 쥐고 바닥에 쓰러져 있었다. 피가 분수처럼 품어져 나와 얼굴이 피범벅이었다. 장 씨는 수건으로 주인의 머리를 싸매 주고 철영이를 잡으려고 뒤쫓았다. 철영이는 벌써 식당 앞 큰길을 건넜다. 장 씨가 고함쳐 불렀다.

"아저씨, 주인놈이 은별이 엄마를 팔아먹으려고 해요. 은별이 엄마더러 빨리 도망치라고 해요. 제가 지금 공안에 가서 주인놈을 제겨 이를 테야요."

철영이가 돌아보며 외쳤다. 장 씨는 그 말을 제대로 새기지 못하고 너 빨리 돌아와! 와서 빌어! 하고 공허하게 외쳤다.

"도망치라 해요, 빨리! 오늘 밤이 되면 남방에서 온 놈들에게 은별이 엄마가 팔려가요!"

철영이는 다시 뛰었다. 철영이의 뒷모습을 바라보다가 장 씨는 홀로 돌아왔다. 아내와 함께 주인을 가까운 진료소로 보내고 은별이 엄마를 추슬렀다. 얼굴에 묻은 피를 닦아내고 보니까 수심이 가득했다. 도대체 무슨 일이 있었느냐고 물었다. 하지만 멍하니 허공만 응시했다. 그때야 머릿속에 꺼림칙하게 걸려 있던 철영이의 말이 보다 확실히 새겨졌다. 아이쿠! 그동안 기억의 뒤편으로 조금씩 옮겨가던 불법월경자 신세라는 자신들의 처지가 예리한 통증으로 되살아났다. 공안을 찾아 뛰어가던 철영이의 뒷모습이 브레이크가 고장 난 채 내리막길을 질주하는 자동차처럼 여겨졌다. 은별이 엄마를 팔아먹으려 한다는 말보다 공안에게 신고하겠다는 말이 더 켕겼다. 가만히 있을 수 없었다. 공안이 시시비비를 가려서 얻을 이득 따위는 아무짝에도 쓸모가 없었다. 꿈에 나타나도 종일 기분이 안 좋은 조국으로 송환될 것이 뻔했다. 절망을 견디지 못한 죄로 목까지 내놓게 될지 모를 위험에 처할 것이었다. 되새길수록 몸서리가 쳐졌다.

장 씨는 아내와 은별이 엄마를 데리고 부랴부랴 식당을 빠져 나왔다. 은별이 엄마는 철영이를 걱정하며 떠나기를 짐짓 망설였다.

제 코가 석자인 주제에 남 생각할 겨를이 어디 있느냐고 호통을 쳐서 그녀의 등을 떼밀었다. 정처 없는 방랑길에 나섰다. 무작정 큰 도시로 나가는 버스에 올라탔다.

그런 뒤에야 은별이 엄마로부터 뜨문뜨문 사건의 진상을 들었다. 그날 점심 무렵, 주인이 낯선 사람들과 속닥이는 말을 들었다면서 철영이가 그 어처구니없는 소식을 전하더란다.

"삼만 원 달라, 만 원밖에 못 준다 하면서 주인과 남방 사람이 흥정을 하는 걸 아까 내가 똑똑히 들었어요."

그녀는 철영이의 말을 액면 그대로 믿을 수 없었다. 자잘한 마찰이 있긴 했지만, 주인은 옹색한 처지의 자신들을 거둬들인 은인이 아닌가. 자신이 먼저 나서서 배은망덕한 짓을 할 수는 없었다. 식당이 한산해지기를 기다렸다가 주인에게 철영이가 들었다는 말의 진위를 캐물었다. 주인은 펄쩍 뛰었다.

"사람을 어찌 팔고 산단 말이야? 내게 그럴 권리가 있기나 해?"

철영이가 잘못 들은 것이려니 여기며 돌아서려는데, 주인이 태도를 슬쩍 바꿨다.

"말이 나왔으니 하는 말인데 좋은 남자가 있긴 있어. 마침 남방에서 온 사람이 당신을 보더니 첫눈에 반했다더군. 돈이 많은 사람이야. 어때? 결혼 안 할 거야?"

철영이의 말이 틀리지 않았다. 말이 결혼이지 실제론 사창가에 팔려는 수작임을 그녀는 그제야 눈치챘다.

"제발 절 그냥 놔두라요. 고향에 딸이 있단 말입니다."

주인에게 호소했다. 주인은 그녀의 유약한 성품을 진작부터 알고 있었다. 심상치 않은 사태가 닥쳤는데도 하나마나 한 소리나 주절대니 그녀를 더욱 얕잡아보았다. 내친 김에 결론을 내려고 덤벼들었다. 따지고 보면 그녀의 국적을 아는 사람은 그것만으로 절반은 그녀의 소유자가 되는 셈이다. 공안에 그녀의 국적을 알려주겠다는, 아주 손쉬운 협박만으로 그녀는 협박자의 손아귀에 덜미를 내줄 수밖에 없다.

"가라면 가. 잔말하지 말고! 다 당신을 위해서 하는 일이니까."

주인의 말투는 거침없이 거칠어졌다. 그녀는 눈을 부릅뜨고 주인을 꼬나보았다.

"어디다 대고……!"

주인이 그녀의 따귀를 후려쳤다. 그녀를 단박에 제압하려면 폭력이 효과적이라고 믿었던 모양이다.

거기까지 들었을 때 장 씨는 가슴에서 뜨거운 것이 불끈 솟구치는 것을 느꼈다. 속수무책 당해야 하는 자신들의 처량한 처지가 분했다.

그때 그녀를 떼놓고 자신의 가족만 도망쳐 왔더라면 은별이 엄마라는 성가신 짐에서 벗어날 수 있었을 텐데. 장 씨는 새어 나오는 한숨을 내뿜으며 다시 밤하늘을 올려다보았다.

3

장 씨가 은별이 엄마에게 헤어지자고 선언한 직후였다. 한 달 전쯤의 일이다. 밍 노인네 식당 단골인 박 씨가 여관의 청소원 자리가 났다면서 은별이 엄마를 데리고 나갔다. 어쩐 일인지 밤새도록 그녀는 집으로 돌아오지 않았다. 식당에서나 만나던 박 씨여서 그가 식당에 나타나지 않는 한 연락을 취할 방도가 없었다. 하루가 지나고 또 하루가 지나도 그녀는 돌아오지 않았다. 그렇게 일주일이 흘러도 박 씨도, 그녀도 여전히 코빼기를 비치지 않았다. 취직이 잘 돼서, 일이 바빠서 올 새가 없나?

장 씨는 군식구가 떨어져 나가 홀가분하게 됐다고 안도했다. 상황이 이대로 굳어지기를 바랐다. 헤어지자며 퍼부어댔던 장 씨의 독설에 그녀가 노여움을 사도 단단히 샀는가 보다고 아내는 걱정했다. 장 씨는 되레 그 말을 하길 잘했다고 여겼다. 압록강을 건너면서부터 붙어 다니던 혹을 그렇게 떼어낸 것으로 믿었다. 문득 생각이 나면 제 돈벌이에 급급해 연락조차 끊은 무정한 년이라고 욕도 해보았다.

차츰 그녀가 잊힐 즈음, 박 씨가 식당에 나타났다. 보아하니 식사를 하러 온 것이 아니었다. 홀 바닥을 쓸고 있던 장 씨 곁으로 그가 슬며시 다가왔다. 어딘지 맥이 풀린 행동이었다. 그녀와의 연결이 회복될까 봐 장 씨는 그의 출현이 달갑지 않았다. 그가 장 씨와 눈을 간신히 맞췄다.

"병원으로 가 보기오."

장 씨는 무슨 말인지 몰라 잠시 그를 빤히 쳐다보았다.

"은별이 엄마가 잘못되었소?"

"가보면 아오."

"자초지종을 말해줘야 가고 말고 할 게 아니오?"

그는 못들은 척했다. 병원 약도를 그린 쪽지만 남겨 두고 돌아
갔다. 식탁 위에 놓인 약도가 토사물처럼 영 마뜩찮았다. 다 떼어
낸 줄 알았던 혹이 더 큰 혹으로 자라난 것은 아닐까? 가슴이 두근
두근 뛰었다. 무슨 모진 인연으로 그녀가 자신에게 다시 부려지려
할까? 방심하다가 한 방 야무지게 얻어맞는 것은 아닐까?

장 씨는 어쩔 수 없이 식당을 나섰다. 병원은 지저분한 뒷골목
에 있었다. 은별이 엄마는 담요를 뒤집어쓰고 침상에 누워 있었
다. 장 씨의 목소리를 듣고는 담요를 끌어내려 망연히 올려다보았
다. 이내 두 눈에 눈물이 그렁그렁 맺혔다.

"어디가 아프오?"

"……."

"얼마나 아프오?"

그녀는 대답하지 않기로 작정한 사람 같았다.

"연락은 왜 하지 않았소?"

"괜찮으니까 돌아가라요."

그녀는 겨우 한마디 했다. 눈물이 관자놀이 위로 굵은 길을 내고 있었다. 타향에서 병까지 얻은 서러움 때문일까? 이 꼴이 되도록 자신을 방치한 장 씨 부부가 야속하기 때문일까? 아프니까 두고 온 은별이 생각이 더 간절하기 때문일까? 장 씨는 슬며시 부아가 치밀었다. 현실과 다부지게 맞선 대도 폭풍 앞의 등불처럼 막막하기만 한 처지다. 툭하면 자식 생각으로 눈물이나 짜고, 연락을 끊은 것이 누군데 병이 났다고 제 맘대로 부르고, 왔는데도 말 한마디 없이 돌아가라 하고. 이처럼 고비에서 발목을 잡아채는 그녀가 한심했다. 방심하면 나락으로 떨어질 외나무다리를 건너면서 깨진 요강단지조차 끌어안고 가겠다는 태도와 무엇이 다를까?

장 씨는 간호사를 찾았다. 밑바닥에 찌꺼기처럼 간신히 남은 그녀에 대한 의무감을 마저 소진하고 돌아가겠다는 마음이었다. 손짓을 섞어 그녀의 상태를 물었다. 아랫배가 아프다, 큰 병은 아니다, 라는 정도는 알아들을 수 있었다. 자신이 더 할 일이 없다는 것이 적이 안심이 되었다.

별 병이 아니라며 장 씨는 아내의 병문안을 말렸다. 하지만 식당 일을 마친 늦은 밤 아내는 그녀를 만나고 왔다. 그녀는 치료비가 아까워서 여관으로 돌아가 있었다고 했다. 아내는 그녀가 병에 걸린 사연을 들려줬다.

"도대체 기게 무슨 말이요?"

장 씨는 아내의 말을 듣다가 벌컥 화를 내고야 말았다.

"막다른 골목에 몰리다 보니까니 기리된 거 같아요."

"아무리 기래도 기렇지. 할 짓 안 할 짓은 가려야 할 게 아니오."

"엎질러진 물인데 어쩌갔나요? 그 짓이라도 해서리 돈을 벌면 다행이갔는데……."

"기건 또 무슨 말이오?"

"여관에서 방값이요 세탁비요 소개비요 하면서리 이것저것 떼 가면 하루에 삼십 원도 안 남는다고 해요. 박 씨도 손님 소개비로 몇 푼씩 떼 간다고 하고. 기래서리 빨리 돈 벌어 고향 땅 밟겠다고 욕심껏 손님을 받다 보니까니 하혈이 심해졌대요."

"기만 말하오. 이제 보니까니 그 여잔 다신 상종할 사람이 못되오. 얌전한 고양이가 부뚜막에 먼저 올라간다더니. 기런 사람인 줄 알았더라면 내레 진작 내쳤을 거인데. 그 더러운 여자 얘기, 내 앞에서는 다신 꺼내지 마오."

장 씨는 이 참에 그녀와의 결별을 기정사실화하기로 작정했다. 순진하고 선량한 척은 혼자 다 하더니 뒷전에서 호박씨를 까고 있었다.

아내는 그래도 가끔 전화를 걸고 찾아가기도 하는 모양이었다. 어느 날은 손님과 한 방에 있어 헛걸음을 친 경우도 있었다고 했다.

4

밍 노인네 식당은 나날이 번창했다. 밍 노인의 장 씨 부부에 대한 신임도 부쩍부쩍 늘어났다. 이런 식이면 호구를 살 육천 원을 모으는 것도 크게 어렵지 않을 것이다. 아내가 자나 깨나 걱정하는 명철이 학교 문제도 해결할 수 있으리라. 우란하오터에 처음 왔을 때는 지구의 오지에 영원히 갇히는 것처럼 불안했다. 이젠 그것도 군걱정에 지나지 않았다. 통화 같은 변방과 달리 공안의 불법월경자 단속이 없었다. 평생 조선족을 만나본 적이 없다는 주민들이 많아 조선사람(북한인)과 조선족을 잘 구별할 줄도 몰랐다. 그래서 압록강을 건넌 이래 늘 붙어 다니던 불안감에서 조금씩 벗어날 수 있었다. 동면하던 희망의 씨앗이 싹트려고 가슴속에서 꿈지락거렸다.

그런데 바로 엿새 전, 근처에 있다는 조선족 식당의 여주인이 찾아왔다. 뒤꼍에서 장작을 패다가 장 씨는 그 소식을 들었다. 이 오지에도 식당을 차린 조선족이 있다니. 반가워 한달음에 홀로 달려 나갔다. 기대와 달리 그녀의 표정이 심상치 않았다. 고양이처럼 치켜 올라간 눈꼬리에서 비웃음이 번지고 있었다.

"당신네 고향이 통화라는데 맞소?"

장 씨는 단번에 기가 푹 꺾였다. 단칼에 목이 베어질 수도 있는 기로에 다시 섰음을 직감했다.

"맞소."

엉겁결에 맞섰다. 하지만 입 밖으로 소리가 제대로 새 나왔는지 조차 알 수 없을 정도로 장 씨는 긴장하고 있었다. 그녀의 불룩한 가슴이 어깨를 따라 한껏 추켜 올라갔다가 내려왔다.

"탈북자가 뻔한데 왜 조선족 행세를 하오?"

그녀는 곧장 칼을 뽑아 목을 칠 것처럼 자신만만했다.

"내 말이 틀렸으면 신분증을 내놔 보오."

장 씨의 얼굴이 하얗게 질렸다. 밍 노인네 식당이 번창하는 동안 정작 진짜 조선식당인 그녀의 식당은 파리를 날렸단다. 그녀는 밍 노인네 식당이 뭔가 특별한 비법을 가진 것 같아 유심히 살폈다. 그러던 중에 장 씨네가 조선족 행세를 한다는 사실을 알게 되었다. 가소로웠다. 장 씨네만 몰아내면 그녀의 식당이 명성을 되찾는 것은 식은 죽 먹기였다. 그래서 직접 장 씨를 찾아왔던 것이다. 장 씨는 그제야 이 근방 어딘가에 조선식당이 있다는 말을 들은 기억이 났다. 진작 주의를 기울이지 못한 것이 후회 막심했다. 어떤 식으로든 대책을 세웠어야 했다.

그들이 무슨 말을 하는지 몰라 밍 노인은 멀뚱하게 서서 구경했다. 그러다가 사태가 심상치 않게 돌아간다는 것을 눈치채고 끼어들었다. 내막도 모르면서 같은 민족끼리 다투면 되느냐고 그녀를 나무랐다. 장 씨네가 조선족이 아니라는, 의기양양한 그녀의 설명을 들었지만, 밍 노인은 말 같은 소릴 하라며 무시했다. 복잡한 세

상사를 모르는 밍 노인은 장 씨네가 조선말밖에 할 줄 모르므로
조선족이 분명하다고 확신했다.

"제 집 장사가 안 된다고 남의 집에 해코지를 하면 되나?"

밍 노인은 장 씨네가 조선족이라는 것을 자신이 보증하겠다고
나섰다. 그녀는 웃기지 말라는 표정을 지었다. 당장 공안을 불러
확인하자고 밍 노인을 윽박질렀다. 화가 치민 밍 노인이 해볼 테
면 해보라면서 그녀를 문밖으로 거칠게 떠밀었다.

"두고 보오."

그녀는 눈꼬리를 더욱 치켜 올리고서 큰길 쪽으로 사라져 갔다.

"같은 민족을 몰라보다니!"

밍 노인이 그녀가 사라진 자리에 대고 뇌까렸다. 장 씨는 자신
의 처지를 솔직히 밝혀야만 했다. 조선이라는 나라가 따로 있으
며, 자신들은 그 나라에서 도망 온 사람이라는 사실을 털어놓았
다. 밍 노인은 놀라는 기색이 역력했다. 자신이 나서서 공안국에
손을 써 보겠다고 했다. 하지만 그것은 목숨을 아무한테나 거저
맡기는 짓일 뿐이었다.

장 씨네는 단돈 백 원 한 장 없는 빈털터리가 되어 있었다. 기왕
에 모은 돈으로 바로 며칠 전 환경이 좀 나은, 벼르던 셋집을 얻었
다. 무려 육 개월 분의 집세를 한꺼번에 치렀다. 움치고 뛸 형편이
되지 못했다. 밍 노인에게 월급을 정산해달라고 사정했다.

"시름 놓고 일하오. 아무리 높은 간부도 돈이면 통하게 돼 있소."

밍 노인은 장 씨네의 사직을 끝내 받아들이지 않았다. 그날로 장 씨네는 다시 정처 없는 발걸음을 옮겨야 했다. 공들인 희망이 허망하게 무너졌다. 도대체 어디로 가야 한담? 아내는 추운 벌판으로 나앉아야 하는 신세가 서러운지 엉엉 울었다.

은별이 엄마에게 잠시 의탁할까 하는 생각이 없지 않았다. 도무지 염치가 없었다. 대신 은별이 엄마가 일하는 여관을 통해서 박 씨를 찾아냈다. 오죽하면 은별이 엄마에게 붙어먹고 사나 싶어 박 씨 역시 피하고 싶은 사람이었다. 하지만 이 도시에선 박 씨만이 물에 빠진 장 씨네가 붙잡을 수 있는 지푸라기 같은 존재였다. 깊이 번민하는 척하던 박 씨는 자신의 문간방을 내놓았다. 그러더니 장 씨네가 문간방에 들어앉자마자 본색을 드러냈다. 아내를 창녀로 내놓으라고.

5

눈보라가 장 씨의 뺨이며 목덜미를 할퀸다. 연탄재 위의 냄비에서 김이 보일 듯 말 듯 새어 나온다. 나뭇가지에서 붉은 댕기머리 새가 쫑쫑 운다.

"고루하게 살지 마오. 바다에 배 지나간 자국이 남소?"

언제 왔는지 박 씨가 장 씨 곁에 서 있다.

"명철이 엄마를 구부리기오. 그러면 다 해결될 일이오."

세상의 가장 낮은 곳에 선 사람에게 박 씨는 더 낮은 곳이 있음을 알려 주고 있다. 이젠 조선인민군 대위가 어깨의 마지막 굳은살을 떼어낼 차례. 장 씨는 애꿎은 댕기머리새에게 돌팔매질을 한다. 새가 눈보라 속으로 날아간다. 장 씨는 오래도록 새가 떠난 나뭇가지를 쳐다본다.

"명철이 아버지!"

아내의 목소리가 들린다. 보다 못한 아내가 직접 박 씨에게 대답하려는가 보다. 아냐! 안 돼! 장 씨는 머리를 쥐어뜯는다.

"명철이 아버지!"

안 된단 말이야! 절대 그럴 수 없어! 하지만 장 씨의 절규는 목구멍을 헤쳐 나오다가 온데간데없이 사라지고 있다.

"은별이 엄마가 왔어요."

장 씨는 시선을 문간방 쪽으로 옮긴다. 뜻밖에도 거기에 아내와 은별이 엄마가 함께 서 있다. 은별이 엄마가 그를 향해서 멋쩍은 미소를 짓는다.

"살아도 같이 살고 죽어도 같이 죽자고 한 말 잊었나요?"

그녀의 목소리가 여유롭다. 아내가 손바닥을 펴 백 원짜리 붉은 지폐 뭉치를 보여준다.

"우리가 먼저 쓰라네요. 방을 구해야지요."

장 씨가 고개를 떨어뜨린다. 오만상을 찌푸린 박 씨가 슬그머니

자기네 문 쪽으로 사라진다.

"우리 은별이가 눈을 참 좋아했어요. 맑은 눈을 보니까니 속이 개운해지네요."

은별이 엄마가 아내에게 하는 말소리가 들린다.

확대재생산

이지명

이지명

1953년 함경북도 청진에서 태어나 2008년 12월 『한국소설가협회』에 장편소설 『삶은 어디에』를 발표하며 등단했다. 『삶은 어디에』는 2009년 1월 KBS한민족방송 라디오극장 드라마로 각색되어 방송되었다. 발표작품으로 「복귀」「환멸」「안개」 등과 장편소설로 『포 플라워』가 있다. 북한 인권을 말하는 남북한 작가 공동 소설집 『국경을 넘는 그림자』와 『금덩이 이야기』에 참여했다. 전 북한작가, 현재 국제PEN망명북한작가센터 편집장, 한국소설가협회 회원, 통일문학포럼 이사로 활동하고 있다.

1

    술자리나 모임 때 하 영감이 하는 이야기 첫머리에는 늘 여자가 등장한다. 오늘도 같다.

    "그 여자는 말이야. 당위원회 출입문 앞에서 두 손으로 가슴을 움켜쥐고 주저앉았어. 심장이 뛰다 못해 당장 밖으로 튈 것 같았던 거지. 노크를 하려고 내민 손이 후들후들 떨리고 종아리까지 바르르 떨렸다 이거야. "어떻게 해. 나 어떻게 해……" 주저앉은 여잔 그렇게 웅얼거리며 이번엔 두 손으로 얼굴을 덮었어. 등엔 질펀한 땀까지 흘러 삼베옷 적시듯 겉으로 배어 나왔지, 그 정도면 들어왔던 길로 되돌아 도망갈 법도 하건만, 아니지, 그럴 담

은 없었겠지. 누가 호출했다고? 초급당 비서 어른이 불렀으면 그
건 하늘의 명령이나 다름없잖나? 눈물이 발려 번들번들해진 얼굴
을 손등으로 훔치고 나서 여자는 결심한 듯 천천히 일어나 후들대
는 손을 내밀어 간신히 문을 두드렸어. 아니 두드린다기보다 허빈
다고 해야 맞을까? 허허."

하 영감이 그쯤 얘기하고 주머니를 뒤지자 여러 눈들이 제멋대
로 번뜩인다. 호젓한 호숫가로 주말을 맞아 산책을 나온 탈북자들
이다.

"또 북한 얘기군, 하기야, 한데 대체 무슨 일인데? 듣고 보니 되
게 담이 약한 여자네. 뭐 용서받지 못할 큰 잘못이라도 저질렀나?"

"그러게, 당위원회가 사람 잡는 보위기관도 아닌데 뭘 그다지
나……."

"무슨 사상문제에 걸렸겠지. 안 그러우 영감?"

모여 앉은 눈들에 의문이 실리며 이구동성으로 묻는다.

"너들 말이야 한때 북한에서 떠들던 확대재생산이 뭔지 모르지.
하긴, 야 인철아, 너 몇 살이더라."

"내 그럼까? 스물다섯임다."

"에쿠나, 일찍두 도망쳤네. 부럽구나. 이 좋은 세상에 꽃 같은 나
이로 왔으니."

하 영감은 그러면서 주머니에서 담배를 꺼내 한 개비 꼬나물고
불을 붙인다. 후, 하고 연기를 내뿜는 주름진 얼굴에 애수가 서린다.

"자, 자 영감님. 확대재생산이라면 듣던 소린데…… 맞다. 그게 70년대 70일 전투 때지 아마?"

나이 지숙해뵈는 사람이 그렇게 아는 체를 한다.

"아니 80년대 후반이지. 북한 전국이 외화벌이로 부글부글 끓던 때 나온 구호였어. 날마다 생산전투를 벌이고 한쪽으론 절약, 절약 하며 뭐든 아껴 쓰는 것이 확대재생산이라며 누더기든 깨진 유리든 파철이나 파동 뭐 이름 가진 건 다 수거해 바치라 그랬지. 전기도 가정당 한 등썩만 쓰고, 말하자면 확대재생산이란 새로 생산하는 것 말고 여기로 말하면 재활용 같은 뭐 그런 거?"

"제길, 그럼 뭐요? 삼십 년 전 고망년 때 얘기를 하는 거요? 영감님이 돌았나. 재미없게 서리."

"야, 이 녀석아, 이건 역사야. 네놈의 역사를 듣기 싫어하는 걸 보니 사람 되긴 똥집이 글렀다. 문제는 말이야 북한정치가 그때나 지금이나 손톱눈만큼도 달라지지 않았다는 거야. 그러니까 이건 역사가 아닌 현실 얘기라 해도 틀리지 않는단 말이지. 안 듣겠음 말구."

"아, 아 하던 얘기야 마저 해야지 빼기는, 젠장."

"고럼, 고럼 이젠 말 끊지 않을 테니까 영감님! 어서 계속해유."

"어험."

피던 담배를 밑굽에 물이 담긴 종이컵에 던지고 나서 하 영감이 큰 기침을 한다. 오고고 쳐다보는 눈들이 다시 호기심으로 반짝거린다.

*

"들어와."

다소 거친 음성이 안에서 울렸다. 살며시 문을 열고 들어선 여자는 얼핏 고개를 들었다가 기겁하듯 숙인다. 긴 책상을 가운데 놓고 양 옆으로 쭉 둘러앉은 사내들의 우묵한 눈이 정면으로 맞혀서다. 뭐든 나타나면 당장에 도륙 낼 스산한 눈길처럼 여겨졌는지 "어떻게 해" 하고 아까와 같은 말이 다시 여자의 잇새에 머문다.

"동무가 김은옥이야?"

상석인 듯 책상 끝에 창문을 등지고 앉은 사람이 소리치듯 묻는다.

"네에……."

"이 동무 봐라, 김일성청년동맹원의 목소리가 왜 그래? 어깨를 펴, 당의 후비대인 청년동맹원이면 어디서나 당당해야지 자, 허릴 쭉 펴라우."

끝에 앉아 은옥이와 가까운 위치에 있던 남자가 그리 말하며 움쩍 일어나 한 손으로는 여자의 가슴을 짚고 한 손을 등에 댄 다음으쌰, 제법 구령까지 치며 힘을 준다. 남자의 손이 아무 꺼림 없이 봉긋한 가슴을 짚고 구부러진 등을 눌러도 여자는 잠깐 얼굴을 붉혔을 뿐 별 반응 없이 허리를 편다.

"그래, 그래야지 여기 앉은 사람들은 말이야. 다 중앙당의 지시로 검열 차 내려온 지방당 간부들이야. 당 일꾼이니까 어머니란 뜻이기도 하구. 이제 책임자동지가 묻는 말에 그리고 기타 질문에 숨김없이 에, 엄마 앞이라 생각하고 솔직담백하게 말하면 돼. 허물없이 말이야. 알겠소. 동무?"

"아, 아 박 비서는 무슨 말이 그렇게 자상해. 은옥동무. 여기 은 광탄광에서 비사회주의 현상을 사찰하는 우리 검열단이 왜 동무를 불러들였는지 생각해봤나?"

아주 무게 있는 억양이다. 조금 안정을 찾던 은옥의 가슴이 다시 팔딱팔딱 뛴다. 검열단? 말로만 들었지 이렇게 가까이 마주앉아 보긴 처음이다.

전날 청년동맹조직생활총화에서 청년동맹 비서가 요즘 맹원들 속에서 발생하는 안일해의한 현상들에 대해 조목조목 지적하며 우리 초급단체 내에서는 절대 무의미한 연애와 나태한 생활 현상들이 나타나서는 안 된다고 강조하던 일이 떠올랐다. 상호비판 시간에는 은옥이가 날선 비판을 제일 많이 받았다. 비판 내용은 다름 아닌 채탄소대 소속 채탄공 강철무와의 연애였다.

기실 군대에서 갓 제대한 강철무와는 결혼까지 약속한 사이다. 막장 컨베이어 운전공인 은옥은 교대가 끝나기 무섭게 쪼르르 철무를 찾아가곤 했다. 일하는 여덟 시간 동안 내내 보고 싶어 죽을 지경이었으니까, 그와의 만남은 여간 즐거운 것이 아니었다. 철무도 찾아오는 은옥을 얼싸안으며 반갑게 맞아주곤 했다. 처음엔 안아주는 것이 어색해 얼굴을 붉히며 눈을 흘겼지만 차츰 그 횟수가 늘자 만나면 은근히 안아주길 바랐다. 근데 그것이 회의에서 비판받을 정도의 사상적 결함인 줄은 깜깜 생각도 못했다.

혹, 검열단이 그것 때문에 불러들였다면? 아이 창피해. 하는 생각에 저절로 가슴이 오그라드는데 아니나 다를까 책임자의 말이 다시 귀를 후린다.

"여성동무가 말이야 소문엔 연애 전문가라며? 맞아? 생긴 건 아주 얌전하게 생겨가지고……."

"얌전한 고양이 먼저 부뚜막을 차지한다지 않습니까? 또 요즘 사내놈들 저런 얌전 형을 매우 좋아한다나요."

"오호, 박 비서는 어찌 그리도 잘 아시오."

"당 일꾼이 하는 일이 사람과의 사업 아닙니까? 추세를 몰라서야……."

은옥은 그냥 잠자코 있었다. 뭐라 대꾸할 말도 없다. 아무튼 남자인 강철무를 무척 좋아했으니까, 그리고 만나면 거절 없이 안겼고 입도 맞췄고, 그러니까 언제나 긴장되고 전투적으로 살아야 될 김일성청년동맹원이 이런 비난 섞인 야유를 받아도 당연하다는 생각에 속이 한 줌만 해져 오돌오돌 떨었다.

"인정하는가?"

아주 다짐받듯 묻자 "네에"하고 은옥은 간신히 대답한다.

"접수력은 좋군 그래. 100일 전투로 온 나라는 물론 전체 탄광이 혁명적 열의로 부글부글 끓는데 그 앞장에 서야 할 새 세대청

년들이 뒷골목에서 그따위 짓거리로 세월을 보내면? 한심해. 이 탄광이 참 한심하단 말이야."

"이보라우 동무. 인정되면 지금껏 동무가 한 나태한 행위들을 거기 종이에 쓰라우, 알겠어?"

앞에서 아니꼬운 눈초리를 보내던 사람이 그렇게 인정사정없이 내쏜다.

"네, 알겠습니다."

은옥은 더더욱 움츠러드는 심적 부담을 이길 수 없어 길게 한숨을 내불었다. 그다음, 앞에 놓인 16절지 종이를 당겨 볼펜을 댔다. 뭐부터 써야 할지 얼른 글귀가 생각나지 않는다. 그냥 윙, 하는 잡음만 머릿속을 휘저었다. 지금 여덟 쌍의 눈길이 자기를 내려다보고 있다는 생각도 아주 멀리에 있었다. "어떻게 해" 너무 속상해 또 그 소리가 입속을 메운다.

"빨리 쓰시오. 시간 없소 또 다른 해의분자를 심의해야 되니까."

'글면 사랑하는 사람과 노 넌 것도 죄가 됩니까?' 하는 말이 목구멍까지 올라왔으나 차마 내뱉지 못한다. 지은 죄에 덧 죄를 씌우는 것 같아서…… 똑딱, 똑딱 벽시계의 초침 소리가 그렇게 크게 들릴 수 없었다.

"쓰면서 대답하라우."

한 사람이 적막이 싫은지 침묵을 깬다. 어인 영문인지 모르겠지만 은옥은 그 말이 무척 반가웠다. 마치 돌출부 같은 생각이 들었다.

"네."

"그 남자와의 관계는 몇 번이지?"

"네에? 그건,"

마침내 올 것이 왔다. 쾅, 뭔가 머리를 떡메 치듯 한다. 그런 것까지 말해야 되남? 당 조직 앞에선 혼자만의 비밀도, 잊을 뻔한 말 하자면 묻어둔 잘못까지 다 말하라 교육 받았지만 정작 앞에 닥치니 숨이 막혔다. 글쎄 사람이 말을 할 게 있지, 그런 건 둘만의 비밀인데 그걸 이 많은 간부들 앞에서 공개해? 그런 걸 어찌 이 사람들은 눈썹 하나 까딱 않고 묻는 거지? 창피하지도 않나봐, 하나 왠지 항거는 배꼽 아래로 쑥, 자취 없이 내려가고 선처를 바라는 안타까운 눈초리만 파르르 떨린다.

"그건요, 그건 좀 말하기가……."

"그러니까 뭐야, 하긴 했다는 소리네. 동문 사상 체계가 확실히 섰구만. 솔직해 엉? 아주 좋아."

"흐흐흐."

여기저기 킥킥대는 소리가 났다. 비죽한 눈초리로 쳐다보는 눈길과 마주치자 은옥은 그만 모닥불을 들쓴 듯 얼굴이 화끈해 두 손으로 얼굴을 감쌌다.

"아, 아 창피할 건 없고, 솔직하다는 건 그만큼 개진이 빠르다는 증거야. 그런 걸 쓰기 힘들면 말로 자아비판을 해도 돼. 말한다는 것도 용기가 필요하니까 말이야. 용기를 낸다는 건 확실히 제 잘못을 안다는 것이고 따라서 고친다는 뜻이 아니겠어? 그러니 말해봐. 우리가 조사한 바로는 연애상대인 강철무와 분명한 관계를 가졌다고 하는데 그걸 동무 입으로 이실직고하지 않으면 동문 영원히 제 잘못을 고치지 못하게 되는 게야."

"자자, 유 비서도 말이 많네그려. 그만한 것도 모르는 동무 같지는 않고, 책임자인 내가 직접 묻겠소. 몇 번이지?"

뇌가 몇 바퀴 팽그르르 돌아간다. 솔직히 그 횟수를 세보지 않은 이상 그걸 그대로 딱 몇 번이다, 하고 말할 자신이 없었다. 철무 오빠는 몰래 관계를 가질 때마다 이것은 우리 둘의 사랑의 증명이라고 말했다. 부끄럽긴 했지만 그럴 때마다 얼마나 즐거웠는지 모른다. 둘만의 일이어서 남들이 모르는 비밀을 가졌다는 것도 얼마나 가슴 뿌듯한 것인지 처음 알았다. 근데 그걸 이 많은 사람들 앞에서 말하라고?

"아이참, 어떻게 해."

이번엔 속으로가 아니라 겉으로 크게 내뱉었다.

"어떻게 하긴 뭐 어떻게 해? 솔직히 비판하면 되지. 이 동무 아직 정신이 덜 들었네. 여, 우리가 지금 할 일이 없어 아까운 시간을 들이며 이러고 있는 줄 알아?"

"알겠어요. 저…… 저……."

"저저가 뭐요? 몇 번이요?"

"저어…… 두, 두 번……."

"뭐요? 두 번씩이나? 어디서?"

은옥은 아무것도 들리지 않았다. 한 번이라면 솔직하지 못하다 할 것 같고 그렇다고 곧이곧대로 말하면 한심한 바람둥이라 할 거고 해서 적당히 두 번이라 했는데 이 사람은 그걸 두 번씩이나? 하며 놀란다. 한 번이라 할 걸 괜히. '어떻게 해. 아 아 창피하게 글쎄 이걸 어떻게 해?' 얼굴은 붉어지다 못해 당장 터질 것 같다.

은옥의 온정신은 이미 구중천에 날았다. 강둑에서, 또 한 번은 일요일 휴식 때 호실에서, 하고 떠듬떠듬 마치 남의 말을 하는 것처럼 뱉는다. 언제 어느 순간에 그 방을 뛰쳐나왔는지도 몰랐다. 아마도 모멸에 들뜬 발이, 그리고 다리가, 달아오른 몸을 사정없이 들쳐업고 삼십육계 줄행랑을 치게 한 것 같다. 그러나 나오면서 앙칼지게 한 말은 분명히 들었다. 그러한 상황에서 그나마 들을 수 있었던 것은 절대 떼어놓고 살 수 없는 사랑하는 강 오빠에 관한 말이었기 때문이었다. 오빠는 지금 몇백 리 밖에 있는 왕장이라는 곳에 기업소 외화벌이 과제를 수행하는 사금 채취장에 나가 있다.

"강철무. 그를 소환해 당장 불러들이시오."

책임자의 독 오른 말이 뒤통수를 후려치자 은옥은 그만 풀썩 복도에 주저앉았다. 그리고 먼 왕장 쪽을 바라보며 안타깝게 중얼거렸다.

"오빠, 어떻게 해."

2

　강철무가 중앙당의 방침에 의해 도당에서 파견한 비사회주의 구루빠(검열단)가 찾는다는 통지를 받은 것은 그날 일이 끝난 저녁이었다. 아침 다섯 시부터 어두울 때까지 사금채취를 하느라 육신이 노그라질 정도로 지쳤는데 밤차로 당장 기업소로 들어오라는 호출장이 떨어졌다고 채취조 책임자가 알려준다. 다음 날 아침 아홉 시까지 당위원회에 도착하라는 구루빠 즉 검열단의 호출에 강철무는 아연했다.

　저녁을 먹고 나서 책임자에게 대체 뭐를 조사하는 검열단이냐고 묻자 안일부화 즉 남녀관계의 무질서함을 들추고 그에 합당한 대책을 세우기 위해 파견된 구루빠라고 한다. 강철무는 곰곰이 생각했다. 뭐 어릴 적부터 지금까지 말장 들춰봤자 아무것도 꿀릴게 없었다. 젠장, 피곤하게…… 저기 저 책임자 같이 매일이다시피 과부집이나 드나드는 사람은 아무렇지도 않고 왜 들춰봐야 미세먼지 하나 없는 나를? 넨장, 그래서 한 마디 했다.

　"과부집 드나드는 사람은 안 찾는답니까?"

　말이 떨어지자마자 책임자가 발끈한다. 노루 제 방귀에 놀란 셈이다.

　"이 자석. 너 날 염두에 두고 지껄이는 게지 엉?"

　킥킥거리는 웃음소리가 난다.

"뭐 꿀리는 거 있소? 아니면 아닌 거지."

"이 자석 보게, 과부집에 드나든다고 다 너처럼 선을 넘는 줄 아냐?"

"아니, 내가 무슨 선을 넘었다고 그래요?"

"야, 너 은옥이와 만나기만 하면 마른 장작에 불붙듯 하는 걸 모르는 사람이 어디 있냐? 에헤, 자식 잘 걸렸지. 자고로 오입이란 할 수는 있겠지만 들키지 말아야제 머절싸하게 들켜서 호출이나 당하고 으음 음."

"아니 은옥이는 내 결혼 상댄데 그게 뭐 흠이요? 책임자는 안 그러오? 이동 작업 나왔다가 집에만 들어 가문 아주마일 찾아 신체검사부터 한다면서 무슨."

"이 자석아 너 그걸 어떻게 알았어, 엉?"

그러자 저쪽에서 누가 먼저 답을 준다.

"에이, 탄광쟁이 에미네들 저들끼리 모여 앉으면 못하는 소리가 없음메. 그게 무슨 비밀이라구, 나 참."

함북명천내기가 그러며 이야기를 잇는다.

"친정나들이를 간 탄광 어느 에미네가 말이야 갑자기 배가 아파서 그쪽 진료소 의사를 찾아가 배를 쓱 걷어 올렸지비. 근데 무슨 숯덩이를 칠해놓은 것처럼 아랫배가 시커먼데 그걸 본 의사가 와뜰 놀라며 '아주마이 배꼽 주위가 왜 그렇게 거멓소?' 하니까 이 에미네가 비죽비죽 웃으며 '네에…… 이거 말임매? 이건 저, 집의 남정네가 탄광재라서 그렇슴매' 하더라재!"

억양이 마치 그 부실한 아줌마가 말하는 것처럼 신통해 와, 하고 웃음이 터졌다. 저마다 한 마디씩 한다.

"아니 그 자식은 목욕도 안 하고 마누라 배를 문댔대?"

"헤이, 피곤하면 그럴 수도 있지 우리 막장에도 그런 게으른 놈들 있는데."

"하긴 탄가루라는 게 물에 씻는다고 다 빠지는 건 아니지, 그래도 그렇지 으하하……."

연달아 시답잖은 잡담들이 여기저기서 터진다.

아무튼 철무는 주섬주섬 준비를 하고 이내 역에 나왔다. 북행열차에 올라 네 시간 만에 탄광에 도착해 합숙에 오니 밤 열두 시 안팎이었다. 오면서 내내 생각에 생각을 거듭했지만 도무지 답을 낼 수 없어 철무는 늦은 시간이지만 은옥이가 든 호실 문을 두드렸다. 호실 막내인 향이가 속옷 차림으로 삐죽이 맨얼굴을 내밀었다가 철무임을 알고 샐쭉 웃고 들어가자 이내 은옥이가 나왔다. 둘은 아무 말 없이 걸어 강둑에 나왔다. 낮에 "어디서?" 하는 질문에 답한 지점이다. 잔디 위에 치마를 쓸며 앉던 은옥이가 어색하게 웃는다. 어떻게 물을까 하고 아까부터 은옥의 낯색만 살피던 철무가 요때라는 듯 입을 연다.

"왜 웃어?"

"아니, 아무것도 아니에요. 그냥."

"나보니까 좋아서 그래?"

"네."

알릴락 말락 죽어 들어가는 대답이다.

"그런 것 같지 않은데? 왜 우거지상이지?"

"아니에요. 그냥 그저."

"도대체 모르겠네. 비사 구루빠가 왜 날 찾지? 혹 은옥인 알아?"

"그건 저어……."

은옥은 긴 한숨을 내쉬고는 이것저것 낮에 당한 일을 하나도 빼놓지 않고 이실직고한다. 덤덤히 듣고 있던 철무가 검열성원들 앞에서 두 번 어찌어찌했다는 말을 듣고는 발칵 성을 낸다.

"뭐야? 너 그게 정말이야?"

"자 잘못했어요. 제발, 성내지 말아요. 그래도 난 많이 줄여서 대답했는데……."

"이런 멍청이, 그걸 지금 말이라고 해? 아니 생각해 봐. 우리 둘이 저지른 일을 대체 누가 안다고 묻는 대로 주절거려, 너 머저리지? 맞지? 아이구 이런 똥 머저리와 내참."

"나 나두 무슨 정신에 그 그런 대답을 했는지 모 몰라요. 제발 성내지 말아요. 그땐 정말 심장이 쪼 쫄아 죽는 줄 알았단 말예요."

"야, 이 정신 빠진 계집애야. 너 그 말은 생각 안 나데? 일을 치른 후 이젠 나도 비밀을 가졌다고 너 그랬잖아, 비밀을 가졌다는 건 어른이 된 증표라며 좋아할 땐 언제구, 한데 그걸 그렇게 쉽게

불어? 비밀이란 건 지켜야 비밀 아니야? 그딴 질문에 예잇, 그랬습
다. 것두 두 번입니다. 하면? 그게 비밀이야? 공개방송이지."

와아앙, 울음이 터졌다. 은옥은 울면서 서러움을 토한다.

"그 그래도 비밀 다, 다는 불지 않았는데…… 얼매나 많이 줄였
는데…… 실지론 우 우리 형편없이 마 많이 했잖아요. 어 엉엉엉."

울다울다 치마까지 뒤집어쓴다. 빨간 팬티를 입은 엉덩이가 홀
떡 드러난 것도 모르고, 철무는 "에잇, 내 너 같은 거 다시 상종하
나 봐라. 이거야 더러워서 내 살겐?" 하며 홀떡 일어나 퉤, 가래침
까지 뱉고는 뒤도 안 돌아보고 사라진다.

울다 말고 그 꼴을 보는 은옥의 입이 또 비죽비죽하다 두 손으
로 얼굴을 감싸며 와앙, 울음을 터트린다.

"나쁜 사람. 엉 엉, 식 올리기 전엔 절대 치마 벗기지 마 말라는
데 부득부득 벗기고는, 와아아…… 나 이제 어떻게 해."

3

합숙방에 들어와 대충 자리를 펴고 한잠 푹 잔 것 같긴 한데 벌
써 일어난 동료들이 왁작 떠들며 깨운다. 눈을 뜨자 이것들이 아
주 신명이 나 지껄여댄다.

"여 두 번, 어서 일어나, 벌써 여덟 시야."

"으하하 우리 호실 2번 동무 왔네, 여 두 번, 몹시 피곤했구만. 오자마자 세 번째 일 치렀나? 이 자식 어젯밤 몇 시에 들어왔지?"

이런 쌍, 아니 벌써 소문이 났어? 하룻밤 새? 철무는 이불을 안고 앉아 이쪽저쪽 히죽거리는 동료들을 쏘아본다.

"이런 개자식들, 대체 누가 그딴 소문 퍼뜨려? 재수 없게, 남이야 몇 번이든 무슨 상관인데?"

"왜? 난 듣기 좋은데, 제 좋아하는 여자와 그랬다는데 뭐가 어때서, 한데 어떻데? 좋았어?"

"여, 어떻게 좋았는지 설명 좀 해보라우 응? 두 번이니 생동할 거 아니야, 아니 세 번인가?"

"그러게 한 번도 아니고, 야하 얼매나 좋았을까? 이거 숫총각 서러워서 살겐?"

탄광 전반에 소문이 빠르게도 퍼졌다. 그것도 순식간에, 조만간 강철무라면 몰라도 두 번이나 2번이라면 모르는 사람이 없게 될지도 모른다. 밖에 나서면 만나는 사람마다 저를 두고 쑥덕거릴 것만 같아 은옥이는 애초 출근할 엄두를 못 냈다. 창피하고 부끄러워 얼굴에 모닥불을 들 쓴 것 같아서…… 그와 달리 철무는 승벽으로 몸이 달았다. 도무지 참을 수 없다. 구루빠면 구루빠지 이렇게 소문을 퍼뜨려 도대체 뭘 얻자는 게야, 식당에 들러 먹는 둥 마는 둥 숟가락질을 하고 쟁강 소리까지 내며 퇴식구에 식판을 밀어 넣은 철무가 신경질적으로 뛰쳐나온다.

기업소 정문 위엔 희고 긴 천에 붉은 글씨로(모두 다 당이 제시한 확대재생산 전투에로!) 라고 쓴 현수막이 버젓이 걸렸다. 그걸 올려다 본 철무는 "확대재생산? 저거 두 번 생산하라는 소리 같은데 이런 젠장" 하고 툴툴대고는 손목시계를 들여다본다.

정확히 오전 아홉 시, 철무는 초급당위원회 출입문을 벌컥 열었다. 욱, 하는 성질대로라면 누구든 도륙을 낼 기세다. 너들 아직 2번이 무서운 걸 모르지? 집에서도 첫째보다 둘째가 일을 치고 직장도 일인자보다 이인자가 더 무서운 원인이 어데 있다고 보는 게야? 자식들, 그런데 내게 2번 별명을 하루아침에 붙여 줘? 이제 그 대가를 톡톡히 치르게 할 거다. 아직 군대 성격이 그대로 남아 있는 야생마 같은 강철무는 매서운 눈초리로 좌중을 쭉 둘러본다.

마치 성인군자인양 기름을 발라넘긴 머리들을 빳빳이 쳐들고 앉은 검열단성원 여덟 명이 강철무에게는 하찮은 코흘리개처럼 보였다. 물론 그중 한 사람은 탄광초급당 비서다. 강철무로서는 조금 움츠러들 위인이기도 했다. 삼 년 전 철무가 복무한 군부대 정치위원으로 재직한 사람이었으니까,

"강철무동무요? 잘 왔소. 앉으시오."

긴 책상머리 상석에 앉은 사람이 위엄 있게 손을 들어 자리를 가리킨다. 철무는 끝머리에 앉았다. 앞 책상 위에는 은옥이 때처럼 흰 종이와 볼펜이 놓여 있었다.

"여기 왜 불려 들어왔는지는 알겠지? 쓰시오. 삼십 분을 주겠소.

솔직하게 쓰면 더 이상 문제 삼지 않을 거고, 그러나 만약 뭔가를 숨기려 든다면 그땐 동무에 대한 조직문제를 따로 보겠소. 알아들었소?"

볼펜을 손에 쥔 철무는 쓸 염을 않고 말하는 사람을 쏘는 눈길로 쳐다보며 벌떡 일어난다.

책임자 옆 첫 머리에 앉은 초급당 비서는 미소를 띤 채 묵묵히 지켜보고만 있다.

"당신들은 대체 뭐하는 사람들이요?"

철무의 첫 말이다. 이런? 좌중은 갑자기 찬물을 뒤집어쓴 듯 숨소리마저 죽였다. 무거운 침묵 속에서 기고만장한 강철무의 소리가 다시 터졌다.

"나는 당에 바칠 외화벌이 전투로 금을 채취하느라 아침 다섯 시부터 어두울 때까지 허리 한 번 펼 새 없이 일하는데 당신들은 여기 선선한 곳에 앉아 남녀관계나 캐며 그렇게 바쁜 나를 충성의 사금장에서 불러들였소? 어이고야 머리에 기름까지 찰찰 바르고, 이것 보시오. 당신들은 사람의 인품이 빤질빤질한 머리칼에서 나오는 줄 아시오?"

이것 참, 방 한가운데 폭탄이 작렬했다. 아니 글쎄 이건 대체 어떻게 생겨먹은 자식이기에 영도의 감투를 쓴 당 일꾼들 앞에서 이따위 망발을 거리낌 없이 퍼붓지? 저건 정신병자가 분명하다. 온정신으로야 어찌 감히! 모두 입을 딱 벌리고 멍청히 강철무만 바라보는데 비죽이 웃던 초급당 비서가 "에이, 어이"하며 손사래를 친다.

"강철무동무. 여기 모인 사람들은 말이야, 다 한다 하는 당 간부들인데 그리 말하면 쓰나 않게. 어서."

어서, 라는 말에 어지간히 힘이 실렸다.

"어허 참, 정치위원동진 왜 또 이런 때" 마치 하늘의 명령이라도 받은 듯 강철무가 주춤하며 자리에 앉는다. 역시 옛 상관의 파워가 장난이 아닌 것 같다.

"언제 올라왔나?"

"어제 밤차로 왔습니다."

"은옥이는 만나봤나?"

강철무가 벌떡 일어나 군인처럼 차렷 자세를 취한다.

"옛. 정치위원동지. 어젯밤 오자마자 만났습니다."

"뭔 소릴 들었는지 모르겠지만 지금 투정을 하나? 새 별명이 마음에 안 드나 부지?"

"예?"

"2번 말이야. 아니 두 번인가?"

"듭니다. 아 아니…… 안 듭니다. 2번이 뭡니까, 2번이."

"왜? 그게 뭐 어때서, 2번이 있어야 1번도 있는 거 아닌가?"

"그런 뜻이 아니잖습니까? 어찌 남녀 간의 문제를 그렇게 밤새 유포시켜 사람 얼굴을 따갑게 만드는 겁니까? 그것도 당 간부들이, 이게 사람이 할 짓입니까?"

"원래 소문이라는 게 그래. 아마도 당사자의 입을 통해 새나간 것 같은데 그럼 어쩔 셈인가. 헤어지기라도 하겠다는 건가?"

"그건, 정치위원동지."

"난 정치위원이 아닌 초급당 비서야 오보는 그만 하게."

"내게는 영원한 정치위원이십니다. 은옥이와는 단호히 헤어질 겁니다."

"뭐? 단호히? 이런 참, 이유가 뭐요?"

"그건 여기 앉은 이 사람들에게 물어보십시오."

"여, 동무?"

빽, 소리가 울렸다. 바로 상석에 앉은 검열단 책임자다. 본직은 도당위원회 지도원이라 했다. 거의 발작하다시피 터진 고함소리에 모두가 움쩍 놀라 화들짝 머리를 쳐든다.

"이 동무 보자보자 하니까, 여 지금 제정신이야? 대체 누굴 보고 이 사람들이라 하는 게야 어?"

"바로 당신들 보고 하는 소리요."

강철무는 아주 침착하게 느긋한 목소리로 맞선다. 거기엔 직위나 믿고 까불지 말라는 야유가 한껏 실렸다. 일부러 약을 올리려는 속심 또한 빤히 들여다보인다.

"뭐 당신들? 이것 보오, 초급당 비서동무. 저게 당신 산하 당원이 맞소?"

"네 맞습니다. 군에서 입당하고 제대해 우리 탄광에 배치된 아주 배짱 있는 청년이지요."

"뭐요? 이렇다니까, 비서동무까지 그러면 되겠소? 내 말은 그게 아니잖소."

강철무는 속으로 웃음이 터지는 것을 간신히 참았다. 정치위원 동지도 아직 군대물이 다 안 빠진 것 같다. 분명 제 편이라는 생각이 머리를 꽉 채운 순간 새로운 기운이 밸 밑굽에서부터 고속으로 출발해 목구멍을 타고 입으로 왈칵, 거침없이 튀어나온다.

"그럼 뭡니까? 날 보고 비판서를 쓰라구요? 이것 참…… 이것 보시오. 어린 여자를 불러 들여 남자와 무슨 짓을 어떻게 했나나 따지고 집요하게 달라붙어 그 횟수까지 억지로 말하게 만든 당신들이 도당에서 파견한 비사(비사회주의)구루빠요? 지금 제정신들입니까? 보아하니 혈색들이 울긋불긋 한창 빛을 발하는 단풍잎처럼 아주 기름진데 그렇게 힘이 넘치면 막장에 들어가 석탄이나 푸시오. 지금이 어느 때요. 온 나라가 당이 내세운 100일 전투로 당과 수령께 기쁨과 만족을 드리려 아글타글 시간을 쪼개가며 불철주야 일하는데 여기선 남자 여덟씩이나 앉아 남녀 침대 횟수나 따지며 있소? 부끄럽지도 않소? 내 말이 틀렸다면 어디 대답해보시오. 이게 옳습니까?"

진짜 누가 '원고'이고 '피고'인지 알다가도 모르겠다. 강철무는 책상까지 탕, 친다. 입으론 분수발 같은 침이 튀었고 이마엔 굵은

핏줄이 가로세로 얽혔다.

"말은 청산유수군. 동무. 정신 차려!"

철무의 바로 앞에 앉은 사람이 그렇게 소리치며 벌떡 일어난다.

"뭐라고요?"

"이런 사람이 어떻게 당원이 됐지? 그럼 사회 전체가 충심으로 부글부글 끓고 있는 이때 여자나 끼고 안일해의하게 산 강철무, 동무의 머릿속 사상은 대체 뭔가? 긴장되고 전투적인 분위기에 찬물을 끼얹는 행위가 아닌가? 그리고 우리 비사 구루빠는 당 중앙의 방침을 받고 여기 은광탄광에 파견된 검열단이요. 참된 당원이라면 누구를 막론하고 구루빠의 심의에 허심한 태도를 보여야 하는 거 아니야? 결혼도 안한 여자를 얼려……."

강철무가 얼른 그 말을 가로챈다.

"얼리다니, 말조심하시오. 우리 둘은 결혼을 약속한 사이란 말이요. 뭘 안다구 그러시오?"

"약속을 했지 부부가 된 건 아니잖아, 결혼 전에 살림할 집도 없는 사람이 여자를 끼고, 참 나…… 그게 안일부화한 사상이 아니야? 뭘 잘했다구 떵떵대? 이봐 청춘남녀 간의 사랑도 당에 기쁨을 드리고 만족을 드리는 선에서 혁명적으로, 전투적으로 해야 한다고 당에서 가르쳤어 안 가르쳤어. 전투적이란 말이 무슨 말인지 알기는 알아? 약속이나 했다구 밤에 끌어내 옷 벗기고 무얼 뭘뭘 어찌어찌하는 게 전투적이야? 글쎄 혹, 그것도 만만찮은 일이니 전투적이다. 하고 생각할지는 모르겠지만…… 대가리에 나태한 사상만 가득 차 갖고 어디서 행패야? 나는 구루빠의 명의로 이 동무에게 엄중한 당적 책벌을 줄 것을 공식 제의합니다. 노동계급의 무자비한 프롤레타리아 독재가 무엇인지 정신이 번쩍 들도록 콱, 안겨줘야 할 것 같습니다. 이상입니다."

강철무는 기가 막혔다. 뭐라고 할지 얼른 답이 생각나지 않는다.

"나도 찬성이요. 난 구루빠 책임자로서 그 제의를 100프로 받아들입니다. 여 제대군인동무, 동무가 어떤 경로를 통해 당 대열에 들어왔는지는 몰라도 머리가 그렇게 텅텅 비어 가지고 앞으로 뭘해 당의 신임을 받겠소. 우선은 자숙과 공손부터 체득하시오. 어떤 경우에도 당 조직을 우습게 여기는 현상에 대해서는 절대 용서할 수 없소. 어떤 사람이든 말이야. 설사 세인을 놀래는 노력적 성과를 이루고 진정 쓸모 있는 지식과 자질이 있다 해도 당 앞에 머리를 숙일 줄 모르는 사람은 아무짝에도 쓸모없소. 어떤 문제에 봉착하더라도 0,001퍼센트의 잘못이 섞였다면 무조건 순응해야 하는 것이 당원의 참된 자세며 수양이 아닌가? 초급당 비서동무. 어떻소. 강철무동무를 안일부화, 그리고 당 조직에 대한 무차별 반항, 안하무인의 독단적 판단에 따른 무지한 행패에 준하여 엄중한 처벌을 내리는 것에 동의합니까?"

강철무는 일이 이렇게까지 비약될 줄은 미처 몰랐다. 그는 슬그머니 옛 상관을 바라보았다.

어떤 처벌이든 해당 당조직 책임자의 동의 없이 강행할 수는 없었다. 그러하기에 이제 어떤 말이 초급당 비서의 입에서 나오는가에 따라 그의 운명이 결정될 절제절명이 순간이다.

잠시 후 당비서실을 나온 강철무는 긴 한숨을 내쉬었다. 감정에 휘둘려 공연히 우뚤거렸다는 아픈 후회가 가슴을 메웠다. 그럴수록 은옥이에 대한 분노가 치밀었다. 글쎄 머저리 같이 왜 둘이 한 일을 그렇게 토설한단 말인가? 그러지만 않았다면! 둘만의 비밀은 둘만이 간직해야 구설 없이 공고한 것이 아니던가? 그러나 오후 점심시간 이후에 다시 당비서실에 불려 들어가서야 그 분노와 원망이 잘못된 것임을 알았다.

당비서 즉 정치위원동지를 만나고 나오는 그는 이미 아침 아홉 시에 초급당 비서실 문을 세차게 열고 들어서던 혈기왕성한 강철무가 아니었다.

*

"그 강철무라는 사람이 영감 같은데, 맞지요?"

"참 거 물어봐야 아나? 딱 들으면 알겠구만."

"그래 그건 그렇고, 그담 어떻게 됐소? 당비서가 구루빠 책임자 말에 동의 했다오?"

"아마 그랬겠지. 그러니까 저 영감 바빠서 도망친 거 아니겠어?"

"그럴 만도 해, 당 중앙의 지시를 받고 도당에서 파견한 검열단 앞에서 그 정도 야료를 부렸으면 그거 틀림없이 정치범 수용소감인데 안 그래요?"

"누가 아니래나? 하지만 정치위원동진 강철무를 처벌하겠다는 제의에 동의를 안 했거든."

"예에? 아니 왜? 안 하면 소속 당원을 교양 못한 초급당 비서에게도 책임이 따랐을 텐데."

"아, 그래서 그토록 여자를 원망하던 마음도 싹 다 사라졌겠네 그래, 흐흐."

"거 막걸리 한 잔 보내. 목말라, 나이 먹은 사람 우대할 줄도 모르는 놈들 같으니."

"아 예 얼마든지요 자…… 찰랑찰랑 막걸리 대령이요."

하 영감은 막둥이가 내민 막걸리 한 사발을 쭉 들이키고서야 다시 말을 이었다.

철무가 구루빠의 심의결정 때문에 밖에 나왔다가 다시 들어갔을 때 당비서실엔 초급당 비서 혼자 있었다. 비서는 여전히 입가에 미소를 띠고 그를 맞았다.

"아직도 2번이란 별명, 마음에 안 드나?"

이미 한풀 죽은 철무는 벅벅 뒤통수만 긁는다.

"녀석, 당 일꾼이 뭐 네 동무쯤으로 보이더냐?"

"잘못했습니다. 아까는 너무 격해서……."

"고쳐, 여긴 군부대가 아니거든. 정문으로 들어오면서 봤지."

"뭘 말입니까?"

"(모두 다 당이 제시한 확대재생산 전투에로!)하는 구호 말이야."

"네 봤습니다. 100일 전투를 성과적으로 끝내자면 확대재생산이 생산 못지않게 중요한 거 아닙니까?"

"그렇긴 하지. 하지만 당 일꾼은 확대재생산이란 당의 구호를 자네처럼 해석하지 않아."

"예? 그게 무슨……."

"다시 한 번 묻겠어. 은옥이를 버릴 텐가?"

"솔직히 너무 고지식해서…… 싫습니다. 여자가 어찌 그런 말을……."

"고지식이라…… 허허 녀석, 바로 그 고지식이 당에서 바라는 성품이 아니던가?"

"?"

초급당 비서가 천천히 다가와 철무의 어깨에 손을 얹는다. 그윽이 들여다보는 눈길은 틀림없이 어린 학생이 저지른 잘못을 같이 아파하는 담임선생님의 눈길 같았다.

"은옥이의 외조부는 왜정 때 수령님을 모시고 싸운 반일지하 조직원이었어. 말하자면 항일투사 반열이지. 알고 있었나?"

"아니, 처음 듣습니다."

"그렇겠지. 알고 난 지금은 어떤가, 그냥 싫은가?"

"?"

"허허 철무, 자네 자신을 확대재생산해 보게. 우리 당 일꾼들은 말이야 어떤 조건에서든 사람을 먼저 본다네. 아니 사상을 먼저 보는 사람이라 할까!"

"저어…… 비서동지 용서해주십시오. 제가 생각이 짧았습니다. 다시는 안 그러…….."

철무가 무릎을 꿇고 울컥한다. 그다음 당 비서를 우러러 본다. 그 눈에는 두 번 다시 지금의 강철무로 살지 않겠다는 표정이 역력했다.

"난 자네를 처벌하지 않기로 했네. 머릿속의 사상을 개진할 기회를 주는 셈이지. 그게 내가 할 일이니까, 어서 가서 은옥이를 만나보지 그래. 그 여자처럼 당 조직을 존엄 있게, 어머니처럼 대하는 것이 자신을 확대재생산할 필수의 지름길이라는 걸 명심해. 계속 막장에서 석탄을 푸는 노동자로 살 텐가? 어서."

"알겠습니다. 저…… 비서동지, 비서동진 영원히 저의 정치위원이십니다. 고맙습니다."

봄비 내리는 날

유영갑

유영갑

1958년 인천 강화에서 태어나 1991년 월간문학 소설 신인상으로 등단했다. 창작집으로『싸락눈』『강을 타는 사람들』과 장편소설『푸른 옷소매』『그 숲으로 간 사람들』, 북한 인권을 말하는 남북한작가 공동 소설집『금덩이 이야기』에 참여했다. 사진 산문집『갈대 위에는 눈이 쌓이지 않는다』, 평전으로『성완희 열사』등이 있다. 1994년 대산문화재단에서 창작지원금을 받았으며, 2005년 장편『달의 꽃』이 우수도서에 선정되었다.

적막한 새벽 시간에 알람시계가 요란한 소리를 냈다. 깊은 잠에 빠져 있던 동수가 겨우 눈을 떴다. 손을 뻗어 알람을 껐지만 바로 일어나지 못했다. 두들겨 맞은 듯이 어깨가 아프고 허리가 욱신거렸다.

"오늘은 나가지 말까."

이리저리 몸을 뒤척이며 중얼거렸다.

문득 건설돌격대가 생각났다. 새벽 다섯 시가 되면 어김없이 기상나팔 소리가 울려 퍼졌다. 과제를 달성하기 위해 밤늦게까지 얼마나 뛰어다녔던가. 총폭탄이 되어 당중앙을 결사 옹위한다는 충성심으로 모진 고통을 버텨냈다. 돌격대에 비하면 이곳에서의 막노동은 일도 아니다. 배부르게 잘 먹을 뿐만 아니라 빨리 뛰라고 다그치는 사람도 없다. 여덟 시간 일하고 나면 그날 일당을 받을 수 있어서 일하는 맛이 났다.

잠자리를 털고 일어났다. 형광등을 켜자 어수선한 광경이 드러났다. 양말과 장갑 같은 잡다한 물건들이 여기저기 흩어져 있었다. 오래된 농가여서 벽지가 누런색을 띠었다. 어디에선가 흙냄새도 났다. 창호지가 발라져 있는 여닫이 방문을 열면 바로 안마당이었다. 그래도 보일러가 잘 작동되고 있어서 방은 따뜻했다. 싱크대와 세면실 수도꼭지에서는 항상 뜨거운 물이 나왔다. 군대 막사 같은 부령군의 하모니카 집에 비하면 여간 편리한 것이 아니다. 예전에 윤미네가 살았던 이 집은 횡성읍에서 조금 떨어진 개전리에 있다.

윗목에 스티로폼 상자가 하나 있었다. 윤미의 어머니인 부령댁을 따라 처음 이곳에 왔을 때 마루에 쌓여 있는 스티로폼 상자를 보고 무엇이냐고 물었다. 부령댁이 병아리를 까는 부화기라고 알려주었다. 그때는 전혀 이해가 되지 않았다. 그날 이후 상자를 볼 때마다 어떤 원리로 계란이 부화되는 것인지 궁금했다. 그렇게 지내다가 부령댁으로부터 부화시키는 방법을 배웠다.

주방으로 가서 가스레인지에다 냄비를 올렸다. 입맛이 없지만 힘든 일을 하려면 뭐라도 요기를 해야 한다. 물이 끓을 때 라면을 넣고 계란도 두 개 깨뜨려 넣었다. 식사를 마치고 커피가루를 종이 필터에 걸러서 드립커피를 만들었다. 탈북단체에서 지원하는 프로그램 중에 바리스타 반이 있었다. 그곳에서 커피 공부를 마치고 일 년 남짓 커피전문점에서 일을 했었다. 그때 커피 맛을 알게 된 후로 하루에 몇 잔씩 드립커피를 만들어 마셨다. 계란처럼 갸름한 윤미 얼굴이 떠올랐다. 돌격대에서 일할 때 묻혀 있던 미모가 남한 생활 몇 년 만에 해바라기처럼 환하게 피어난 것 같았다. 그녀는 신토불이 장터에서 전동 카트에다 인스턴트커피를 싣고 다니면서 커피 장사를 했다. 갑자기 마음이 급해졌다. 인력사무소에 늦게 나가면 일을 배정받지 못할 수도 있다. 아직 날이 풀리지 않아서 일거리가 많지 않았다.

작업복을 입고 부화기 앞으로 갔다. 백열등 주황색 불빛이 작은 사각 창으로 새어나왔다. 마음이 포근해지는 불빛이다. 금세라도 병아리가 껍질을 깨고 나와 삐약삐약 소리를 낼 것만 같다. 예정대로라면 병아리가 며칠 전에 나왔어야 한다. 부령댁은 계란을 넣어두고 이십일 일이 되면 부화될 거라고 했다. 하지만 이십오 일째가 됐는데도 움직임이 전혀 없었다. 그가 손을 넣어 계란을 만졌다. 웃풍이 센 방이지만 계란이 차갑지는 않았다. 오히려 지나칠 정도로 따뜻했다. 계란을 꺼내 귀에 대 보았다. 아무 소리도 들리지 않았다.

밖으로 나가자 희뿌옇게 동이 트고 있었다. 풍뎅이의 커다란 날개 같은 양철지붕 너머로 중첩된 산 그림자가 보였다. 어디선가 닭 우는 소리가 났다.

이곳에 온 지 반년이 지났다. 그는 집이 없다. 원주에서 살던 임대아파트를 반납하고 보증금을 돌려받았다. 그 돈은 여동생 동희를 찾아서 연변 일대를 돌아다니느라 다 썼다. 막노동을 하며 화물차에서 숙식을 해결하다가 윤미에게 거처할 만한 곳을 알아봐 달라고 부탁했다. 그때 윤미가 이 집을 추천해주었다.

마당 가운데에 그릇이 하나 있었다. 그것을 집어 들고 마루에 놓인 포대에서 개 사료를 퍼냈다. 검둥이를 처음 본 것은 석 달 전이다. 그때 동수는 안마당에 불쑥 나타난 개를 보고 깜짝 놀랐다. 목과 잔등의 털이 듬성듬성 빠져 있고 뒷다리 뼈가 마른 나뭇가지처럼 앙상하게 드러나 있었다. 몰골이 어찌나 험한지 개의 유령 같다는 생각이 들었다. 빵을 하나 던져 주었는데 선뜻 다가오지 않았다. 먹고 싶어서 침을 질질 흘리면서도 코를 땅에다 대고 동수의 눈치를 살폈다. 그가 방으로 들어가서 창문으로 내다보자 잽싸게 빵을 물고 사라졌다. 검둥이는 그 이후로 자주 나타났다.

마당 앞쪽의 쥐똥나무 울타리 옆을 지나 화물차 세워 둔 곳으로 갔다. 운전석으로 올라가 시동을 걸자마자 차를 몰아 마당을 벗어났다. 오래지 않아 읍내에 있는 인력사무소 건물 앞에 도착했다. 사무실로 들어가자 막일을 하려는 사람들이 여러 명 나와 있었다. 그는 불청객처럼 쭈뼛거리다가 자판기에서 커피를 빼들고 의자에 앉았다. 뜨거운 커피가 어쩐지 허하고 을씨년스러운 마음을 달래주는 것 같았다. 짧은 머리카락에 콧날이 오뚝하고 광대뼈가 도드라진 동수는 여느 이십 대 청년처럼 평범해 보였다. 이곳에서 그가 탈북자라는 것을 아는 사람은 없었다.

"강동수! 이 씨랑 같이 묵계리로 가봐."

얼마 후 인력사무소장이 일자리를 배정했다. 차를 가지고 있는 사람은 직접 공사 현장으로 이동할 수 있어서 유리한 면이 있었다. 동수는 오십 대쯤 되어 보이는 이 씨와 함께 사무실에서 나갔다.

묵계리는 읍내에서 십 분 거리에 있다. 산기슭으로 난 좁은 길을 따라 올라가자 야산 중턱에 이층집 두 채를 짓고 있는 공사장이 나타났다. 동수가 공터에 차를 세우고 모자와 장갑을 챙겼다. 그 사이 차에서 내린 이 씨가 앞장서서 걸어갔다.

먼저 온 일꾼들이 모닥불을 쬐며 두런두런 잡담을 나누었다. 산 아래 섬강 쪽에서 늦겨울의 차가운 바람이 세차게 불어왔다. 하늘에 검회색 물감이 뿌려진 듯 잔뜩 흐려 있었다. 당장이라도 눈발이 흩날릴 것 같았다. 동수가 사람들 틈을 비집고 모닥불 가까이 다가갔다. 드럼통에서 폐목재가 활활 타올랐다. 손을 내밀어 불을 쬤다.

"강성대국으로 나아갈 데에 대한 장군님 방침에 따라서……."

불현듯 귀에 익은 목소리가 들려왔다. 돌격대 중대장은 아침마다 작업지시에 앞서 로동신문을 들고 독보회를 진행했다. 동수가 흠칫 놀라 뒤를 돌아보았다. 찬바람이 휘몰아칠 뿐 아무도 없었다. 돌격대를 떠난 지 꽤 오래되었건만 마치 어제 일처럼 그때 일들이 생생하게 떠올랐다. 괜히 등줄기에서 식은땀이 배어나왔다.

"저거 소장 차지?"

누군가가 산 아래를 가리켰다. 좁은 산길을 따라 올라오던 회색 승용차가 공터에 멈춰 섰다. 공사장을 관리 감독하는 현장소장이 차에서 내렸다. 그 광경을 내려다보던 사람들이 연장을 들고 하나둘씩 작업장으로 흩어졌다.

"폼을 이쪽에다 쌓게."

공사장으로 올라온 현장소장이 두 사람에게 지시를 했다.

옹벽 거푸집으로 쓰였던 유로 폼과 지지대로 사용된 목재와 비계 파이프가 어지럽게 흩어져 있었다. 많기도 하네. 이 씨가 중얼거렸다. 온종일 유로 폼 쌓을 것을 생각하니 주눅이 드는 모양이다. 유로 폼 중에서 큰 것은 무게가 십구 킬로그램이나 된다. 스물여덟 살의 젊은 동수에게도 보통 무거운 것이 아니다. 유로 폼의 사각 틀이 철제로 되어 있어서 살짝 부딪쳐도 뼈가 아릴만큼 아프다. 동수의 정강이는 이미 여러 군데가 시퍼렇게 멍들어 있었다.

두 사람은 기다란 비계 파이프를 먼저 정리하고 나서 유로 폼을 들어다가 쌓기 시작했다. 얼마 후 양어깨가 몽둥이로 맞은 듯이 결리고 아팠다. 물에 젖은 솜뭉치처럼 몸이 무겁고 손발은 잘 움직여지지 않았다.

"이 씨, 참 먹고 해!"

두어 시간쯤 지나자 현장소장이 간식거리를 가지고 왔다.

동수는 이 씨와 함께 나무판자 위에 앉아 빵 봉지를 뜯었다. 목화솜처럼 보드라운 크림빵을 베어 먹고 우유를 마셨다. 우유는 하나원에 입소했을 때 처음 맛을 보았다. 어찌나 고소한지 그저 신기할 따름이었다. 사람이 소의 젖을 먹을 수 있다는 것도 그때 알았다.

간식을 먹고 나서 담뱃갑을 꺼냈다. 이 씨와 같이 일을 나온 것이 열 번쯤 된다. 같은 현장에서 함께 일했다는 것은 막일꾼 동료로서의 관계가 형성됐다는 뜻이다. 그가 이 씨에게 담배를 권했고 두 사람은 함께 담배를 피워 물었다.

"자넨 고향이 어딘가?"

이 씨가 물었다.

"고향요? 아 예, 안성입니다."

안성에 있는 하나원에서 정착 교육을 마친 것이 삼 년 전이다. 원주에서 사회생활을 시작했지만 직장 구하는 것이 만만치 않았다. 면접시험을 치를 때마다 북한에서 왔다고 말했는데 항상 떨어졌다. 나중에야 남쪽 사람들이 북조선에 대한 선입견이 있다는 것을 어렴풋이 알게 되었다. 이제는 누가 고향을 물으면 안성이라고 대답했다.

심장에 불을 달자 가슴이 용암처럼 끓게!

돌격대 작업장에 늘어서 있던 입간판 붉은 글자가 눈앞에 어른거렸다.

"북두칠성 저 멀리 별은 밝은데, 아버지 장군님은 어데 계실까……."

선전대 방송 차에서 지긋지긋하게 앵앵거리던 노랫소리가 들려오는 것 같았다. 새벽별을 보고 일어나서 도로 건설 현장으로 나가면 저녁별이 떠야 일을 마칠 수 있었다. 주어진 하루 과제를 마치지 못하면 달이 떴다 지도록 우등불을 밝히고 담가를 들고 뛰었다. 돌격대에서 제대하면 조선로동당 당증이 차례질 거라던 지도원의 말을 떠올리며 참아냈다. 그는 고무산로동자구의 한 기업소에서 일하던 중 지도원에 의해 도 돌격대원으로 차출되었다. 한겨울에 얼어붙은 쉐기밥을 쥐처럼 갉아 먹은 날이 얼마였던가. 영양실조로 눈이 퀭한 채 끊임없이 등짐을 졌고 쇠메질로 얼음과 바위를 까댔다. 원래 돌격대생활을 일 년 하면 기업소에서 다른 사람으로 교대해주기로 되어 있는데 이루어지지 않았다. 어느 날 먹을 것을 구하러 마을로 내려갔다. 그리고는 귀대하지 않고 고향집으로 갔다.

"오빠!"

집에 들어서자 동희가 맞아주었다.

"엄마 돌아가셨어."

동희가 그의 팔에 매달렸다. 석회석광산에서 일하던 아버지가 매몰 사고를 당하는 바람에 어머니가 고생고생하며 남매를 키웠다. 그런 어머니가 앓다가 약 한번 써보지 못하고 사망했다고 하니 마른하늘에서 날벼락이 떨어진 것만 같았다. 억이 막혀서 말이 나오지 않았다. 이런 일이 벌어졌는데도 연락조차 해주지 않은 기업소 지도원이 원망스러웠다.

"오빠, 우리도 강타기 할까?"

며칠 뒤 동희가 말했다.

"갑자기 무슨 소리야?"

강을 탄다는 것이 무슨 뜻인지 동수도 알고 있었다.

"더 이상 이렇게는 못 살 것 같애."

동희는 친구와 함께 장마당에서 알판(CD) 장사를 해왔다. 남한 드라마와 영화를 담은 알판은 감시에 걸릴 위험이 컸지만 이익도 많이 남는 장사였다.

"이 말은 안 하려고 했는데……."

동희가 훌쩍거리며 말했다.

동수는 망치로 머리를 얻어맞은 듯 큰 충격을 받았다. 알판 장사하는 것을 눈치 챈 기업소 지도원이 신고를 미끼로 돈을 뜯어가고 겁탈까지 했다는 것이다. 그는 피가 거꾸로 치솟는 것을 간신히 참았다. 며칠 뒤 퇴근시간에 맞춰 공장 앞에서 지도원을 기다렸다가 뒤따라갔다. 한적한 길에 들어섰을 때 지도원을 덮쳐 기절할 때까지 두들겨 팼다.

그날 밤에 배낭 하나 달랑 메고 동희와 함께 집을 나섰다. 두 사람은 열흘 뒤 무산에 도착하여 무작정 두만강을 건넜다.

현장소장이 저쪽에서 걸어왔다. 두 사람은 얼른 담뱃불을 끄고 일어났다. 하늘이 어두워지고 있었다. 바람은 더욱 거세어졌다. 다시 작업을 시작한 지 한 시간쯤 되었을까. 진눈깨비가 쏟아지기 시작했다. 나무계단을 짜던 목수가 연장을 정리했고 조적공들도 일을 중단하고 틀비계 위에서 내려왔다.

"반대가리밖에 못하겠구만."

유로 폼을 옮기던 이 씨가 동수를 보았다. 날씨 때문에 일을 못하게 되면 일당을 반만 주는데 그것이 반대가리였다.

진눈깨비 때문에 작업은 중단되었다. 동수는 현장소장에게 반일당인 오만 원을 받아 쥐고 화물차에 올라탔다. 읍내로 돌아와서 이 씨를 내려주고 시장 주차장에다 차를 세웠다. 차에서 내려 모자를 눌러 쓰고 농협 쪽으로 걸어갔다.

이 일대는 농민들이 직접 생산한 농산물을 파는 신토불이 장터다. 오일장 서는 날이 아니어서 왕래하는 사람은 별로 없었다. 장터를 따라 올라가자 부령댁의 두부밥 가게가 나왔다. 집 한쪽을 개조해서 탁자 두 개를 놓고 장사하는 곳이다. 근처에서 커피를 파는 윤미는 보이지 않았다. 그가 탁자 앞에 앉았다.

"이모님, 날씨가 안 좋습다."

동수는 어머니와 가깝게 지냈던 부령댁을 이모라고 불렀다. 고무산로동자구의 한 마을에 살았기 때문에 서로 잘 알고 있었다.

"기렇구만."

부령댁이 두부밥 세 개를 접시에 담아 주었다. 하나 집어서 베어 먹었다. 두부밥의 모양은 북한식인데 내용물은 남한식이었다. 밥에다 곤드레나물과 버섯을 잘게 썰어 넣어서 만든 속 재료가 고소하고 담백했다. 두부밥을 먹고 나서 옥수수쌈 일 인분을 주문했다. 옥수수쌈은 옥수숫가루로 만든 전에다 돼지고기와 채소를 다져 넣은 북한식이었다. 처음부터 두부밥 가게를 한 것은 아니다. 부령댁은 주방에서 일하던 경험을 살려 아파트 보증금까지 빼내어 식당을 차렸지만 결과가 좋지 않았다. 그대로 포기할 수 없어서 두부밥과 옥수수쌈을 남한식으로 만들어 팔았다. 손님들 반응이 좋아서 꾸준히 팔려 나갔다.

"윤미는 어데 갔슴까?"

"원주에 갔어."

윤미는 바리스타 공부를 하느라 며칠에 한 번씩 원주로 갔다.

"한 달 돼 가는데 부화가 안 됨다."

"뭐이 잘못됐디?"

부령댁은 하라는 대로 했다면 병아리가 안 나올 리 없다고 말했다. 동수는 몇 가지 보충 설명을 듣고 자리에서 일어났다.

주차장으로 가다가 동물약국을 발견했다. 검둥이가 생각났다. 약국으로 들어가서 검둥이의 증상을 얘기했다. 약사가 옴이나 진드기 때문에 생긴 개선충 같다며 심하면 죽을 수도 있다고 말했다. 동수는 오늘 받은 반 일당으로 항생제 캡슐과 플라스틱 분무기에 담긴 물약 한 병을 사 가지고 나왔다.

집으로 돌아가서 차를 세우고 마당으로 갔다. 개 밥그릇엔 사료가 그대로 있었다. 아직 검둥이가 다녀가지 않은 것이다. 마루에 앉아 투박하고 무거운 안전화 끈을 풀었다. 작업복을 벗어서 먼지를 털고 있는데 검둥이가 나타났다. 동수와 눈이 마주치자 그 녀석이 물고 있던 것을 내려놓고 울타리 사이로 사라졌다. 가까이 가서 살펴보니 죽은 쥐였다. 왜 쥐를 잡아왔지? 검둥이 행동이 이해되지 않았다. 먹을 것을 주니까 고마웠던가 봐. 쥐를 저 멀리 버리고 돌아오면서 혼잣말을 했다. 그 순간 왠지 따뜻한 감정이 솟구쳐 올라왔다. 검둥이가 그의 마음을 알아주는 것 같았다.

다음 날 새벽에 알람시계 소리를 듣고 잠에서 깼다. 하지만 잠자리에서 일어나지 못했다. 몸살기 때문에 팔다리가 쑤시고 머리가 지끈지끈거렸다. 심한 것은 아니지만 오한도 일어났다. 산기슭의 나뭇가지를 스치는 바람소리가 스산한 영화의 배경음악처럼 들려왔다. 찌뿌드드한 몸을 뒤척이다가 깊은 잠 속으로 빠져들었다.

다시 눈을 뜬 것은 점심시간 무렵이다. 피로가 많이 풀리긴 했지만 여전히 기운이 없고 몸에 미열이 있었다. 주방으로 가서 가스레인지에 물을 올렸다. 물이 끓자 컵라면에 뜨거운 물을 부어 가지고 문 밖으로 나갔다.

마루로 정오의 따사로운 햇빛이 비쳐 들었다. 그곳에 앉아 컵라면을 먹기 시작했다. 짭조름한 국물이 깔깔한 입맛을 돋우었다. 하지만 라면 특유의 밀가루와 수프 냄새가 오늘따라 역하게 느껴졌다. 반쯤 먹은 컵라면을 내려놓았다. 고향에서 먹던 담백하면서도 쩡한 맛이 나는 동태김장김치가 그리움처럼 떠올랐다.

담배를 물고 라이터를 켜는데 마당 끝에서 걸어오는 검둥이가 보였다. 울타리 밑에 멍하니 서 있던 녀석이 땅바닥에 앉아 목덜미를 격렬하게 긁어댔다. 목에 들러붙어 있는 옴 때문이다. 가려움을 못 참고 긁어대느라 진물이 나고 딱지 않는 것이 반복되어 오래된 가죽처럼 피부가 딱딱해져 있었다. 그가 마당으로 내려가 항생제 알약을 사료 그릇에다 넣었다.

"검둥아, 이리 와. 이리 오라니까."

동수가 손짓을 하며 불렀다. 식욕보다는 경계심이 더 큰 것인지 검둥이가 두어 걸음 다가오다가 멈췄다. 검둥이 몸에 물약을 뿌려주는 것은 어려울 것 같았다. 방으로 들어가서 창문으로 내다보았다. 검둥이가 그릇으로 달려들어 사료를 씹지도 않고 엄청나게 빠른 속도로 먹어댔다.

그때 택시 한 대가 마당가에 와서 멈췄다. 차에서 내린 윤미가 마루 쪽으로 걸어왔다. 검둥이가 울타리 사이로 냅다 도망갔다.

"오빠 있어?"

윤미가 소리쳤다. 그녀 손에 까만 가방이 들려 있었다. 동수가 문을 열고 나왔다.

"어서 와."

"이 집에 오랜만에 와 보네."

"어떻게 왔어?"

"엄마가 가보라고 해서. 부화기를 봐주라던데."

"아, 그거…… 아무튼 들어와."

방은 채광이 잘 안 되어서 어두침침했다. 그가 형광등을 켰다. 모자를 쓰고 커피를 팔 때와는 달리 청바지에 다운재킷을 입은 모습이 청순해 보였다. 그녀에게서 풀 향기 같은 싱그러운 냄새가 풍겨 나왔다.

"백 와트짜리를 켜놨네."

부화기 뚜껑을 열어본 윤미가 깜짝 놀랐다. 백열등의 발열량이 너무 높아서 좁은 부화기 안이 후끈후끈했다. 섭씨 사십오 도는 될 것 같았다. 부화기의 온도가 삼십구 도를 넘지 말아야 한다. 그 이상이 되면 계란의 단백질이 파괴되기 때문이다. 계란을 꺼내 그릇에 깨뜨렸다. 어떤 알은 반쯤 자란 병아리가 죽어 있었고, 아예 썩어버린 것도 있었다.

"전란도 안 해 줬나봐."

그녀가 계란을 모두 꺼내 한쪽으로 치웠다.

"전란이 뭐야?"

"계란 굴려주는 거. 어미닭이 알을 품을 때 이리저리 굴려서 온도를 골고루 분산시켜 주잖아. 그것처럼 몇 시간에 한 번씩 굴려

쥐야 되거든."

"그렇구나, 그걸 몰랐네."

고무산로동자구의 닭공장에서 일했던 부령댁은 병아리를 부화
시켜 횡성장에다 내다팔았다. 윤미는 전란 담당이었다. 계란을 굴
려주고 온도를 맞추기 위해 뚜껑 여닫기를 반복했다. 부화기가 여
러 개여서 신경을 많이 써야 했다.

그녀가 가방에서 온도계와 전구, 계란 등을 꺼냈다. 육십 와트
짜리 전구 두 개를 양쪽 바닥에 설치하고 전란 틀을 들여놓았다.
그 틀 위에다 계란 열 개를 올려놓았다.

"물그릇은 여기에다 놓을게. 너무 건조하면 병아리 깃털이 내부
벽에 붙어서 껍질을 깨지 못하고 탈수증으로 죽거든. 온도가 삼십
구 도를 넘으면 뚜껑을 열어줘야 돼."

전문가다운 솜씨로 모든 과정을 마친 그녀가 손을 탁탁 털었다.

"고생했다. 커피 만들어줄게."

동수가 주방으로 갔다. 선반 위에 가지런히 놓인 수동 커피밀,
커피서버, 드리퍼, 주전자 등을 내렸다. 갓 볶은 커피 원두를 커피
밀에 넣고 돌려서 가루로 만들었다. 드리퍼에 종이 필터를 깐 후
뜨거운 물을 부어서 필터를 한 번 씻어냈다. 아주 중요한 일을 하
는 듯이 표정이 진지했고 손놀림은 신중했다. 커피가루를 드리퍼
에 넣고 주전자로 원을 그리면서 조심스럽게 물을 따랐다. 커피가
루가 신선해서 거품이 풍성하게 부풀어 올랐다. 티스푼으로 커피

가 잘 우러나게 저어주고 다시 물을 따랐다. 커피의 오묘한 향기가 퍼져 나갔다.

"커피가 진짜 킹왕짱이다!"

커피를 한 모금 마시고 나서 윤미가 엄지손가락을 치켜들었다.

남한생활 삼 년째인 윤미는 스물다섯 살이다. 그동안 편의점, 식당, 전자부품 공장에서 일을 했지만 오래 근무하지 못했다. 돌격대에 차출되어 건설현장으로 이동한 것 외에 줄곧 부령군 고무산 로동자구에서 살아왔다. 그것이 세상의 전부인 줄만 알았던 그녀는 너무나 큰 문화 차이 때문에 남한생활에 적응하는데 애를 먹었다. 한 번은 직장 동료한테 북한에서는 인민회의 대의원 후보자가 한 명만 나오는데 여기서는 국회의원 후보자가 왜 그렇게 많이 나오는 거냐고 물었다가 망신을 당하기도 했다. 그런 중에도 함경도 사투리는 많이 순화되어 남한 젊은이들이 쓰는 유행어를 곧잘 구사했다.

"바리스타 공부는 어떠니."

"오빠 말 듣길 잘한 거 같아. 커피 맛을 알아가는 게 재밌어졌거든."

전자부품 공장에서 퇴사한 후 실업자생활을 하던 중 동수의 권유로 커피 공부를 시작했다. 커피 장사는 두 달 전부터 시작했다. 처음에는 무척 쑥스러웠지만 원점에서 다시 시작한다는 생각을 갖고 거리로 나섰다. 읍에서 커피전문점을 차리는 것이 그녀의 꿈이다.

"이 커피는 어떻게 내렸는지 알겠어?"

"글쎄……."

"아라비카에다 블렌딩 한 거야."

풍미를 높이기 위해서 맛과 향이 부드러운 커피가루에다 구수하고 쓴맛을 지닌 로부스타 종류의 커피가루를 칠 대 삼 비율로 혼합해서 커피를 내렸다. 커피는 단맛으로 시작해서 입안에 쌉싸래한 맛이 길게 남았다.

"갑자기 누룽지 생각이 난다."

"누룽지?"

"오빠가 마을에 내려갈 때마다 갖다 줬잖아."

나중에 윤미도 돌격대에 차출되어 동수와 같은 중대에 배치되었다. 중대는 세 개 소대로 구성되었고, 소대는 세 개의 분대로 이루어져 있었다. 분대에는 예닐곱 명이 있었는데 그중에 여자가 서너 명은 되었다. 매일같이 중노동을 해도 차려지는 밥상은 시래깃국에 옥수수가 쌀보다 더 많은 구 대 일 밥이었다. 어느 시기에는 감자 대여섯 알에 절인 무가 한 끼 식사로 나왔다. 여자라고 해서 특별히 더 보장되거나 일을 감해주는 것도 없었다. 남자와 똑같이 담가질을 하고 흙 마대를 등짐으로 져 날라대느라 허리가 휘었다. 동수는 돌격대가 쉬는 일요일에 마을로 내려가서 구들장이나 지붕을 수리해주고 연탄도 찍어주며 잡일을 해주었다. 일을 시킨 사람은 품삯으로 술이나 담배를 주었다. 동수는 그것들을 누룽지로 바꿔달라고 했다. 보관이 용이한 누룽지는 주머니에 넣고 틈틈이 씹어 먹을 수 있어서 최고의 간식거리이자 배고픔을 덜어주는 양식이었다. 그 당시 열아홉 살이었던 윤미는 고맙다는 말 한 마디 못하고 누룽지를 받아먹기에 급급했다.

"근데 오빠, 동희 소식은 영 없는 거야?"

윤미는 동희와 딱친구이다.

"아직은 없어."

지난겨울에 동희를 찾으러 중국 목단강시에 갔었다. 여성 탈북자들이 많다는 산골짜기 농촌까지 찾아가 봤지만 성과가 없었다. 차마 빈손으로 돌아올 수가 없어서 목단강역과 버스터미널 주변에 동희를 찾는다는 전단지를 천 장쯤 붙였다. 목단강시에서 돌아온 뒤 실제로 전화를 몇 번 받았다. 하지만 전단지에 적힌 번호가 맞는지 확인을 한다거나 사례비를 주면 찾아주겠다고 제안하는 것들이어서 실망감이 컸다. 그렇다 하더라도 언젠가는 동희가 전화를 해올 것이라는 희망을 갖고 있었다.

지도원을 때려눕히고 동희와 함께 두만강을 건너서 도착한 곳이 연변 화룡시의 남평진이었다. 동수는 산 쪽에 있는 어느 집의 문을 두드렸다. 다행이 집 주인 노인은 조선족이었다. 노인이 일자리를 구해주겠다고 말했다. 아무 연고도 없는 낯선 곳에서 그런 호의를 거절할 수 없었다. 이틀 뒤 조선족 남자와 한족 남자가 나타났다.

"두 사람이 같이 갈 수는 없네."

조선족 남자가 말했다. 동수가 생각하기에도 남매를 필요로 하는 일자리는 없을 것 같았다. 죽어도 오빠와 헤어질 수 없다고 하는 동희를 설득했다. 다음 날 동수는 한족을 따라 눈앞에서 멀어지는 어린 동희의 쓸쓸한 뒷모습을 지켜보았다. 그 이후로 한 번도 동생을 만나지 못했다. 몇 년 뒤에 대한민국 여권을 들고 남평진의 노인 집을 찾아갔다. 노인이 연길에 사는 브로커의 주소를 알려 주었다.

"중국땅에서 살려면 다른 길 없슴다."

브로커를 찾아가자 변명을 늘어놓았다. 두만강을 건너온 여자는 안쪽으로 팔려갈 수밖에 없다는 것이었다. 뻔뻔하게 둘러대는 브로커의 얼굴을 후려치고 싶은 것을 겨우 참았다. 당신을 고발하겠다고 윽박지르자 그때 같이 왔던 한족 남자가 동희를 사갔다며 주소를 적어주었다. 주소를 들고 돈화현으로 갔지만 한족 남자는 그곳에 살고 있지 않았다.

그 후 아파트 보증금을 빼내 연변에 세 번이나 더 갔다. 탈북자가 많이 산다는 연길, 훈춘, 길림, 심양, 장춘 등지로 가보았지만 동희를 찾지 못했다. 그렇다고 세상에 딱 하나밖에 없는 혈육을 포기할 생각은 없었다.

다음 날부터 열심히 인력사무소로 나갔다. 묵계리 공사장에서 그를 계속 불러주었다. 새벽에 일어나는 것이 힘들었지만 꿋꿋하게 나가서 일을 했다. 또다시 연변에 가려면 돈을 모아야만 한다.

오늘은 공사장에서 오전 내내 삽질을 하며 잔디를 심었다. 오후에는 시멘트 포대와 돌계단에 쓰이는 석판을 등짐으로 져 날랐다. 일을 마치고 집으로 돌아오자마자 부화기 안의 계란을 굴려주었다. 새로 계란을 넣은 지 이십일 일이 다 되어가니 얼마 있으면 병아리가 나올 터였다. 간단히 저녁식사를 하고 텔레비전을 보다가 잠이 들었다.

온몸이 욱신거려서 깊은 수면을 취하지 못했다. 이리저리 몸을 굴리며 선잠을 자다가 새벽에 깼다. 몸에서 오한이 났다. 열이 점점 심해져서 빈속에 아스피린을 먹었다. 효과가 금방 나타났다. 열이 내렸지만 인력사무소에는 나가지 않았다. 그런 몸으로 날일을 하는 것은 무리였다.

즉석밥 한 팩을 데워 먹고 부화기 앞으로 갔다. 온도계가 삼십팔 도를 가리키고 있었다. 적정 온도였다. 윤미가 가르쳐 준대로 계란을 꺼내 플래시로 비춰보았다. 열 개의 알에서 실핏줄이 선명하게 보였다. 부화가 제대로 진행되고 있다는 뜻이다. 가슴이 두근거렸다. 손바닥으로 병아리의 온기가 전해지는 것 같았다.

드립커피를 타 가지고 마루로 나갔다. 텃밭 가장자리에 푸릇푸릇 새싹들이 돋아나 있었다. 마당에 놓인 개 밥그릇이 눈에 들어왔다. 검둥이는 윤미가 오던 날 사료를 먹다가 도망간 후로 오지 않았다. 그 녀석은 왜 떠돌이가 되었을까. 밥그릇에 담긴 사료를 보며 중얼거렸다. 집 없이 떠돌아다니는 삶은 녹록치 않을 터이다. 연변의 삭막한 들판을 걸어가는 자신의 모습이 그려졌다. 어쩐지 그 자신이 개선충에 걸린 검둥이와 다를 바가 없다는 생각이 들었다.

아스피린 약효가 떨어지자 다시 열이 올랐다. 계속 콧물이 나고 침 삼키기가 힘들 만큼 목이 아팠다. 읍내로 나가 병원으로 갔다. 의사가 최근에 유행하는 독감이라며 처방전을 써주었다. 약국에서 약을 산 후 신토불이 장터로 갔다. 국밥집에 들어가서 식사를 하고 약도 먹었다. 식당 밖으로 나가자 윤미가 전동 카트를 밀고 가는 것이 보였다. 천천히 그쪽으로 갔다.

"커피 한잔 줘."

천 원짜리 한 장을 내밀며 윤미에게 말했다.

"오빠한테는 안 받아야 되는데……."

지폐를 받아 쥐고 윤미가 인스턴트커피를 타 주었다.

"많이 벌었어?"

"장날이 아니라서 별로야."

"맛있게 블렌딩 해줄게 커피 마시러 와."

윤미와 헤어지고 장터 끝에 있는 씨앗 상점으로 갔다. 개전리 농가에서 얼마나 있게 될지 모르지만 모종을 심어 두는 것이 좋을 것 같았다. 옥수수 모종이 오십 개 들어 있는 트레이를 한 판 골랐다. 고추모와 상추모 트레이와 함께 종합비료도 한 포대 샀다.

다음 날도 인력사무소에 나가지 못했다. 독감이 심해져서 한동안 막노동을 하기가 어려울 것 같았다. 대충 아침식사를 마치고 부화기를 살펴보았다. 플래시로 계란을 비추자 여러 가닥의 실핏줄이 한결 굵어져 있었고 병아리의 몸체인 것이 분명한 검은 그림자도 보였다. 손바닥으로 생명체의 묘한 박동이 느껴졌다. 물그릇에 물을 보충한 후 계란을 일일이 돌려주고 나서 스티로폼 뚜껑을 덮었다.

오후에 삽을 들고 마당 건너편 텃밭으로 갔다. 기다란 밭이랑에 비료를 뿌리고 밭을 일구었다. 날이 가물어서 삽질할 때마다 뿌옇게 흙먼지가 일어났다. 호스를 연결하여 물을 뿌린 후 어제 사온 모종들을 심었다.

핸드드립으로 내린 커피 한 잔을 들고 마루에 앉았다. 어디에선가 진한 봄의 향기가 밀려오는 듯했다. 처마 밑으로 빗겨드는 햇살이 눈부시고 따스했다. 산기슭을 따라 불어오는 바람도 융단처럼 부드러웠다. 물끄러미 마당 건너편을 보았다. 머리에 길고 노란 깃이 달린 후투티 두 마리가 텃밭 가장자리로 날아와 앉았다. 후투티는 구부러지고 가느다란 부리를 분주하게 땅 속에 찔러 넣어 벌레를 잡아먹었다. 그 광경을 무심히 바라보다가 쥐똥나무 울타리에 있는 검은 물체를 발견했다.

마루에서 내려가 그곳으로 갔다. 뜻밖에도 검둥이가 웅크린 채 죽어 있었다. 뭐가 어떻게 된 거야. 눈앞에 펼쳐진 광경을 보고도 믿기지 않았다. 털이 빠진 암회색 피부에 부스럼 딱지가 더덕더덕 붙어 있었다. 몸의 절반 이상이 그런 상태였다. 보호자 없이 야생에서 떠도는 검둥이에게 개선충은 치명적이다. 옴은 피부 깊숙이 파고 들어가서 생활하는 기생충이다. 알을 낳으면 일주일 만에 새끼가 알을 깨고 나와 피부 동굴에서 살을 파먹으며 계속 번식한다. 그러한 터에 검둥이는 치료 한번 받지 못한 채 죽고 말았다.

"이그 불쌍한 녀석……."

그가 혀를 끌끌 찼다. 장갑 낀 손으로 검둥이 뒷다리를 잡고 들어올렸다. 워낙 말라 있어서 무겁지 않았다. 삽을 들고 집 뒤쪽 산기슭으로 올라갔다. 자신의 처지와 동일시가 일어난 탓일까. 땅을 파는 동안 기분이 착잡했다. 다음 생에는 인간으로 태어나렴. 검둥이를 묻으며 마음속으로 빌어주었다.

그날 밤에 독감이 기승을 부려 끙끙 소리를 내며 앓았다. 기침이 계속 나오고 근육통이 심해서 아무것도 할 수 없었다. 어깨와 허리에 파스를 덕지덕지 붙이고 시간에 맞춰 약을 먹었다. 그리고는 성장통을 겪는 소년처럼 내내 잠을 잤다. 삼 일이 그렇게 지나갔다.

"오빠, 일 안 나갔어?"

오늘도 늦잠을 자다가 점심나절에 윤미의 전화를 받고 일어났다. 몸이 한결 가벼웠다. 처마 끝에 있는 물받이에 낙숫물 떨어지는 소리가 들렸다. 창문으로 밖을 내다보았다. 비가 내리고 있었다. 텃밭의 모종들이 물기를 머금고 푸른빛으로 서 있었다. 그러고 보니 이틀 동안이나 식사다운 식사를 하지 못했다. 그런데도 무언가 먹고 싶은 생각이 들지 않았다. 주방으로 가서 주전자에 물을 올렸다. 물이 금방 끓기 시작했다. 물을 잔에다 가득 따랐다. 방문을 열고 앉았다. 물기를 머금은 선선한 공기가 밀려들었다. 먹다 남은 메마른 빵을 한 입 베어 먹었다. 입안이 텁텁하고 목이 메었다. 뜨거운 물을 마시며 우두커니 건너편을 보았다. 비안개가 퍼지고 있었다. 산기슭에 듬성듬성 피어 있는 진달래가 보였다. 자연 다큐멘터리의 한 장면 같았다. 이따금 바람이 세차게 불어왔고 빗방울이 양철지붕에 떨어질 때 요란한 소리가 났다. 그 소리 때문에 택시가 울타리 옆에 와서 멈추는 것도 알지 못했다.

"동수 오빠!"

윤미가 마당으로 들어섰다.

"봄비가 내리네."

"어서 와."

동수가 주방으로 가서 물을 끓였다. 드립커피 두 잔을 만들어가지고 왔다. 두 사람은 연인처럼 나란히 앉아 커피를 마셨다.

"오다보니까 진달래가 많이 피어 있드라. 진달래가 그렇게 고운 꽃인 줄 미처 몰랐어. 우리 동네 무릉산에도 많이 피었었잖아."

"그때는 산나물 뜯으러 다니느라 바빴지."

고무산로동자구의 깊은 산골짜기가 떠올랐다. 봄이 되면 동수도 외화벌이 나물 캐기 전투에 나섰다. 산등성이에 진달래꽃이 지천으로 피어났지만 눈에 들어오지 않았다. 부령군 5호관리부에 건고사리 일 킬로그램을 가져가면 밀가루 이 킬로그램을 주었다. 하지만 말이 좋아 건고사리 일 킬로그램이지 그것을 만들려면 생고사리 십 킬로그램이 있어야 한다. 사람들이 너나 할 것 없이 산으로 올라가기 때문에 고사리 따기가 쉬운 것이 아니었다. 동수는 5호관리부에 고사리를 가져가지 않았다. 며칠에 한 번씩 동네로 들어오는 달리기꾼한테 넘기면 밀가루 일 킬로그램을 더 주었다. 그 시절에 밀가루 일 킬로그램이 어딘가.

비가 추적거리는 가운데 침묵이 흘러갔다. 동수는 괜한 말을 했다는 생각이 들었다. 두 사람에게 산나물은 험하고 모진 세월을 가리키는 우중충한 기억이었다.

"어머, 병아리가 나오려는 것 같애."

잠시 후 윤미가 부화기에서 들려오는 소리를 듣고 말했다.

동수가 스티로폼 상자 쪽으로 갔다. 계란껍질이 떨어져 나간 구멍 사이로 병아리 머리가 보였다. 병아리가 좁은 껍질 속에 잔뜩 웅크린 채 시계 반대 방향으로 움직이면서 부리를 밀어 조금씩 껍질을 깼다. 새로운 탄생의 신호를 보내는 듯이 다른 계란에서도 파각이 시작되어 톡톡 소리가 났다.

"오빠, 얘 좀 봐."

방금 껍질을 깨고 나온 병아리를 윤미가 손바닥에 올려놓았다. 세상의 첫 빛을 보는 것이 놀랍다는 듯이 병아리가 머리를 이리저리 움직이며 삐약삐약 소리를 냈다.

　그때 방바닥에 있는 동수의 휴대전화에서 벨소리가 났다. 휴대전화를 들자 중국 국가번호인 86과 목단강 지역번호 453이 액정화면에 나타나 있는 것이 보였다. 심장 박동이 갑자기 뛰기 시작했다. 얼른 통화버튼을 눌렀다. "여기는 목단강임다" 꿈속에서라도 그렇게 듣고 싶어 했던 그 목소리가 전화기에서 흘러나왔다.

　봄비가 양철지붕과 텃밭, 너른 대지를 적시며 부슬부슬 내리고 있었다.

꼬리 없는 소

도명학

도명학

1965년 북한 양강도 혜산에서 태어나 김일성종합대학 조선어문학부 창작과를 수료했다. 한국소설가협회 월간지 『한국소설』로 등단했다. 국내 발표작품으로 소설「재수 없는 날」「생일」과 시「곱사등이들의 나라」「외눈도 합격」「철창너머에」「안기부소행」등이 있고, 에세이「휴대폰이 없었으면 좋겠다」「시(詩)야? 암호야?」「사라져가는 이웃사촌」등 칠십여 편이 있다. 북한 인권을 말하는 남북한 작가 공동 소설집『국경을 넘는 그림자』『금덩이 이야기』와 『한중대표소설집』에 참여했다. 전 조선작가동맹 소속 시인, 반체제작품 혐의로 북한 국가안전보위부에서 삼 년 투옥하고, 2006년 출옥 후 탈북 및 국내로 입국했다. 현재 자유통일문화연대 상임대표, 한국소설가협회 회원이다.

용우는 어머니가 깨우는 소리를 못 들은 척 움쩍도 안 했다.

"힘 들어두 얼른 일어나려무나. 그만 일어나래두 저런다."

"아, 몇 신데 그래요?"

"여섯 시 다 됐다. 벌써 저어기 최 아바이 일 나가는 게 보인다."

"에이 씨, 오 분만 더 자구"

용우는 꼬리 사린 개 모양으로 사타구니에 이불을 끼우며 돌아누웠다. 그러는 아들이 안쓰러워 어머니는 한숨을 지었다. 에이그 얼마나 힘들면 이럴까. 소 대신 사람이 끄는 인가대기로 밭을 가느라 어깨가 퉁퉁 부어오른 것이 마음 아프다. 변변히 먹지도 못하고 힘든 일만 돌아가며 도맡아 하는 아들이다.

뜨락또르(트랙터)는 파철덩어리가 되고 부림소도 씨가 말랐다.

도둑이 끌어가고 곰이 달려들어 때려죽이고 일하다 지쳐 죽고 간부들이 잡아먹고 이래저래 다 없어졌다. 보름 전까지 살아 있던 마지막 한 마리는 철길에 들어섰다가 기차에 치어죽었다.

농기계작업소에서 보낸 뜨락또르(트랙터)는 딱 하루 1작업반 포전만 갈아주고 가버렸다. 리 소재지인 1작업반은 관리위원회 간부들이 사는 동네다. 비료도 거기가 먼저, 농기계도 거기가 먼저, 뭐든 우선권이다. 1작업반엔 아직 소도 몇 마리 있다. 적어도 용구네 4작업반처럼 사람이 인가대기를 끌진 않는다. 용우네 작업반은 인력도 변변치 않다. 리에 과부가 많아 과부촌이라고 불릴 정돈데 그중에도 용우네 동네는 더 하다. 주민의 구십 프로가 평양에서 추방된 사람들이다. 남편들이 잡혀가거나 처형되고 연좌제로 이 산간오지에 쫓겨 온 가족들이다. 간혹 남편들이 형기를 마치고 돌아와도 감옥에서 얻은 병과 영양실조를 극복하지 못하고 죽었다. 남자 인력이 귀할 수밖에 없다. 군복무를 마치고 돌아온 젊은 용우만 없으면 가대기를 끌 사람이 없다. 동네에 사는 남자라곤 죄다 앓거나 늙었고 너무 어리다. 용우가 유일한 '소', 꼬리 없는 인우人牛다. 하루 이틀도 아니고 매일 황소 노릇을 하자니 힘들 게 뻔하다.

"얘, 아무래두 나갈 걸 일찍 나가야지 괜히 군소리 들을 필요 있냐. 방이 따뜻하니까 더 일어나기 싫은 게구나."

어머니가 출입문을 활짝 열었다. 찬바람이 휙 방 안으로 쓸어들었다. 며칠 지나면 당장 5월인데도 고원지대의 새벽은 쌀쌀했다.

"아으 추워! 아, 엄마. 문은 왜 열어요?"

용우가 아부재기를 치며 이불을 뒤집어썼다. 어머니가 이불을 잡아 벗겼다.

"네가 나가 먼저 일손 잡아야 다른 사람들두 일 시작하지."

"아, 진짜. 엄마!"

용우는 투덜대면서도 하는 수 없이 일어나 구석에 벗어놓은 옷을 주섬주섬 입었다.

"저거 봐라. 정옥이 에미두 나가구 있구나."

"그럼 먼저 나간 사람이 가대기 끌면 되지. 나만 끌어야 된다는 법 있어요?"

"그거 말이라구 하니. 거기 누가 가대기 끌만한 사람이 있니."

"왜요. 박 아바이가 끌면 되지. 아님 정옥이 엄마가 끌든가."

"그건 대체 무슨 심술이니? 박 영감이 어디서 힘이 나겠니. 뒤에서 보잡이하는 것만두 대단하지, 글구 정옥이 에미가 어떻게 가대기를 끄니?"

어머니가 기막혀 혀를 끌끌 찼다.

"근데 엄마. 박 아바이 딸이 어디서 죽지는 않았겠죠?"

"글쎄. 죽기야 무슨 죽었겠냐만 중국이든 남조선이든 갔겠지. 저 영감이 무슨 일만 시키면 두덜거리는데 선수더니 요즘 고분고분한 건 딸 때문에 괜히 트집 잡힐까 눈치 보여 그러는 거지."

"하여간 요즘 세월엔 도망치는 게 추세인지 나라에서두 골치 아
프겠어요."

박 영감 딸이 종적을 감춘 건 석 달 전이다. 가을에 거둬들인 양
식이 양력설을 쇠자마자 떨어지자 박 영감 딸은 생각다 못해 남의
집 식모 자리라도 얻는다며 도시로 떠났다. 아버지에겐 어디서 얻
었는지 한 달 먹을 수 있을 정도의 보리쌀과 감자를 두고 갔다. 하
지만 그 후 감감 무소식이다. 대개 이쯤 되면 두만강을 건너갔다
고 여기는 것이 통념이 된지 오래다. 먹을 것이 떨어져 어디건 구
하러 가겠다고 나서면 간부들도 막을 도리가 없다. 담당 보위부원
이나 보안원이 시비를 걸면 "굶어 죽으면 책임질 수 있습니까. 죽
으면 미국놈들이 좋아하라고요? 살아야 사회주의도 지키지 시체
가 지키겠습니까"하고 대답질을 했다. 아예 허락받고 말고 할 것
도 없이 야반도주 하듯 그냥 떠나는 사람이 많았다. 하지만 열에
두세 명 꼴로 돌아오지 않았다. 타지에서 사고로 죽지 않았다면
대개는 국경을 넘어갔다. 이십여 호밖에 안 되는 용우네 동네만
도 행방불명자가 다섯 명이나 된다. 그중 두 명은 남조선에 간 것
으로 알려졌다. 농장 전체가 '과부촌'이다 보니 행불자 대부분은
여성이다. 국경을 넘어가면 인신매매꾼들에게 팔려가 노총각이
나 장애인이나 홀아비에게 강제로 시집간다는 것쯤은 누구나 아
는 사실이다. 문제는 그렇게 될 것을 알면서도, 심지어 자기를 팔
아 달라면서까지 국경을 넘는 것이다. 어쩌면 박 영감의 딸도 그

런 케이스일지 모른다.

"엄마. 혹시 박 영감 딸이 중국에서 자리 잡고 아버지를 데려가 지 않을까요?"

"남의 나라에서 제 몸 하나 건사하기도 힘들게다."

"그래두 저 앞집에 살던 순희는 가족 다 데려갔잖아요?"

"그거야 남조선에 갔으니까. 데려간 거지."

"아 맞다. 남조선으로 도주했다구 담당보위원하구 보안원이 추 궁 받았단 소리가 있었죠."

"먼저 간 남철이네 때문에도 그랬는데 순희까지 갔으니 욕먹을 수밖에 있냐. 이 동네서 한 명만 더 남조선 갔다는 소리가 나면 쫓 겨날 판이라더라."

"난 그놈들 콱 보안원 제복 벗고 쫓겨나는 꼴 좀 봤으면 좋겠어 요. 노는 꼴 보면 밉살스러워서."

"얘 그런 말 하지 마라. 귀에 들어가면 어쩔려구. 쓸데없는 소리 말구 날래 일 나가거라."

이윽고 용우는 문밖을 나섰다.

까마귀가 아침부터 까옥까옥 재수 없게 울어댔다.

"에이 쌍."

퉤! 침을 뱉곤 걷다가 길옆에 선 전봇대에 오줌을 싸댔다. 오줌 빨에서 김이 피어오른다. 저쯤 뒤에서 일 나오는 여자들이 보겠으 면 보고 상관없다.

어제까지 일하던 밭에 이르자 먼저 나온 박 영감이 가대기를 깔고 앉아 담배를 피우고 있었다.

"아바인 힘들지 않아요? 참 빨리두 나왔네."

"야 이눔아, 그건 인사야 뭐야."

박 영감이 입을 쩝 다셨다.

"근데 너 왜 빈 몸이야. 구호판은 안 가져 오냐?"

아차! 구호판을 들고 나온다는 것을 깜빡했다. "혁명적 군인정신으로 살며 일하자!"는 구호가 적힌 나무판대기다. 당세포위원장이 그걸 용우가 날마다 들고 나와 일하기 전 포전에 설치하라고 특별과업을 준 것이다. 위에서 간부들이 내려와 봐도 작업반에 전투적 분위기가 서 있다는 느낌을 받게 하려는 의도였다.

그 일이 용우에게 맡겨진 데는 사연이 있었다. 사실 용우는 군복무를 마쳤으나 노동당에 입당하지 못한 채 돌아왔다. 열일곱 살에 군대에 나가 꼬박 십 년을 보내고도 입당을 못했으니 창피하고 불만이 클 수밖에 없었다. 그가 제대되어 오자 농장 간부들은 건장한 노동력이 한 명 생겼다고 좋아했다. 하지만 용우는 착실히 일할 궁리를 하기보단 빈둥거리기 시작했다. 군복을 입은 채로 전국 각지를 싸다니며 군인 행세를 했다. 타 지방에 사는 전우들도 찾아가고 복무하던 부대에도 여러 번 찾아갔다. 갔다가 빈손으로 돌아오는 경우는 별로 없고, 쌀이든 뭐든 얻어가지고 왔다. 그리곤 그것으로 술을 바꿔 마시며 다 없어질 때까지 놀기만 했다. 농장 간부들이 일하러 나오라면 마지못해 듣는 척하다가 며칠 지나면 허락도 받지 않고 또 어디론가 떠났다. 담당보안원이 불러다놓고 으름장을 놓아도 그때뿐이었다. 노동단련대에 잡아넣겠다고 서류까지 작성한 것을 어머니가 사정사정하여 겨우 무마한 적도 있었다. 작업반 기둥 역할을 단단히 할 것으로 기대했는데 오히려 골칫덩어리였다. 이쯤 되자 리당 위원장이 직접 그를 만났다. 사람 속을 잘 짚어내는데 능구렁이로 알려진 리당 위원장은 그의 행동이 당원이 되지 못하고 제대된 데서 비롯된 것임을 간파했다.

리당 위원장은 용우와 손가락을 걸고 약속했다.

"이제부터 리당조직을 믿고 한 해 동안만 잘해보기오. 그래서 입당 해야지. 아 동무야 만기군사복무를 했지. 이제 당원만 되면 대학에도 가고, 앞으로 크게 발전할 수 있을 텐데 어떻소? 우리 약속하기요."

그렇게 헤어지고 난 다음 날엔 작업반 당세포위원장이 집으로 찾아왔다.

"내 동무한테 따로 과업을 하나 주자고 하오. 듣자니까 군대 때 붓글씨도 좀 쓰고 그림도 그려 벽보를 만들어봤다던데 구호판 몇 개 좀 만들 수 있겠지?"

"아니 저한테 무슨 그런 재능이. 그냥 좀 끄적거려 본 수준인 걸요."

용우는 부담스러워졌다.

"겸손한 척 하지 말구 내가 시키는 대로 하면 손해 없으니까 한 번 잘 만들어보오. 이런 게 다 사상선전 사업에 기여하는 일이지. 동무야 앞으로 전망을 봐서도 소처럼 일만 잘해 되겠소? 아참, 거이력서에 보니 동무한테 군대 때 청년동맹 사업경험도 있더구만.”

당세포위원장은 다 알조가 있다는 듯 미묘한 웃음을 지으며 어깨를 툭툭 쳐주고 사라졌다.

용우는 직감적으로 세포위원장이 리당 위원장한테서 무슨 얘기를 들었구나 하고 느껴졌다.

그날 이후 용우의 생활태도가 달라지기 시작했다. 당장 바꿔 입을 옷이 없어 군복은 입고 지냈지만 계급장과 모표는 달지 않았다. 집이 가난한 것도 이젠 참아낼 것 같았다. 그까짓 출세만 한다면야 잘 사는 건 문제도 아니지. 이제부터 군사복무 시절처럼 한일 년 죽었소, 하고 잘해보자.

용우는 “혁명적 군인정신으로 살며 일하자!”라고 된 구호판을 만들었다. 당에서 내놓은 구호지만 자기에게 꼭 어울린다고 여겨져 골랐다. 당세포위원장은 잘 만들었다고 좋아하며 이왕이면 아예 구호판 관리를 맡아 매일 들고 나가 포전에 세우라고 했다. 귀찮긴 하지만 군대 때 경험으로 봐서 그런 사소한 일들이 쌓여 입당에 도움이 된다는 것을 알고 있었다.

이후 용우는 일하는 시간에는 부림소가 되고 출퇴근 시간엔 걸어 다니는 구호판이 되었다. 그런데 어찌된 영문인지 일 년이 다 되도록 그 노릇을 했는데도 리당에선 아무 기미가 없다. 그동안 농장 청년동맹 초급 간부라도 시킬 줄 알았는데 그것도 아니다. 가만 보니 그 자리를 남자에게 줄 처지도 아닌 것 같다. 청년동맹 원은 거의 여자들이고 가뭄에 콩 나듯 드문드문 보이는 남자는 장애인이나 환자뿐이다. 말이 청년동맹이지 실은 여맹이나 다를 바 없다. 거기다 뒤에서 입방아를 찧기도 했다. 사지가 멀쩡한 용우한테 청년동맹 간부를 맡기면 종자수탉 같은 놈이 마을처녀고 과부고 그냥 놔둘 리 없지 하고 혈압 터질 소리를 해댔다. 그걸 해명한답시고 누구를 따지기도 그렇고 그래봤자 여자들 말밥에나 더 오르내릴 것이 뻔해 못들은 척하고 지냈지만 속은 부글부글했다.

암만 생각해도 한 해 동안 멍청하게 속은 것 같아 부아가 치민다. 온전히 먹지도 못하고 어깨에 황소 목덜미처럼 군살이 박힐 정도로 가대기를 끌고 구호판을 메 나르고 힘든 일이란 힘든 일은 다 도맡아 했다. 가만 이것들이 누굴 바보로 아는 거야? 어디 얼마나 사람을 더 놀려먹을 셈인지 조금만 더 두고 보자.

용우는 손바닥에 침을 뱉으며 가대기 끈을 잡아 어깨에 멨다.

"아바이, 일이나 합시다. 그까짓, 오늘 하루 구호판 없다고 큰일 나겠어요?"

"반장이나 세포위원장이 알면 또 뭐라구 할 건데."

"하겠으면 하라지요. 가뜩이나 힘들어 죽겠는데 그것까지."

용우가 몸을 숙이며 끙! 하고 힘을 쓰자 가대기가 끌리고 보를 잡은 박 영감의 가랑이 사이로 흙이 갈리며 이랑을 지었다. 얼마

지나지 않아 잔등에 땀이 나고 벌써 아랫다리가 뻐근해졌다. 이래서야 넓은 밭을 어느 세월에 다 갈아엎을지, 이렇게 열흘이나 가대기를 끌었다. 용우 혼자 가대기를 끌어 작업반 밭을 다 갈자면 한 달이 걸릴지도 모를 일이다. 그러다 파종기일을 넘기면 올해 농사를 또 망칠 판이다. 하기야 이십 년이 넘도록 풍년이 들어 본적 없다. 뜨락또르와 부림소들이 남아 있을 때도 흉년을 면치 못했는데 인가대기로 풍년을 기대하는 건 허망한 노릇이다. 그래도 땅을 비워둘 수는 없다. 어쨌든 땅에 종자는 묻어놔야 가을에 죽정이라도 입에 넣을 수 있다.

한 시간쯤 일하고 나니 쌀쌀하던 냉기가 사라지고 햇살이 따스하게 퍼졌다. 용우의 배에서 쪼르륵 소리가 났다. 밭머리에 가대기를 벗어놓고 앉았다. 저쪽 길모퉁이로 용우가 먹을 아침밥을 들고 어머니가 나오는 것이 보였다. 집이 엎드리면 코 닿을 거리이지만 어머니는 아들의 수고를 덜어주려고 매일 아침밥을 싸들고 나왔다. 다른 이들은 다 집에 들어가 먹는다. 식사래야 풀죽으로 끼니를 에우는 정도여서 싸들고 나올 형편이 못되었다. 그나마 용수는 강낭쌀에 감자를 섞은 밥이라도 먹을 수 있게 작업반에서 별도로 주는 것이 있다. 소도 배가 불러야 힘을 쓰는 법이다. 아무리 형편이 어려워도 부림소 대신 인우人牛가 되어 가대기를 끄는 용우에게만 특별공급이다. 그걸 아니꼽게 여기는 이들도 있지만 용우를 대신해 가대기를 끌 수는 없는 처지여서 대놓고 말은 못한다.

작업상황을 돌아보던 당세포위원장이 밥을 다 먹고 담배를 피워 물고 앉아 쉬는 용우에게 어슬렁어슬렁 다가왔다.

"수고 하누만. 식전 아침에 많이두 갈아엎었군. 아무튼 힘이 세단 말야."

용우에겐 이런 칭찬이 더 등가죽을 벗기겠다는 소리로 들렸다.

"이젠 저도 지쳐서 못하겠습니다. 언제까지 이따위식으로."

"아따 이런, 말하는 것 좀 봐. 조금만 더 견디게. 동무 자신을 위해서도 그렇구. 나두 다 생각이 있으니까."

이건 입당을 두고 하는 소리다. 지금까지 이런 식으로 사람을 얼려먹었다고 생각하니 속이 불끈했다.

"그런 말 이젠 듣기두 싫습니다. 생각은 무슨 얼어 죽을."

"어허 이 사람이 또, 또."

작업반장이 당황해 말을 더듬었다.

"아침밥 먹고 체했나. 거 사람두 참. 다 동무를 위해 하는 소린데 말야."

"제가 어디 틀린 말 했나요? 자그마치 일 년 동안 쇠새끼 노릇을 했는데 그만하면 됐지. 그 잘난 것 하나 바라고, 이러다간 사람 죽갔시오."

"뭐 그 잘난 거? 지금 뭘 두고 하는 허튼 소리야?"

아차! 용우는 그만 말실수한 것을 깨달았다. 얼결에 당원증을 그 잘난 것이라고 내뱉은 꼴이다.

"어이, 혀때기 똑바로 놀려야지. 왜 짧은 혀 때문에 긴 목이 날아가고 싶어? 이거 한동안 제정신이 돌아온 줄 알았더니 아직 멀었군."

"아니 왜요? 한 해만 잘하면 어쩌구저쩌구 했던 약속 안 지키니까 하는 말인데."

"흥, 그래도 겁은 나는 게지. 말 둘러치는 재주도 있구. 앞으론 발언 좀 심중하게 하라우."

다행히 그냥 넘어가는 것 같아 용우는 가늘게 한숨이 나왔다.

"가만, 근데 구호판이 왜 보이지 않나?"

"아침에 급히 나오다 보니 깜빡했지 말입니다."

"아니, 매일 들고 나오던 걸 깜빡해? 다 잘하다가 이러니까 공든 탑이 무너진단 말야. 느긋하게 기다리면서 이런 게 다 검토기간이라 생각하고 실수가 없어야지 그래갖고 되겠어?"

"거 뭐 지금이라두 집에 들어가 들고 나오면 되죠."

"아아 오늘은 됐고, 내일부턴 잊지 말고 들고 나오라구."

세포위원장은 용우 어깨를 툭툭 쳐주고는 딴 곳으로 발길을 돌렸다. 뒷짐을 지고 어슬렁어슬렁 걸어가는 꼴이 눈에 거슬린다. '늙은 너구리같은 것. 괜히 쏘다니며 재수 없이.'

용우가 군복무 기간 입당을 못한 건 도둑질 때문이었다. 그것도 김정일이 현지지도하고 간 부대에서 전군의 모범으로 꾸린 염소목장을 턴 것이다. 전군에 내려진 최고사령관 명령으로 용우네 부대도 염소목장을 꾸렸지만 종자염소를 얻지 못해 골머리를 앓던 중이었다. 그런 기회에 새끼염소를 얻어다 지휘관들을 기쁘게 해 주면 그 공적이 입당하는데 도움이 될 수 있었다. 돈으로 사오든 도둑질을 해오든 부대에선 상관하지 않았다. 분대장이었던 용우는 야심한 밤에 분대원들을 깨워 염소 습격을 내보냈다. 이른 새벽이 돼서야 나타난 분대원들이 여러 마리의 새끼염소들을 가지고 왔다. 눈덩이처럼 하얗고 귀여운 새끼염소들을 보자 부대 군관들은 입을 다물 줄 모르고 좋아했다.

하지만 하필이면 김정일이 다녀간 부대 목장을 습격했을 줄은 몰랐다. 인민군 총정치국과 보위사령부에까지 사건이 보고되고 수사가 붙어 이틀도 안 걸려 발각되고 말았다. 다른 곳도 아니고 현지지도 단위의 염소를 훔쳐왔으니 무사할 리 없었다. 단순한 절도가 아니라 정치적인 문제로 취급됐다. 결국 분대원들은 잡혀가고 용우는 계급장에 줄이 하나도 없는 제일 마지막 졸병으로 강등되고 말았다. 그나마도 천만다행이었다. 그가 직접 현지지도 단위를 목표로 시킨 것은 아니고 또 본인이 직접 제 손으로 훔치지는 않았다는 점이 참작 돼 그 정도에 그쳤다. 그렇지만 입당은 더 바랄 형편이 못됐다. 남보다 먼저 하겠다고 욕심을 부린 것이 가만있기보다 못한 결과를 낳았던 것이다.

용우는 입당을 책임지겠다고 철석같이 약속했던 리당 위원장이 여태 아무 기미도 보이지 않는 이유가 그 때문일 것 같다는 생각이 들었다. 뒤꼬리에 시커먼 딱지가 붙어 있는데 쉽게 될 리 없다. 거기다 세상이 이상하게 변해버려 뇌물이 없으면 아무리 일을 잘해도 입당하기 어렵다. 간부들이 입당을 미끼로 노골적으로 뇌물을 받아먹는 행위가 성행한다.

혹시 때가 되었으니 뇌물이라도 들고 찾아오라는 건가. 용우는 헛웃음이 나갔다. 소 노릇을 한 대가로 겨우 강냉쌀에 감자를 섞어 먹는 처지에 뇌물이라니 당치도 않다. 문득 요즘 세월에 입당은 해서 뭘해, 재산이 많으면 되지 하던 군복무 시절 전우가 하던 말이 떠올랐다. 그는 제대되어 청진에 있는 제철소에 다니고 있었다. 하지만 생산이 정상화되지 않아 출근은 하지 않고 나진선봉에 드나들며 중국 상품 장사를 했다. 돈만 있으면 입당도 직업도 승진도 다 해결된다는 생각이 신조로 굳어 있는 친구였다. 그는 군복무 기간에 입당했고 도시 출신이기 때문에 용우와는 처지가 다르지만 냉철하게 세상을 보면 그가 하는 말이 틀린 것도 아니다. 요즘 들어 점점 일할 의욕이 떨어지고 불평불만이 다시 입에서 나오는 건 그에게서 받은 영향이 고개를 쳐든 탓인지도 모른다.

오후 작업시간이 되자 박 영감이 밭에 들어서는 것이 보였다. 그런데 식사를 한 건지 못한 건지 걸어오는 모양이 힘이 없다. 딸이 행방불명되고 혼자 지내니 굶어도 본인이 말하지 않으면 알 수 없다. 밭에 당도하자 풀썩 주저앉는 기색을 보니 굶은 기색이 역력하다.

"아바이, 왜 그리 힘이 없어 보여요? 혹시 집에 들어가 먹을 게 없어 그냥 누웠다 나온 건 아니지요?"

"굶긴. 먹었어."

"에이 딱 보니까 굶은 것 같은데."

"먹었다고. 시끄럽게스리."

박 영감이 짜증을 냈다. 여느 때도 굶었을 땐 꼭 이렇게 짜증을 냈다. 용우는 괜히 미안해졌다. 자기는 밥이라고 생긴 것을 먹었지만 박 영감은 먹었다 해도 풀죽이나 한 공기 먹었을지.

그나저나 오늘 과제를 다 하자면 다그쳐도 어둡기 전에 해내기 어려울 것 같다. 두 사람이 곧 작업을 시작했다.

용우는 굶었을 것이 뻔한 박 영감을 생각해 일부러 가대기를 천천히 끌었다. 그런데 이상하게 천천히 끄는데도 빨리 끌 때처럼 힘들어 가는 정도가 마찬가지다. 왜 이러지? 하며 돌아보니 어이없게도 박 영감이 보습을 깊이 박고 있었다. 일부러 자기를 생각해 천천히 끌어주는데도 심술쟁이처럼.

"아바이! 보습을 왜 그리 깊이 박아요?"

"이게 뭐이 깊어?"

"아 왜 갑자기 힘들어지는 가 했더니 일부러 보습을 더 깊이 박네."

"거 못하는 소리가 없군. 땅을 깊이 째지 않으면 씨가 제대로 붙나."

에이 씨! 용우는 그만 가대기 끈을 와락 벗어던졌다.

"이 영감태기가 자길 생각해 살살 끌어주니까 누굴 쇠새긴 줄

아나.”

“무스기 영감태기? 이놈이 버르장머리 없이.”

박 영감도 보탑을 확 집어던지며 화를 냈다.

“나 혼자 심어 먹자고 그러냐. 농사일 하려면 제대로 해야지. 힘들다구 밭을 대충대충 얕게 갈자는 거냐.”

“아니 이제까지 하던 대로 하면 되지 갑자기 뭘 깊게 갈구 얕게 갈구 하면서 시비예요?”

“내 그러지 않아도 한번 말하려던 참인데, 내 처지도 있고 해서 참았더니 안 되겠구나. 네 눈엔 저 뒤에서 여자들이 괭이질로 두 벌 손질을 해가며 이랑 잡는 게 안 보여? 그래두 혼자 힘들게 인가대기를 끈다구 모두 미안해서 가만있는 줄 모르구 말야. 젊은 놈이 벌써부터 그렇게 건성건성 농사질 배워 어쩌자구 그래?”

“하하 이거 웃기누만. 그렇게 잘하면 아바이가 가대길 끌던가.”

두 사람의 언성이 높아지자 농장원들이 일손을 멈추고 왜 그러나 싶어 목을 빼들고 이쪽을 바라봤다.

사람들의 시선을 의식한 박 영감이 일부러 더 고아대기 시작했다.

“야 이놈아. 남들은 풀죽두 없어 굶는 걸 알면서두 도대체 양심 있어? 농장에서 특별히 먹을 걸 줬으면 잘해야지.”

그 말에 그만 용우가 왈칵했다.

“뭐야! 이 더럽게 늙은 두상태기.”

박 영감도 이성을 잃었다.

"이런 개새끼, 뭐 어찌구 어째!"

둘이 마주 붙어 멱살을 잡았다. 키 작은 박 영감은 멱살을 잡은 것이 아니라 동동 매달린 모양새다. "싸움 났다!" 하며 농장원들이 몰려왔다. 아낙네들이 둘 사이에 끼어들어 겨우 떼어냈다.

"그렇게 꼴리면 영감이 강냉이 콱 타먹고 가대길 끌란 말야."

"그래 이놈아 끌라면 못 끌줄 알아?"

"그거 잘됐네. 그럼 가대기 메고 얼른 끌라구요. 내가 보잡이 할 테니까."

"오냐, 끈다, 끌어"

박 영감이 오기를 부리며 가대기 끈을 어깨에 걸었다. 모두 그걸 늙은이가 어떻게 끄는 가고 말리지만 자존심이 살아 고집이다.

하지만 겨우 두세 걸음 정도 끌더니 그 자리에서 낑낑 거렸다. 그러자 보잡이가 된 용우가 "아 뭐해요?" 하고 소리쳤다. 가뜩이나 힘없는 늙은이가 가대기를 끄는데 거기다 대고 보복하느라 보습을 우악스레 깊이 박았다. 그 눈치를 알고도 박 영감은 제가 한소리도 있어 그냥 모지름을 쓰다가 그만 지친 소처럼 거꾸러졌다.

"아이고 그렇게 똥자루처럼 맥도 없는 주제에."

"뭐 똥자루? 이런 쌍!"

박 영감이 와락 흙을 쥐어 뿌렸다. 허억! 용우가 얼굴을 싸쥐었다. 눈에 흙이 들어간 건지 용우는 눈을 비비고 악에 받쳐 박 영감을 걷어차고 멱살을 쥐어 비틀었다.

"이 늙다리, 오늘 너 죽고 나 죽는다."

당황한 사람들이 우르르 달려들어 양쪽을 뜯어 붙잡고 돌아갔다.

이때 별안간 따르릉! 따르릉! 하는 자전거 종소리가 들렸다. 관할구역을 돌아보던 담당 보안원이다.

"어이, 무슨 난리야?"

보안원이 눈알을 굴리며 물었다.

용우가 금세 풀이 죽었다.

"일하다 좀 다뒀습니다."

"좀 다뒀는데 영감 무릎이 저리 벗겨졌단 말이야?"

"그건 아바이 절루 넘어져……."

"뭐 저절로? 아하, 이 새끼 이거 좋게 말해선 안 되겠다."

보안원이 박 영감에게 얼굴을 돌렸다.

"영감, 이거 어떻게 된 일이요?"

박 영감이 엉거주춤 나서며 자초지종을 주섬주섬 일러바쳤다.

"난 이눔하곤 일 같이 못하겠수다. 이 쇠새끼 같은 놈이……."

"용우 이 새끼 또 버릇이 도졌구나. 사람질 좀 하는가 했더니."

"아 보안원동지. 잘 알지도 못하면서 아바이 편만 들지 말구……."

"뭐야 편을 들어? 이 자식 보자보자 하니까. 야. 너 그래 갖구 입당하겠다고? 꿈두 꾸지 마, 새꺄. 될 것 같으면 군대 때 했지. 도둑질이나 배우고 온 주제에."

"뭐요? 말 다했어요?"

용우가 또 이성을 잃었다.

"아따, 이 새끼 봐라, 너 콩밥 먹고 싶어 환장했구나."

"마음대로 해요. 콩밥 좀 배터지게 먹게."

"오 그래? 인마 요즘은 감방에 콩밥두 없어. 그럴 것 없이 노동 단련대 좀 갖다올래?"

"단련대건 빵이든 보낼 테면 보내란 말입니다. 무섭지 않습니다."

"진짜지?"

"예, 보내라요. 갔다가 나오는 날이면 나두 다 알조가 있다고요."

"뭐 알조가 있어? 있으면 뭐 어쩔 셈이야"

"여기서 두만강이 지척인데."

"뭐 두만강? 아니 이 새끼가……."

갑자기 보안원이 당황했다.

"나두 뛸지 모른다구요. 숱한 사람들이 뛰었는데 나만 못 뛴단 법이라도 있어요?"

"오오, 그래? 도망쳐라. 도망쳐."

"흥, 내가 가면 그냥 가나? 중앙당에다 담당 보안원이 사람들을 못살게 굴어 숱한 사람들이 두만강 건너 달아났다고 편지 올리고 가지."

"하하하! 야 인마 너 날 협박하니?"

보안원이 기가 막혀 웃었다.

"협박은 무슨. 이제 이 동네서 한 명만 더 뛰면 보안원 자리서 쫓겨난다면서요?"

"뭐 뭐야? 하아 이거 골치 아픈 새끼네."

틀린 말이 아니다. 이제 다시 월경자가 나타나면 무사치 못하다는 사실을 얻어들은 모양이다. 하도 도주자가 많으니 이젠 거꾸로 별 버러지 같은 것이 제 편에서 소리친다. 하지만 어쩔 수 없는 노릇이다. 정말 이 소 새끼 같은 놈이 도망가면서 중앙에 있는 소리 없는 소리 다 적어 보내는 날엔 끝장이다. 기분 같아선 당장 권총 세례를 안기고 싶지만 달래보는 수밖에 도리가 없다.

"야, 내가 널 미워서 이러니? 말썽 좀 그만 부리란 말야. 나두 목구멍 아프게 고아대기 좋은 줄 알아?"

보안원이 수그러드는 눈치를 보이자 용우는 에헴! 에헴! 헛기침이 나왔다. 날 잡아라 하고 내뱉은 말이 효과가 있네. 흠, 따지자고 들면 지들이 백 배는 더 못된 짓 했지. 이 핑계 저 핑계 잡아먹은 소가 몇 마리야. 코도 꿰기 전의 말랑말랑한 중송아지들이며 벼락도 맞지 않은 소를 벼락 맞아 죽었다고 먹어치우고, 진짜로 당의 농업전선에 해독행위를 한건 다 한자리 차지한 놈들이 아닌가.

문득 보안원이 호주머니에서 고급담배를 꺼내 용우에게 통째로 건넸다.

"저…… 이건?"

"넣어두고 피워. 이러고저러고 해도 이 동네에 너 만한 기둥이 있어? 잘 좀 해라. 늙은 어머니 속 썩히지 말구."

"예. 솔직히 너무 힘들다보니까. 소 한 마리 없는 동네에 나만 꼬리 없는 소지."

"그 사정 누가 몰라? 농장에 소가 부족해 그런 거 어떡해. 조금만 견뎌봐. 나한테 권한은 없지만 관리위원회 간부들한테 이 동네 사정 얘기해 볼게. 소 한두 마리라도 며칠 돌려주도록."

"진짜요? 아 그래 주신다면야 제가 고분고분……."

"그래그래. 알았어. 우리 잘 좀 지내자, 응?"

'흠 이렇게까지 달래야 하나, 보안원인지 뭔지 이 노릇도 못해 먹을 짓이다' 불현듯 이웃 농장 담당 보안원이 해임되어 임산노동자로 쫓겨 간 일이 떠오른다. 그 농장에서 남조선으로 도주한 여자가 이남 텔레비전에 출연해 마을 보안원이 저지른 비행들을 낱낱이 얘기하는 통에 그것이 관계당국에 알려져 온 농장을 들쑤시며 연관된 간부들을 조사했다. 이 마을도 도주자가 많은데 그중에 누가 또 남조선에 가 뭐라고 할지 모를 일이다.

보안원의 눈길이 박 영감에게 닿았다. 저 영감 딸도 사라진 지한동안 됐는데 혹시 아랫동네에 간 건 아닌지. 갔더라도 제발 좀 조용히 지냈으면 좋으련만. 스멀스멀 불안감이 엄습해온다.

"에이 빌어먹을, 아무렇게나 돼라."

보안원이 아무도 알아먹지 못할 소리로 투덜대며 자전거에 올랐다. 멀어져가는 보안원의 뒷모습을 보며 용우는 갑자기 기분이 묘해졌다. 이제껏 두렵게만 느껴졌던 보안원의 자전거 종소리가 별치 않게 들리는 것이 이상했다. 용우는 보안원이 주고 간 고급 담배에 불을 붙여 빨고는 입술을 오므리고 똑똑 소리를 내며 코뚜레 모양 가락지를 만들어 내보냈다. 사뭇 흐뭇한 표정이었다.

얼음불꽃

이성아

이성아

1960년 밀양에서 태어나 1998년『내일을 여는 작가』에「미오의 나라」를 발표하면서
작품 활동을 시작했다. 창작집으로『절정』『태풍은 어디쯤 오고 있을까요』, 북한 인권
을 말하는 남북한 작가 공동 소설집『국경을 넘는 그림자』와『금덩이 이야기』에 참여했
다. 북송선 이야기를 다룬 장편소설『가마우지는 왜 바다로 갔을까』로 제11회 세계문
학상 우수상과 아르코문학상을 수상했다.

새벽에 눈을 뜬 그는 가만히 누워 있었다. 귓가에 아내의 숨소리가 가느다랗게 들려왔다. 그것은 마치 세상과 그만큼 가느다랗게 연결되어 있다는 신호 같았고, 그 소리마저 없었다면 그는 자신이 살아 있다는 감각을 느끼지 못했을지도 몰랐다. 그는 숨도 크게 쉬지 않고 누운 채 간밤의 꿈을 더듬었다. 손가락이라도 까딱하면 꿈이 산산이 흩어질 것 같았다.

안개인지 연기인지, 눈앞이 자욱했다. 한 치 앞도 보이지 않는 짙은 연기 속에서 그는 두 손을 휘저으며 헤매고 있었다. 발밑도 분간되지 않는 지독한 안개였다. 허방을 딛는 듯, 발을 내디딜 때마다 밑에서 쑤욱 빨아 당기는 기분이었다. 이곳이 어디인가?

누군가 있었다. 가냘픈 몸피에 쪽 찐 머리의 조선 여인이었다.

여인은 기다란 나무막대를 휘휘 젓고 있었다. 연기는 무쇠솥단지에서 피어오르고 있었다. 연기 사이로 얼핏 여인의 얼굴이 보였다. 외할머니였다.

– 할머니.

그녀는 잠시 고개를 돌렸으나 듣지 못한 듯 다시 나무주걱을 저었다. 할머니는 청포묵을 쑤는 중일 터였다.

– 할머니.

다시 할머니를 불렀지만 그의 목소리는 그녀에게 가닿지 않는 듯했다.

– 어머니.

그는 두리번거리며 어머니를 찾았다. 연기는 다시 짙어져 아무것도 보이지 않았다. 그는 장막을 걷듯 연기를 걷어보려고 손을 휘저어보았지만 연기는 손가락 사이로 빠져나갈 뿐이었다.

다시 꿈속으로 돌아가고 싶었다. 마치 안개 속에서 어머니를 잃어버린 어린아이 같은 심정이었다. 안타까움에 목에 메었다.

개혁파이던 아버지가 의병들에게 쫓겨 연해주까지 가서 돌아가셨을 때 어머니는 얼마나 황망하셨을까. 어린아이들이 올망졸망 딸린 어머니가 아버지의 관을 싣고 다시 고향 철원으로 돌아갈 생각을 할 수 있었던 건 외할머니가 곁에 계신 덕분이었을 것이다. 그러나 거친 바람과 풍랑은 그들 가족들을 함경남도 배기미에 주저앉혔다. 물설고 낮 설은 곳, 아는 사람 단 하나 없는 낯선 곳이

지만, 그럼에도 배기미를 생각하면 언제나 미소가 떠오르는 건 어머니와 외할머니가 계셨기 때문이리라.

할머니는 청포묵을 쑤어서 팔고 어머니는 동네 처녀들을 모아 한글과 자수를 가르쳤다. 그가 서당에 가서 한문이라도 배울 수 있었던 건 모두 두 여인들 덕이었다. 천자문을 떼고 화전놀이에서 글짓기를 하여 상을 받았을 때 두 여인은 마치 장원급제라도 한 듯 기뻐했다. 돌아보면 그의 작가 인생의 뿌리는 거기에 닿아 있었다.

짧은 행복은 거기까지였다.

어느 날 어머니는 아버지의 유해를 다시 파냈다. 배기미에 닿았을 때 해변가에 임시로 가매장해놓은 것을 그들 가족이 옮겨 살게 된 소청으로 옮긴 것도 어머니였다. 그걸 다시 판 것이다.

어머니는 뼈를 일일이 물에 씻어 탈골 작업을 손수 해냈다. 아버지의 뼈를 어루만지는 어머니의 손길과 표정은 마치 살아 있는 아버지를 보듯 애틋하고 연민이 가득했다. 살아 움직이는 어머니의 손과 한낱 사물이 되어버린 아버지의 뼈.

햇볕 아래 하얗게 말라가는 아버지의 뼛조각들은 삶과 죽음 사이를 더없이 명징하게 보여주고 있었다.

어머니는 깨끗하게 씻어서 말린 뼈를 한지에 싸고 상자에 넣어 철원의 문중으로 보냈다. 그게 어머니 당신의 죽음을 예감한 때문이란 건 어머니가 돌아가신 후에야 알았다. 어머니는 아버지의 유해를 파낸 그 자리에 당신을 묻어달라고 했다. 그게 어머니의 유언이었다.

어머니가 돌아가시던 그날도 지금처럼 눈이 내렸다. 눈의 바다였다. 온 천지가 눈에 덮여 한 치 앞도 보이지 않았다. 길조차 모두 끊어진 마당에 봉분도 없는 아버지의 무덤자리를 찾는 건 불가능했다. 눈은 꼬박 닷새를 내렸다.

그의 나이 아홉 살 때였다. 고작 아홉 살의 사내아이가 외로움과 슬픔이 사무쳐 뼈마디가 도막도막 끊어지듯 온몸이 아팠다. 어머니가 돌아가신 것도 벽력처럼 아픈데 눈에 갇혀 묻어드리지도 못하는 게 어머니를 욕보이는 것만 같아 가슴이 미어졌다. 그때 사무친 외로움과 슬픔은 마치 얼음의 뿌리처럼 손과 발에 박혀버렸다.

닷새 동안 내리던 눈이 그치자 바람이 불기 시작했다. 사흘을 쉬지 않고 불어댔다. 마치 거대한 빗자루가 눈을 쓸어내는 것 같았다. 온 세상을 덮고 있던 눈을 날려버렸다. 끊겼던 길이 다시 이어졌다.

아흐레 만이었다. 마침내 아버지의 유해가 묻혔던 자리를 찾아 어머니를 묻었다. 아버지 육신이 떠난 빈 구덩이지만 아버지 품에 어머니를 안겨드리는 기분이었다. 아버지에 대한 사랑이 지극했던 어머니는 이미 그리 느낄 것이었다.

그 아흐레 동안, 온 동네 처녀총각과 노인들이 그들의 초라한

상가를 지켜주었다. 일가친척 문상객 하나 없는 집을 그들이 함께 했다. 상주가 하도 어려 곡을 못하니 그들이 대신해서 곡을 해주었다.

그의 작가 인생의 뿌리는 거기에 닿아 있었다. 짧은 기간 아버지와 어머니를 잃고 천애의 고아가 되었으며, 나라까지 잃었다. 가장 고통스러웠던 날들이 가장 따뜻했던 날로 기억되는 건 사람들 때문이었다. 그곳에서 그는 어머니의 지고한 사랑과 할머니의 헌신적인 애정을 듬뿍 받고 배웠으며 사람살이의 정을 느꼈다. 그의 작품 속에 하나같이 악인이 없는 건 그가 악인을 그리지 못해서가 아니고 인간 선의에 대한 믿음 때문이었다. 우리가 한낱 뼈로 돌아가더라도 사랑만은 사라지지 않기 때문이었다.

1957년에 그가 집필권을 박탈당하고 쫓겨 간 곳이 함흥이었다. 그곳이 배기미와 같은 함경도라는 것, 더할 나위 없는 비참함과 혐오에 시달리면서도 그를 지탱해준 것은 그것이었다. 비록 한 발짝도 배기미에 다가갈 수 없었지만, 마치 아버지의 텅 빈 무덤에 묻히기를 바라던 어머니의 심정과 같았다. 그 후 더욱 오지로 밀려나서 이곳 탄광지구에 이르러서는 아버지가 누워계시는 철원과 같은 강원도라는 생각이 두터운 외투처럼 그를 감싸주었다.

이불 아래로 손을 넣어보니 냉골이다. 그는 옆으로 돌아누워 핏기 없는 아내의 얼굴을 물끄러미 바라보다 조심스럽게 이부자리를 빠져나왔다.

눈이 내리고 있었다. 새벽 여명에 눈이 인광을 뿜어내듯 새파랬다. 며칠째 내리는 눈에 마을길이 모두 묻혀버렸다. 옆집으로 가는 길도 끊어져 노동자지구 제일 끄트머리에 있는 그의 집은 고립무원이었다. 눈이 소음마저 빨아들여 진공상태처럼 적막한 가운데 싸락싸락 눈 쌓이는 소리만 들렸다.

그는 부엌으로 들어가 아궁이 앞에 앉았다. 장작을 하나씩 들어 아궁이에 겹쳐놓았다. 이제 땔감이 거의 바닥을 드러내고 있었다. 장작 하나를 더 들어 올리자 부엌 바닥의 흙이 드러났다. 그는 잠시 망설이다가 다시 내려놓았다. 오늘도 장작을 구하는 건 어림도 없는 일이었다.

장작불을 지핀 후 어제 먹다 남은 죽 냄비에 물을 한 대접 더 붓고 부뚜막에 올렸다. 그는 아궁이 앞에 앉은 채 눈 내리는 바깥으로 시선을 돌렸다.

- 조국과 인민 앞에서, 우리 문학을 파괴한 종파분자의 죄악을 절대 용서할 수 없다. 우리의 문학적 전통을 파렴치하게 말살하려고 시도한 죄로 모든 직위를 해제하고 집필권을 박탈한다.

강당을 쩌렁쩌렁 울리던 문예총 위원장 한설야의 목소리는 오랫동안 그를 괴롭혔다. 작가에게서 집필권을 박탈한다는 건 사망

선고나 다름없었다. 그들은 그것으로 그의 영혼을 갈가리 찢어놓을 수 있을 거라고 생각했을 것이다.

그러나 그들의 예측은 틀렸다. 한설야의 선언을 듣는 순간 누군가가 단단히 틀어쥐고 있던 숨통이 비로소 트이는 듯 깊은 탄식이 터져 나왔다. 그를 괴롭혔던 건 그를 모욕하는 그들의 비루한 논리였다. 그의 영혼은 이미 걸레처럼 너덜너덜해진지 오래였다. 부디 그의 집필권을 박탈해준 한설야에게 축복 있을진저, 그는 속으로 그렇게 뇌이고 있었다.

고통은 그다음이었다. 집필권을 박탈한 작가를 배치한 곳은 잔인하게도 신문사의 교정원이었다. 오탈자나 잡아내는 일이 아니었다. 반당적이거나 반국가적인 문장을 잡아내는 게 그에게 주어진 임무였다. 반당적이며 반국가적인 문장으로 우리 문학을 파괴한 반국가적 간첩 테러 음모 종파분자에게 이런 일을 맡기다니, 그건 자가당착이었다.

그들의 상상력은 눈물겹도록 졸렬했다. 집필금지라니, 세상에 그런 처벌이 다 있던가. 그의 글을 트집 잡는 비루한 논리에는 실소 밖에 나오지 않았다.

미제의 간첩이라는 선고를 받고 처형당한 임화를 생각하면 관대한 처분에 머리 조아려야 될지 모르지만, 그의 존재가 목숨을 뺏어야 할 정도로 위협적이지 않다는 의미일 것이다. 그러나 그에게도 미제의 간첩이라는 딱지가 붙어 있었다. 이미 그들이 사 년 전에 처형한 임화의 하수인이라는 올가미까지 씌웠다. 그가 남한에서 쓴 어느 비평문에서 임화의 시를 칭찬했다는 게 그 이유였다. 그들의 주장에 따르면, 그는 미제의 간첩으로 북파되었다고 했다.

그들이 그렇다면 그런 것이었다. 해명이나 변명의 기회 따위는 주어지지 않았다. 애초에 그들의 억지를 반박할 논리를 세우는 것 자체가 가능한 일이 아니었다. 논리니 토론이니 해명이니 하는 것은 상식과 논리가 통하는 사람들 사이에서나 가능한 일이었다. 그들은 거대한 벽이었다. 설득, 포용, 이해, 반박, 토론, 대화라는 걸 그대로 집어삼켜버리거나 뱉어버리는 벽.

임화는 남자가 봐도 멋진 사내였다. 늘씬하게 훌쩍 큰 키에 숱 많은 눈썹, 깊은 우수를 드리운 눈망울은 인간 세상 그 너머 어딘가를 바라보고 있는 듯했다. 잊고 있던 존재의 슬픔 같은 걸 툭 건드리는 눈빛이었다. 그런 사내가 혁명의 깃발을 휘날리니, 영화 속 비극의 주인공처럼 사람을 홀렸지만, 어쩐지 치기가 느껴진 것도 사실이었다.

카프와 멀찍이 거리를 두고 있던 그가 임화와 가까워진 건, 총독부 학무국장이 주제한 시국간담회에서였다. 시국간담회라는 말랑말랑한 이름을 달고 있었지만, 실은 내선일체라는 명분으로 조선의 작가들에게 일본어로 글 쓸 것을 강요하는 자리였다. 그러나 거기 초청받은 자들은 이미 창씨개명까지 하고 각종 연설회에서 내선일체와 전쟁 승리를 위해 황민화에 앞장서야 한다고 유창한 일본어로 목청을 높이던 자들이었다. 인기도 있고 영향력도 있는 작가들이었다.

조선과 일본의 문화인들이 앞장서서 국민들을 이끌어야 한다는 논리를 편 것은 유진오였고, 최재서는 영국 유학을 다녀왔답시고 조선 문학이 변두리 지방 문학에 불과하다는 막말을 서슴지 않았다. 일본어로 작품을 쓰는 것은 조선 문학의 궤멸이 아니라 오히려 확장이라는 궤변까지 늘어놓았다.

그런 자들 사이에 앉아 있자니 피눈물이 날 것만 같았다. 조선의 작가로서 조선의 언어를 어찌 그토록 하찮게 여길 수 있는지, 어찌 그토록 쉽사리 일본말에 붓을 적실 수 있는지 원망스러웠다. 결국 참지 못하고 학무국장에게 따져 물었다.

– 일본어를 사용하라고 강권하는 바람에 조선의 창작품 숫자가 거의 5분의 1 이하로 뚝 떨어졌습니다. 이것이 무얼 말하는지 모르십니까?

그의 발언에 모두 꿀 먹은 벙어리처럼 앉아 있었다. 그때 그를 지지하면서 자기주장을 뚜렷하게 펼친 게 임화였다.

– 저는 문학도 다른 학문처럼 정치적으로 자유롭지 않다고 생각합니다. 그렇지만 창작 기법에 있어서는 문학 고유의 특성이 있다고 봅니다. 즉, 한 작가가 날 때부터 듣고 사용해왔던 말, 일상

살이에서 불편과 부자연스러움 없이 쓸 수 있는 말이야말로 가장 아름다운 창작물을 생산하는 기본이라고 봅니다. 이것은 도덕상의 의무나 윤리의식에서가 아니라 오로지 장인의 심리에서 나온 결론입니다. 날 때부터 조선말을 써온 조선인이 어떻게 낯선 일본어로 글을 쓸 수 있겠습니까?

"문학이 정치에서 자유롭지 않다던 자네의 말이, 정치가 문학을 재단해도 된다는 의미는 아니었다고 생각하네. 그런 점에서 나는 자네 의견에 전적으로 동의하네. 사람들은 나를 순수파라고 말하지만, 문학이라는 게 사람살이에서 동떨어질 수 없는 것일진데 도대체 순수문학이란 게 무얼 말하는지 나는 알지 못한다네. 똥오줌도 누지 않고 이슬만 먹고 사는 사람이 있다던가? 그때도 그랬지만 지금도 그 생각은 달라지지 않았네. 자네나 나나, 정치권력의 무자비함에 대해 너무 순진했던 게지. 나는 지금 그 벌을 톡톡히 치르고 있는 중일세. 일본이 패망을 하고 물러간 지금 나는 조선어로도 글을 쓰지 못하는 상태가 되었으니 말일세."

그는 한동안 자책감에 빠져 스스로를 혐오했다. 개화파라는 이유 때문에 의병들에게 쫓겨 연해주까지 피신해야 했던 아버지도 온 가족들을 고난에 빠뜨렸지만, 아버지는 자신의 신념을 굽히지 않았다. 그런 아버지에 대해 어머니나 할머니가 한순간도 불평하지 않고 오히려 존경심을 보였던 건 그것 때문이었을 것이다. 그리고 아버지의 통찰은 옳았다. 그러나 자신은 카프와 거리를 두고 공산당을 경계하며 혐오하기만 했지, 그들에 대해 너무 몰랐다.

모스크바까지 간 건 제대로 알아보고자 했던 것이지만, 결과적으로는 겉모습만 훑은 거였다. 그는 앙드레 지드가 소련을 비판한 것을 이미 알고 있었다. 그러나 그가 직접 가서 본 소련의 근로환경과 복지, 사회보장제도는 완벽했다. 빈부격차가 극심한 후진국이던 소련의 모든 민족을 평등하게 만들기 위한 노력은 인정하지 않고 생필품의 수준이 조악하다는 비판은 비판을 위한 비판이나 꼬투리 잡기로 보였다. 부유한 나라에서 온 지드에게는 그리 보였을지도 모른다. 일억이 넘는 사람들을 고루 먹여 살리고 배분하려면 화려한 겉치레보다는 내실이 더 중요한 것 아닌가.

"인간성 도덕성 종교와 자유의 말살이란 비극은 상상하기도 어려울 지경"이라고 했던 지드의 말에 주의하지 않았던 건, 당장 조선의 가난과 불평등에 눈이 멀어서였을까. 북한에서 청탁을 받고 써준 『소련기행』의 원고에 복지와 의료, 소수민족의 언어를 말살하지 않은 것에 대해 감동하고 극찬한 것은 사실이었다. 하지만 중간, 중간 자신이 쓰지 않은 내용들과 교묘하게 찬사의 말로 고친 걸 발견했을 때는, 온몸에 소름이 끼치도록 불쾌했지만 무슨 이유에서인지 항의 한마디 하지 못하고 지나갔다. 본능적인 직감 같은 게 솜털을 획 쓸고 지나간 것이다.

모스크바 거리의 서점에 들어갔을 때 고리키나 도스토옙스키 전집의 가격이 웬만한 고소득자의 한 달 월급보다 비쌌다는 점, 서툰 러시아 발음으로 마야코프스키, 숄로호프, 오스뜨룹스카, 바실레브스까야의 책을 찾았을 때 그들 책은 없다고 고개를 젓던 것이 갑자기 뒤통수를 후려치듯 떠올랐다.

그들은 어떻게 된 것일까? 그들의 책도 불태워졌을까?

소련기행은 그를 북한에 주저앉힌 결정적 이유였다. 눈에 뭐가 한 꺼풀 덮이면 제대로 보기 힘든 게 인간의 한계이며 그의 한계였다.

그러나 찬찬히 되짚어보면 그 밑에는 죄의식이 빙하처럼 깔려 있었다.

도둑처럼 찾아온 광복의 그날, 그가 서울에 올라갔을 때 지방의 문인들이 채 올라오기도 전에 그 어떤 준비절차도 없이 자기들 멋대로 전국적인 단위의 문학단체를 만든 것에 얼마나 못마땅해했던가. 그러나 소심한 마음에 큰소리는 치지 못하고 그들의 일거수일투족에 의심의 눈초리를 거두지 않았다. 벌써부터 기치를 올리고 덤비는 축들은 일제로부터 좌익으로 찍힌 자들이 대부분이었다.

문단의 움직임은 사회의 축소판이었다. 우익들이 쥐구멍에 갇힌 듯 숨죽이고 있는 가운데, 도덕적 우월성과 조직적 행동력을 장악한 좌익은 해방 전부터 준비해온 건국준비위원회를 토대로 인민공화국을 세우는 데 전력투구했다. 이승만, 김구, 김원봉, 무정 같은 해외의 항일지도자들이 들어오지도 못한 상황에서 성급하게 움직이는 좌익들이 불안해보였다.

그가 스스로 문협을 찾아간 것은 그들에게 동조하려는 게 아니라 항의하기 위해서였다. 그러나 그 결과는 엉뚱했다.

종로 2가 화신백화점 맞은 편 한청빌딩 사 층은 일제 치하에서 조선문인보국회가 사용하던 사무실이었다. 문인보국회 간판은 어느새 떼어내고 없었다. 함께 동인활동을 하던 박태원, 정지용, 그리고 『문장』 편집자 시절 각별하게 지내던 후배 작가들 몇 명이 눈에 띄었지만 나머지는 대부분 카프 출신 작가들이었다. 때마침 그들은 선언문을 수정하고 있었다. 어깨너머로 그걸 본 그는 속으로 적잖이 놀랐다.

그들의 태도와 주장, 어느 한 군데도 의심스러운 구석을 찾을 수 없었다. 조선문화의 해방, 조선문화의 건설, 문화선전의 통일, 이것이 그들의 구호였으며, 우리 민족이 나아갈 제일의 노선으로 행동통일을 원칙으로 삼아야 한다는 게 그들의 전제였다. 사실 그는 좌파 작가들이 이런 원칙을 교란할까 그게 가장 큰 걱정이었고 미리부터 증오심까지 품고 있었다. 고백하자면, 공산주의에 대해 경계심을 넘어 일종의 혐오감까지 품고 있었던 그였다. 그런데 알고 보니 그것은 기우였던 것이다.

일제강점기 말기에 경성을 떠나 철원의 시골로 들어간 것은 우리나라를 찾고 조선어로 마음껏 글을 쓸 수 있는 그날이 올 때까지 일본어로 글을 쓰지 않겠다는 의지의 표현이었으나, 막상 광복의 날이 오자 그것은 도망간 것 이상도 이하도 아니었다. 자신은 무엇을 하고 있었더란 말인가. 한없이 부끄러웠다.

임화는 좌우를 가리지 않고 작가들을 받아들이려고 했다. 친일작가들도 마다하지 않았다. 정치적인 단계를 차근차근 밟아야 한다는 스탈린 노선에 따른 것이었다. 거기에 제동을 건 것은 그 자신이었다. 이미 가입해 있던 이광수를 제명하도록 요구하고 가입을 위해 찾아온 유진오를 호되게 야단쳐 돌려보낸 게 바로 그였다.

그런 자들이 문학을 한다는 게 견딜 수 없었다. 적어도 문학을 하는 사람의 영혼은 권력이나 재력이 아닌 인류 보편의 정의의 편에 서야 한다고 생각했다. 그런데 오히려 많은 사람들의 존경과 사랑을 받는 유명 문인들의 행태와 의식수준의 졸렬함에 그는 절망했다. 자신이 얼마나 비루한지 자각하지도 못하는 그들의 태도가 서글펐다. 그러나 역사는 그들 편인가?

"그러나 말이오, 임화 자네 말대로 문학이 정치에서 자유로울 수는 없으나, 정치가 문학을 좌지우지할 수는 없단 말이오. 그들이 자네와 나의 목숨 줄을 쥐고 있는지는 모르지만 우리의 영혼까지 움직일 수는 없단 말이오."

오늘따라 임화가 몹시 그리웠다. 하염없이 내리는 눈발 속에 서 있는 나무 한 그루가 마치 큰 키의 임화처럼 보였다.

임화의 처형 소식을 들었을 때 그는 자신도 곧 그를 따라갈 거라고 생각했다. 집필 금지만으로 끝날 것 같지 않았다. 김일성을 찬양하는 글을 쓰라는 명령을 거부한 후 그는 누가 찾아올 때마다 자신을 데려갈 저승사자가 왔다고 생각했다. 그의 뒤에는 언제나 죽음의 그림자가 길게 따라오고 있었다.

'그런데 칠순을 넘기고도 살아 있구려. 어떤 때는 내가 죽은 건지 살아 있는 건지 잘 모를 때가 있다오. 아마 그 경계를 어른거리고 있을 것이오.'

"아직도 눈이 오네요."

아내는 잠이 깨어 있었다.

"오늘도 그칠 기미가 보이지 않는구려."

그는 아내의 상반신을 일으킨 후 등 뒤에 무릎을 꿇고 앉았다. 삼 년 전 뇌출혈로 쓰러진 후 아내의 몸은 조금씩 굳어가고 있었다. 그는 팔을 자유롭게 움직이지 못하는 아내의 머리를 빗겨주기 시작했다. 이제는 그것이 아침을 맞이하는 제의가 되었다. 맑은 아침 공기로 세수를 하듯 정결한 시간이었다.

단발로 커트를 하고 파마를 하던 아내의 흑단 같은 머리는 새하

얗게 변해 있었다. 자르지도 않으니 어깨를 훌쩍 넘게 자랐다. 그
는 비녀를 구해보려고 했었다. 할머니와 어머니처럼 아내의 머리
를 비녀로 곱게 쪽을 찌어주고 싶었다. 그러나 어디에서도 비녀를
찾기 어려워서 포기했다.

오늘따라 부쩍 머리카락이 많이 빠졌다. 방바닥에도 눈이 내린
듯 소복하다. 그는 아내가 눈치 채지 못하게 그것들을 그러모아
손아귀에 감싸 쥐었다.

"죽을 좀 가져오겠소."

그가 일어나려고 하자, 아내가 그의 팔을 잡았다.

"지금은 먹고 싶지 않아요. 그냥 앉아 있어요."

그가 다시 앉으려고 하자 아내가 말했다.

"방문 좀 열어주세요. 눈이 보고 싶어요."

"바람이 차오."

"이불을 덮고 있으면 괜찮아요."

그는 방문을 열고 아내의 하얀 머리카락을 눈밭 위에 던졌다.
이부자리를 벽 쪽으로 끌어 붙여 아내를 벽에 기대게 하고 이불을
목까지 끌어당겨 덮어주었다.

"당신, 내 옆에 앉아주세요."

오늘 아내는 말이 부쩍 많았다. 며칠 동안 일어나 앉을 기력도
없더니 기운이 좀 돌아오는 것인가. 그는 아내가 하라는 대로 고
분고분 아내 옆에 앉았다. 나란히 벽에 기대 이불을 목까지 끌어

올렸다. 문 밖에는 굵은 눈이 싸락싸락 내리고 있었다. 두 사람은 그렇게 한동안 말없이 앉아 있었다.

잠시 후, 그는 아내를 자기 앞으로 끌어당겨 안았다. 아내는 몹시 수줍어하며 그에게 안겼다. 그는 긴 두 팔로 아내를 꼭 끌어안았다.

"당신 참 따뜻하군요."

"당신도 따뜻하오."

"우리 이러고 있으니 오누이 같아요. 우리 아이들도 이렇게 서로 다독거리면서 살아가겠죠?"

"물론이오. 그럴 것이오."

별것도 아닌 말에 그는 자꾸만 목울대가 뜨거워졌다. 오늘따라 말 한 마디 한 마디가 폐부를 찌르는 것 같았다. 눈은 내리고 아무 할 일도 할 수 있는 일도 없으니 가슴만 시리고 아팠다. 폭설에 갇혀 있으니 아플 일만 남은 듯했다.

"내가 이렇게 아프기만 해서, 당신에게 미안해요."

그는 너무 고통스러워 아무런 대꾸도 할 수 없었다. 그 말은 그가 하고 싶은 말이었다. 그의 선택이 온 가족을 수렁으로 몰아넣은 것 아닌가.

그나마 저들의 요구를 들어주는 척이라도 했다면 이 지경으로까지 몰리지는 않았을 것이다.

그의 숙청도, 신문사 교정원자리마저 박탈당하고 강원도 오지의 탄광노동자지구까지 쫓겨온 것도, 장남 유백이 김일성대학에서 퇴학당하고 협동조합으로 쫓겨간 것도, 다 그의 선택이 가져온 결과였다.

작가의 양심이 도대체 무엇이더냐. 그는 묻고 또 물었다. 실체를 알 수 없는 그것이 그를 단 한 글자도 쓰지 못하게 가로막고 있었다. 글 쓰는 사람이라는 게 원망스러웠다.

종군작가로 전쟁터를 취재하면서부터 그는 자신이 엄청난 착각을 했다는 걸 뼈저리게 깨닫고 있었다. 가는 곳마다 차마 눈 뜨고 보기 어려운 참혹한 광경이 펼쳐졌다. 그것은 지옥도였다. 온 나라에 피비린내가 진동했다. 이것이 도대체 무엇을 위한 것인지 아연했다. 이것은 인간의 일이 아니었다.

나라를 빼앗기고 공포에 떨던 시절에도 없던 끔찍하고 잔인한 살육이 동족들 사이에서 벌어지고 있는 걸 믿을 수가 없었다.

그는 끝내 아내에게 미안하다는 말만은 하지 않을 생각이었다. 미안하다는 말은 용서받기를 바라는 마음이다. 다른 사람은 몰라도 아내에게만은 미안하다는 말로 용서받을 수 없다고 생각했다.

"우리가 결혼할 때 생각나오?"

"그럼요. 신식결혼식이었죠. 아름다운 결혼식이었어요."

"아름다운 건 당신이었지."

"그런 말 처음 들어보네요."

"나 같은 가난한 작가와 결혼해주어서 고맙소."

"저는 우리가 이렇게 함께 늙어가는 게 더 고마워요. 당신 품에서 눈 내리는 걸 보는 게 좋아요."

아내는 그의 가슴에 가만히 귀를 대었다.

"당신 심장박동 소리가 음악소리 같아요."

잠시 후 아내는 그의 품 안에서 잠이 들었다. 숨소리가 거칠었다. 그는 아내를 더욱 꼭 끌어안았다.

아내를 이부자리에 눕혀놓고 부엌으로 들어갔다.

아궁이 속 장작은 불씨만 남긴 채 사위어가고 있었다. 남은 장작을 모두 아궁이에 집어넣었다. 마지막 장작개비로는 바닥을 파기 시작했다. 오 센티쯤 흙을 파내자 그곳에서 보자기로 싼 종이 뭉치가 나왔다. 아버지 어머니가 돌아가신 후 누나와 누이를 철원 종갓집으로 떠나보내던 할머니가 옷가지 몇 개를 싸주었던 보자기였다. 성북동 집을 누이에게 부탁하고 제대로 짐을 챙길 경황도 없이 떠나왔는데, 몇 해가 흘러 아무렇게나 짐을 싸던 중에 이 보자기가 딸려온 것을 발견하고 그는 할머니를 본 듯 반가웠다.

보자기 속에는 그동안 쓴 글들이 들어 있었다. 공책도 있고 작은 종이쪽지도 있고 나무껍질도 있었다. 그것이 어떤 글이든 저들 눈에 띄면 그를 처형시키는 데 모자람이 없을 것이었다. 신문사 교정원 시절 그는 교정쇄의 글자들이 벌레처럼 꿈틀거려 도저히 글을 읽을 수 없는 기묘한 증세에 시달렸다. 간부들은 꾀병 부리지 말라며 그를 윽박질렀다. 그들의 말은 무조건 맞다. 그건 심리적인 불안감이 불러온 꾀병일 거라고, 그도 그렇게 생각했지만 여전히 그의 눈에는 글자들이 살아서 꿈틀거렸다.

탄광지구로 쫓겨 온 후로는 더 이상 글을 볼 필요도 없고 글을 쓸 자유도 없었다. 간신히 숨통이 트인 꼭 그만큼의 공간에 새로운 고통이 들어찼다. 탄광지구에 와서 일 년여가 흐른 후였다. 처음에는 속이 메스껍고 울렁거리기 시작했다. 그것이 심하면 뜨거운 것이 울컥, 치밀어 올랐다. 각혈이라도 하는가 싶었는데, 그것은 글자들이었다. 그의 내면에서 부글거리며 끓어 넘치는 문장들이었다.

이곳이 고향 철원과 같은 강원도라는 것이 그를 커다란 날개처럼 품어주었다. 피난민의 이불처럼 더럽혀지고 남루한 날개였지만 더없이 푸근했다. 때로는 어머니의 자궁 속 같았다. 온갖 이념의 세례로 어지럽던 머릿속이 해풍에 깨끗이 씻겨나가는 것 같았다.

땔감을 찾으러 하루 종일 산을 뒤지고 다니는 시간이 하루 중 가장 충만한 시간이었다. 어떤 날은 잔 나뭇가지 몇 개만 들고 내려오는 날도 있었고 어떤 날은 나무 등걸에 앉아서 해가 지는 걸 바라보다가 어두워져서야 내려올 때도 있었다. 그럴 때 문득 정신을 차리고 보면 주머니 깊숙한 곳에서 종잇조각과 몽당연필을 꺼내들고 뭔가를 쓰고 있는 것이었다.

집필권을 박탈당한 자가, 남과 북 모두를 배신하고 잊힌 작가가, 어디에도 발표할 수 없는 글을 누구에게도 보여줄 수 없는 글을 쓰는 것이다. 깊은 숲 속 언덕 뒤에 몸을 숨기고, 깨알보다 작은 글씨로 한 글자 한 글자 적어나가는 것이다. 어떤 날은 몇 줄일 때도 있고, 어떤 날은 단 한 문장일 때도 있었다. 마치 명주를 자아내는 누에처럼 온몸의 진액을 쥐어짜는 것이다. 한 문장 한 문장이, 피를 찍어 영혼을 깁는 것 같았다.

그는 그것들을 하나씩 읽어나갔다. 종이쪽지에 써놓았던 것들을, 나무껍질에 써놓았던 것들을. 눈은 여전히 내리고, 그는 자신의 글을 최후의 독자가 되어 읽어나갔다. 아내는 죽어가고 그는 피로 적어내린 글을 읽었다. 한 글자 한 글자 그것을 쓰던 심정이 다시 그의 가슴을 적셨다. 밖에는 산골마을을 덮어버릴 듯 여전히 눈이 내렸다. 소설가가 되었을 때는 세상을 다 품을 듯했으나 결국 한 뼘 산골에서 눈에 묻혀가고 있었다.

다 읽은 쪽지는 아궁이로 던져 넣었다. 그것은 불길 속에서 한순간의 꿈처럼 타오르다가 혼령처럼 사라졌다.

그의 집필권을 박탈했던 한설야도 몇 년이 지나지 않아 그와 같은 신세가 되었다. 권력의 단맛에 취해서 자신의 아첨과 고집, 자만과 독선을 보지 못하던 그는 보통강변 그의 저택에서 날마다 술잔치를 벌였는데, 보위부에서 설치한 도청기 속에서 김일성을 두고 무식하다고 비하 발언한 것이 걸려든 것이다. 대대적인 숙청바람이 불었다. 저승사자처럼 그를 비판했던 자들도 그 칼날을 피하지 못했다. 한 발 먼저 가느냐 늦게 가느냐의 차이가 있을 뿐이었다.

숙청은 분서갱유로 이어졌다. 숙청 작가들의 작품이 모두 회수되었다. '도서 회수 지시서'가 산간벽지에까지 하달되어 도서관, 학교, 기관, 심지어는 각 가정집 책꽂이에 꽂혀 있던 책까지 모두 거둬들여 평양으로 수송되었다. 문예총 출판사 뒷마당에 산더미처럼 쌓인 책들은 사흘 밤 사흘 낮 동안 불에 탔다.

숙청 작가들은 그걸 지켜봐야 했다. 이글거리며 타오르는 불꽃이 고통스럽게 일그러진 작가들의 얼굴을 붉게 물들였고 불꽃 튀는 소리, 시커먼 연기가 평양의 하늘을 덮었다.

– 무섭게 하라.

그들을 지탱하는 유일한 지침은 성공적이었다.

아내는 하루 종일 먹은 것도 없이 잠만 잤다. 산골마을을 비추던 해가 어느새 서쪽을 향해 치닫기 시작했다. 그는 아내를 흔들어 깨웠다.

"죽을 조금이라도 먹어봐요."

아내는 신음소리를 내면서 간신히 눈을 떴다. 눈을 감으면 그대로 연기처럼 꺼져버릴 것만 같았다. 그는 억지로 아내의 윗몸을 일으켜 안고 천천히 죽을 떠먹였다. 그러나 아내는 죽을 한 숟가락도 넘기지 못하고 기침을 하면서 토해냈다. 온 내장을 다 쏟을 것처럼 심하게 구역질을 했다. 몸이 거부하고 있었다.

그는 아내를 눕히고 자신도 그 옆에 누워 아내를 품 안에 꼭 끌어안았다.

문득 까마득한 시절에 자신이 쓴 글 한 구절이 떠올랐다.

> "오래 살고 싶다. 좋은 글을 써보려면 공부도 공부려니와 오래 살아야 될 것 같다. 적어도 천명을 안다는 50세에서부터 60, 70, 100세에 이르기까지 그 총명과 고담의 노경 속에서 오래 살아보고 싶다. 그래서 인생의 깊은 가을을 지나 농익은 능금의 인생으로 한번 흠뻑 익어보고 싶은 것이다."
>
> – 「조숙」 중에서

이 글을 쓴 것이 아마 1930년대 중반일 것이다. 돌아보면 작가로서 가장 물이 올랐던 때였다. 겨울을 버티어낸 버드나무가 봄 햇살 듬뿍 받으며 한껏 물을 빨아올려 연둣빛 잎이 낭창낭창 흐드러지는 철을 맞은 것이다. 그때 그는 얼마나 많은 글을 썼던가. 성북동에 작지만 소담스런 한옥을 올릴 수 있었던 것도 열심히 써댄 덕분이었다. 신문연재소설 원고 갖다 주는 시간도 아까워서 여관에 묵으면서 글을 썼다. 그는 자신의 글이 조금씩 무르익어가는 걸 느꼈다. 나이 들어가는 것이 나쁘지 않았다. 하루하루 나이가 들어가면서 바라보는 세상은 뜻밖의 진경이었다.

마치 산을 오를 때와 비슷한 느낌이었다. 산모롱이를 휘돌아갈 때 소실점 끝을 돌아가면 어떤 풍경이 펼쳐질지 짐작할 수 없지만, 그것을 꺾어 돌면 뜻밖에 깊은 풍경이 펼쳐지곤 하던 것이다. 나이가 드는 것도 그러했다. 쉰이 넘으면 마흔 나이에는 전혀 보이지 않던 무엇인가가 보일 것 같았다. 그렇게 나이를 먹어가면서 한 인간이 성숙해가는 과정을 기록하고 싶었다.

그러나 모두 헛된 꿈이 되었다.

이즈음의 삶은 오래전에 자신이 쓴 글들이 자신의 등짝을 후려치는 나날이었다.

"정말 살고 싶었다. 살고 싶다기보다 살아 견뎌내고 싶었다. 조국의 적일 뿐 아니라 인류의 적이요, 문화의 적인 나치스의 타도를 오직 사회주의에 기대하던 독일의 한 시인은 몰로토프가 히틀러와 악수를 하고 독소 중립조약이 성립되는 것을 보고는 그만 단순한 생각에 절망하고 자살하였다고 한다.

그 시인의 판단은 경솔했던 것이다. 지금 독소는 싸우고 있지 않은가? 미·영·중도 일본과 싸우고 있다. 연합국의 승리를 믿자. 정의와 역사의 법칙을 믿자. 정의와 역사의 법칙이 인류를 배반한다면 그때 절망하여도

148 이성아

늦지 않을 것이다."

－「해방전후」중에서

이 글을 쓰고 그는 성북동 집을 정리한 후 철원 안협으로 숨어 버렸다. 그의 절망은 자살을 할 만큼 깊지 않았단 말인가.

얼마나 잔 것일까. 눈은 내리고, 할 수 있는 것도 할 것도 없이 방에서 아내만 끌어안고 하루를 보내는 것도, 오늘로서 마지막이라는 걸 그는 눈을 뜨자마자 직감했다. 아내가 그의 품에서 식어 가고 있었다.

서기골 로반

김정애

김정애

1968년 청진에서 태어나 2003년 탈북, 2005년 한국으로 입국했다.『한국소설』에 단편소설「밥」으로 신인상을 수상했다(1호 탈북작가-2014년). 단편소설「소원」으로 북한인권문학상 수상(2014년), 망명북한펜 문학지에 단편소설「오두막집 안주인」(2016년), 북한 인권을 말하는 남북한 작가 공동 소설집『국경을 넘는 그림자』와 『금덩이 이야기』에 참여했다. 월간지『월간북한』에 장편소설『둥지』를 연재(20회)했다. 전 조선중앙작가동맹 산하 함경북도 작가동맹 문학소조원, 2016년 제82차 국제PEN 스페인 오렌세이 총회 북한대표로 참가, 2017년 제83차 국제PEN 우크라이나 리비우 총회 북한대표로 참가했다. 현재 국제PEN 망명북한펜센터 이사장이다.

꽁꽁 언 눈 덮인 산정에 고요한 적막이 흐른다. 길에 수북이 쌓인 눈에 발자국을 찍으며 들어선 골짜기는 마치 아무도 없는 미지의 세계 같다.

　두 사람은 사방을 둘러보며 천천히 걸었다. 빠드득 빠드득 발밑 눈 밟히는 소리에 놀랐는지 길옆 나뭇가지에서 산새 한 마리가 쩍, 하고 허공으로 날아오른다. 땅거미가 내려앉은 골짜기의 끝자락에 거의 다다를 무렵 컹컹 개 짖는 소리가 들렸다.

　"여보, 개 짖는 소리예요. 우리가 제대로 찾아온 것 같아요."

　순옥이가 반가운 목소리로 탄성을 지른다.

　"그러게 내가 뭐랬소. 길이 있으면 반드시 인가가 있게 마련이지. 당신은 그저 이 남편말만 폭 믿으면 되오."

덕만은 아내의 말에 응수하며 어깨를 으쓱한다. 완만한 경사의 골짜기 막바지에 제법 너른 부지의 덩실한 집 한 채가 나타났다. 지붕 위엔 겨우내 내린 흰 눈이 두텁게 얹혀 있다.

"거 누구요?"

웬 남자의 목소리에 이어 말 같은 개 여러 마리가 순옥이네 쪽으로 냅다 달려온다.

제, 제, 낯선 손님을 보자마자 쏜살같이 내닫는 개를 꾸짖으며 웬 남자가 허둥지둥 쫓아왔다. 그 사람은 반갑게도 조선말을 한다. 눈길에 서서 뭘 하고 있었는지 추위에 빨갛게 곱아든 손에 헝클어진 실타래가 쥐어져 있었다. 그는 개를 쫓으며 길에 가로놓인 실오리를 들어 올려 어서 지나가라고 턱짓한다. 두 사람이 지나치자 남자는 길을 가로지른 실오리 끝을 가느다란 풀대에 매어놓고 앞장서 걸었다.

"여긴 어떻게 왔소?"

"저, 우리는 북조선에서 건너온 사람들이오. 어디 안전하게 있을만한 곳이 없나 해서 찾다가 여기까지 오게 됐소."

"그렇소? 마침 잘 왔소. 오늘 로반(사장)이 올라왔는데 어서 들어가서 물어 보구레."

남자가 무뚝뚝하게 말했다. 순옥은 로반이란 무슨 말이냐고 물으려다 그만 입을 다물었다.

멀리 건물의 굴뚝에서 한풀 사그라진 연기가 솟구쳐서 어둠이

짙어가는 허공으로 흩어졌다.

사방에 빙 둘러서 그냥 사납게 짖어대는 개들을 피해 순옥은 남편 뒤에 바싹 붙어 섰다.

"워리, 워리, 왜 이리 소란스러운 거야. 지개."

마당에 들어서자 반지르르한 머리채를 정수리까지 바짝 틀어 올린 젊은 여자가 앙칼지게 소리치며 문밖으로 나온다. 살집이 희고 통통한 인상의 여자가 놀란 눈빛으로 낯선 손님을 재빨리 훑어보고는 이내 신경질이 배인 미간을 펴며 눈가에 상냥한 웃음을 지었다.

"안녕하십니까. 저희는 북조선에서 왔습니다."

덕만이가 큰 허우대를 숙이며 여자에게 인사를 건넸다.

"아, 그래요? 반가워요. 난 여기 로반이에요. 그러잖아도 일꾼이 필요했는데 어서 들어와요."

여자는 기다렸다는 듯이 반색을 한다.

습한 열기가 가득찬 방에 들어서자 로반은 방 한쪽에 말아놓은 이불을 열어젖혔다. 그 속에서 뼈에 가죽만 남은 남자가 퀭한 눈으로 여자를 올려다본다.

"여보, 북조선에서 온 사람들이래요."

순옥은 하마터면 악, 소리를 칠 뻔했다. 해골처럼 피골이 상접한 남자가 이불 속에 있었다. 눈을 껌벅이지 않는다면 분명 시체로 착각하고도 남을 남자를 로반은 아무 내색도 하지 않고 일으켜 벽에 기대 앉혀놓고는 자기도 그 옆에 나란히 앉았다. 병색이 짙은 남자의 인상은 손님이고 뭐고 다 귀찮다는 기색이다. 로반이 진작 여보라고 불렀게 망정이지 순옥은 여자보다 이십 년도 훨씬 넘게 보이는 남자를 그녀의 아버지나 할아버지쯤으로 혼동할 뻔했다. 멍하니 순옥이를 바라보던 남자가 턱을 약간 쳐들어 보이자 로반이 달싹 일어나 선반에서 쟁반을 내렸다. 쟁반에는 알락달락 포장한 사탕과자가 가득 담겨 있었다.

"국경은 언제 넘었어요?"

로반이 쟁반을 내밀며 상냥하게 웃었다.

"어제 새벽에 넘었습니다."

"두만강은 이제 다 얼어붙은 모양이죠?"

"복판이 채 얼지 않아 물에 빠지면서 건넜습니다."

얼핏 보아도 로반은 아내 또래 정도로 보였으나 덕만은 그녀에게 깍듯이 예문을 붙였다.

"고생했네요. 조선 어디서 떠났어요?"

로반은 얼음이 둥둥 떠다니는 두만강을 떠올렸는지 으스스 몸을 떨었다.

"청진에서 떠났습니다."

"청진이라면…… 어디로 넘었는데?"

흘러내린 붉은 머리카락을 귓바퀴로 넘기는 로반의 눈이 호기심으로 반짝인다. 순옥은 로반의 자상한 친절이 같은 또래에 대한

단순한 동정일 거라고 생각했다.

"저기…… 그게 어디죠?"

순옥은 오던 길을 더듬으며 덕만을 쳐다보았다.

"삼합? 아님 개산툰? 어느 쪽이에요?"

로반의 질문이 이어지자 순옥은 그동안 이곳에 많은 탈북자들이 다녀갔음을 짐작할 수 있었다. 그렇지 않다면 어찌 중국인인 로반이 조·중 국경지역을 그리 훤히 꿰뚫을 수 있을까.

"강안리 쪽으로 건넜습니다. 함북도 종성과 온성 사이……."

순옥은 지명을 자세히 말하려다 말고 그만 말끝을 얼버무렸다. 북조선 어디라면 제가 알라구?

"그런데 여기 서기골은 어떻게 알고, 누가 알려줬죠?"

로반이 재촉하듯 바짝 다가앉았다.

순옥은 강을 건너 위자구라는 곳에 들렀는데 거기서 만난 조선족 할아버지가 탈북자들이 있는 곳의 약도를 그려서 알려주었고 거길 찾아가던 길에 이 골짜기로 꺾어들었다고 말했다.

"잘 왔어요. 자기네는 거기에 가는 것보다 여기가 더 안전할 테니까 그렇죠, 여보?"

여자는 코멘소리를 내며 남편에게 물었다. 남자는 위태할 정도로 마른 체격이지만 눈빛은 어딘가 모르게 살아 있었다.

"그래. 잘 왔어. 이 주변에서 안전이야 우리 서기골만 할라구. 어서 거처를 정해주고 일하도록 해."

남자의 목소리가 깡마른 체격만큼이나 메마르게 들렸다.

이어 로반이 서기골의 일과를 쭉 말했다. 놀랍게도 새벽 네 시부터 저녁 일곱 시까지의 일과가 빈틈없이 짜여 있는데 기본 해야 할 일은 장작패기였다. 그것도 사람마다 경운기로 한 차 분량이었다.

"네에? 그럼 여자도 남자들과 똑같이 패야 합니까?"

덕만의 어성이 약간 높아졌다.

"물론이죠. 남자나 여자나 똑같이 먹고 사는데 예외일 수 없죠. 다른 산창은 아마 여기보다 더 할걸요. 밥과 빨래는 당연히 여자 몫이어서 배로 힘들겠지만 북조선 여자라면 못할 것도 없잖아요? 생활력 강하기로는 웬만한 남자들 쩜쪄먹을 사람들인데."

그러면서 로반은 은근슬쩍 덕만의 낯을 살핀다. 남편이 아내의 부족한 몫까지 채울 수 있다고 믿는 모양새다.

"알겠습니다. 사람마다 매일 한 차씩 패서 팔아야 한다는 거죠?"

덕만이 재차 묻자 순간 로반은 아니꼽게 눈초리를 치켜뜨더니 곧 표정을 풀었다.

"그래요. 이 달에 설 명절도 꼈으니 나무 판 돈의 일부는 명절음식을 마련하도록 드릴게요. 나니까 그렇지 다른 산창은 어림도 없어요. 탈북자가 일한 삯은 계산은커녕 아예 숙식으로 둥치는 데도 많아요."

로반은 서기골에 오길 잘했다면서 시동생이 현재 이곳 당 지부 서기라고 소개했다. 산의 지명도 시동생인 서기가 사놓은 산이어서 서기골로 불리는 것이란다. 서기의 인품과 권력까지 두루 자랑하는 로반의 말에서 순옥은 안전한 곳에 면바로 찾아왔다는 안도감이 들었다.

"잘 알았습니다. 감사합니다."

덕만이와 순옥이가 거듭 인사를 하며 일어서려는데 로반이 옆방에 대고 소리쳤다.

"여기 좀 나와 봐요"

곧 출입문 여닫는 소리와 함께 아까 길목에서 실타래를 쥐고 있던 남자가 들어섰다.

"로반, 날 찾았시오?"

"그래요. 조선에서 건너 온 사람들인데 그 방에서 같이 지내도록 해요. 작업동복과 이불도 갖춰주고"

로반은 이곳에서 자신을 대신해 일꾼들을 관리하는 사람이라고 남자를 소개했다.

"최철굽니다. 잠자리가 좀 비좁겠지만 뭐 그럭저럭 같이 지냅시다. 갑시다."

옆방에는 탈북자로 보이는 남자가 한 명 더 있었다.

"한 아바이, 인사하오. 물 건너에서 사람이 왔소."

철규가 들어서며 소개하자 남자가 벼르던 도끼자루를 놓으며 엉거주춤 일어섰다. 철규는 '한 아바이'가 앞니가 한 대뿐이어서 그렇게 불리지만 실제 나이는 사십 대 초반이라고 소개했다. 그는 웃을 때마다 손으로 입을 가렸다. 넷이서 저녁식사를 마치자 철규는 이제야 식구가 늘어 주패(카드)를 칠 수 있게 됐다며 자리를 폈다. 주패장이 오가며 서로에 대한 소개가 시작됐다.

한 씨의 이름은 한상길이다. 한때 인민군 땅크부대에서 중대장이었던 그는 제대하면서 약혼한 여자 친구를 고향으로 데려와 결혼식을 올렸다. 그 후 고난의 행군이 닥치며 먹을 것을 구하려 나간 아내는 종내 돌아오지 않았고 하나뿐인 아홉 살짜리 아들마저 엄마를 찾아 떠난다며 집을 나갔다. 몇 달째 돌아오지 않는 식구들을 기다리던 상길이도 결국 국경을 넘어 여기저기를 찾아 헤매던 끝에 이곳 서기골에 눌러앉아 겨울을 보내고 있는 중이었다.

좋은 때 좋은 날 맺어진 사랑 / 한 쌍의 꽃으로 활짝 피었네 / 축복하노라 오늘의 새 가정 / 축복하노라 오늘의 이 행복/

결혼식 날 부대 친구들이 불러준 결혼축가라며 중얼거리던 상길은 흑 콧물을 들이키며 팔소매를 눈가에 가져갔다.

아직 삼십 대인 철규는 자신을 소개할 때 패쪽을 힘껏 내리쳤다. 어느 외화벌이 회사의 해외 수출업무를 담당했던 그는 회사자금의 손실을 책임지고 지배인이 갑자기 총살당하는 바람에 놀라서 홀몸으로 북한을 탈출했다고 한다. 저녁마다 아빠의 목에 매달려 깔깔대던 아들을 유치원에 보내놓고 인사도 없이 급히 떠나던 그날을 떠올리며 철규는 일그러진 얼굴에 쓸쓸한 웃음을 지었다. 두 개의 촛불이 다 타 접시에 가득 녹아내리고 남은 심지가 잦아들 때까지 고향 이야기는 계속되었다.

"보아하니 나보단 이상인 것 같은데 형은 대체 어쩐 일루?"

이번엔 철규가 물었다.

두툼하게 말아 문 담배를 빨며 주패장을 들여다보는 덕만이 뜸을 들이자 순옥이가 나섰다.

"이 이도 철규 삼촌과 거의 비슷해요. 군에서 고위간부였던 형님이 어느 날 정치범이 되어 잡혀가는 바람에 부득불 탈출할 수밖에 없었어요. 동생도 잡히면 정치범 수용소행이잖아요."

"애들은, 없소?"

"저의 친정에 맡겼는데 자리가 잡히면 곧 데려와야지요. 어때요 여긴 안전해요? 이인 절대 잡히면 안 되는 사람이라서."

"안전 같은 건 하늘에 맡겨야지, 장담은 할 수 없지만 그래도 여긴 당서기의 산이자 또 서기의 관할지역이니 그런대로 다른 곳보다 안전하다고 봐야지요."

"근데 아까 골짜기 입구에는 왜 나와 계셨어요?"

처음 만났을 때 실타래를 쥐고 서 있던 철규의 눈빛은 극한 경계심을 내비치고 있었다.

"아, 보안장치를 하느라고, 안전은 스스로 지켜야 하니까. 내가 창안한 거요."

"손에 쥐었던 바느실로 보안장치를 한다고요?"

순옥의 말투와 눈동자가 동시에 커졌다.

"저길 보구레. 저 천정에 걸려 있는 통재(둥근 쇠통)에 매단 쇳 덩이가 골짜기 입구까지 늘인 실에 연결됐소. 누구든지 여길 오려 면 그 길을 통과해야 하는데 그러자면 풀대에 가로지른 실이 발치 에 걸릴 거고 실이 끊기면 자연히 쇳덩이는 쇠통재(통)에 떨어지 게 돼 있고. 요란한 소리에 우리는 그 사이 피할 시간을 얻게 되는 거구, 흐흐."

철규는 자신이 고안한 보안장치를 설명하면서 만족한 듯 웃었다.

"매일 그렇게 해야 하나요?"

"안전하게 살자면 날마다 그래야지. 어느 순간에 공안이 들이칠 지 모르니까. 며칠 전에도 저 아래 탁근네 산창을 공안이 들이쳐 그곳에 있는 탈북자들 다 잡아갔소. 해마다 설밑에는 따스포(대 검 거선풍)기간이요. 여기도 언제 올지 모르니 순간이라도 긴장을 풀 면 안 되오."

철규는 벽에 걸려 있는 배낭을 가리키며 만약의 경우 뛰쳐나갈 때 갖고 갈 비상용이라고 했다.

"그러고 보니 모두들 어떤 위험한 순간에도 대처할 수 있도록 빨치산 유격전법을 잘 배워둔 것 같아요."

"그렇죠. 조선에서 배운 김일성혁명역사학습이 오늘날 우리에 게 큰 도움이 되고 있지요."

저들의 탈북이 현재형 항일무장투쟁시기 빨치산을 닮았다며 모두들 호탕한 웃음을 터뜨렸다. 두 사람은 새로운 고향 소식을 이것저것 자꾸 물었다. 흔들리는 촛불 아래서 끝없이 이어지는 이야기로 서기골의 겨울밤은 깊어갔다. 그러다가 눈을 붙인 지 두세 시간쯤 지났을까, 쟁가당, 가마뚜껑이 깨지는 것 같은 요란한 쇳소리가 고요한 새벽공기를 찢는다. 새벽 네 시다. 로반이 산창에 올라오기만 하면 어김없이 벌어지는 소동이라고 엊저녁에 철규가 말했다. 병적 발작처럼 새벽 네 시만 되면 난리법석을 피운다는 로반은 오늘도 마치 시계 초침을 붙들고 있는 것처럼 에누리 없이 튀어나온 것이다. 그녀는 손에 든 전지불로 컴컴한 방 안 구석을 이리저리 비췄다. 그녀의 소란에 구들에 깔린 두꺼운 이불이 꿈틀 거렸다.

"아직도 누워 있으면 어쩌자는 게야? 지금 몇 시야. 빨랑 일어나."

뒤이어 로반이 가마뚜껑을 닥치는 대로 콘크리트 바닥에 모두 내동댕이쳤다. 문 열리는 소리에 잠이 깬 순옥은 깜짝 놀라 토끼처럼 튕겨 일어섰다. 어제 이곳에 도착하면서 철규에게서 대충 듣긴 했어도 이런 상황은 전혀 예상 밖이었다. 정신이상 증세에 가까운 로반의 행동에 심장이 터질 듯 쿵쾅거렸다.

"에이, 또 시작이네. 이보오. 로반, 오늘만이라도 좀 조용하시구레. 새 사람들도 왔는데……."

"그러게. 좀 조용히 삽시다. 에익, 이거라구야 맨날 시끄러워서 원."

피곤에 절은 철규의 말에 그 옆에서 잠이 덜 깬 상길의 목소리가 겹친다.

"뭐야? 누가 누구더러 조용하라 마라야? 밥도 짓고, 짐승도 먹이고. 나무도 패고. 할 일이 태산인데 언제까지 자빠져 있을 건데?"

여자의 발작적인 쇳소리가 귀청을 찢는다.

"하면 되지 않소? 지금까지 그 일을 우리가 다 했지 누가 했는데."

악에 받친 로반의 말에 철규가 벌떡 일어나 앉으며 맞받아쳤다.

"흥, 내 잔소리가 없어도 잘은 하겠다. 이래가지고 소, 돼지물을 언제 끓이고 오리, 닭, 토끼는 또 언제 먹이고, 밖에 일은 언제 하냐고? 말 같은 소릴 해. 노루 꼬리만 한 해에 게으름이나 필 거면 내 집에서 당장 나가! 입에 들어가는 쌀이 뭐 공짜야."

로반이 그쯤 나오자 방 안이 물 뿌린 듯 조용해졌다. 더 맞받아쳐봤자 소용없는 짓이어서 로반이 가마뚜껑을 몇 번 더 들었다 놓아도 아무도 대꾸를 하지 않는다. 순옥은 얼른 찬장 위의 촛대에 불을 붙였다. 촛불에 난장판이 된 가마목이 고스란히 드러났다. 휑하니 열린 가마솥에 뚜껑을 덮는 순옥을 째려보던 로반이 쌩하고 나간다.

정월의 설한풍이 로반이 사라진 문가에서 휙 밀려들었다.

"저건 잠도 안 자고 꼭 새벽 네 시만 붙들고 지랄이야 지랄이. 여기가 조선이라면 저걸 그저 콱."

잠자코 있던 철규가 로반이 나간 출입문에 대고 빈 삿대질을 해댔다.

"에이 관둬, 일도 없는 년이 잠이 올게 뭐야. 맨날 우리랑 저 지랄하는 멋으로 살겠지. 로반이잖아, 로반. 허허 차암……."

한 씨가 로반이란 말을 거듭 곱씹으며 비아냥댄다.

"로반 남편이 중환자라더니 그거 만족을 못 주는 모양이야. 그렇잖으면 잠이 안 올 리 있나? 저렇게 발광하는 데는 분명 뭐가 있어. 밤일을 못하는 남자에 대한 여자의 원한 같은……."

"남편? 그냥 돈을 보고 붙어살겠지, 파파 삭은 늙다리에게 남녀간의 뜨거운 사랑의 밤은 없을 테고. 젊고 얼굴이 반반한 게 할아버지 벌을 남편이라 해야 하니 때로 미치도록 악이 나겠지."

"그래. 로반이 삼십 대 한창 나이에 참 안됐어, 로반이면 뭘해. 남편이라는 작자는 스무 살도 훨씬 많은 데다 언제 꼴깍할지 모를 병달이니, 내놓고 말은 못 해도 속이야 지지리 썩겠지"

남자들은 저마다 로반 앞에서 할 수 없었던 말들을 사정없이 들먹인다. 솥뚜껑이 머리에 떨어지는 줄 알았던 순옥의 가슴은 아직도 쿵쾅쿵쾅 방망이질이다.

철규가 동복을 껴입고 먼저 도끼와 물 바께쯔를 들고 문밖을 나섰다. 칠흑같이 어두운 숲 속을 지나 도착한 개울에는 언제 물이 흘렀나 싶게 두꺼운 얼음이 깔려 있다. 널려 있는 얼음덩이를 보고 간신히 얼음 구멍을 찾을 수 있었다. 설이 가까워지면서 매서운 한파에 개울물은 어제보다 더 두텁게 얼어 있다. 쩡쩡 얼음을 깨느라 휘두르는 도끼 소리가 고요한 산정에 메아리쳤다.

이윽고 마당 한편이 훤히 밝았다. 돼지죽을 끓이려고 나온 상길이가 마당 한쪽에 있는 야전 가마에 불을 지피고 언무와 배추를 썰어 넣고 있다. 이어 소 우리 쪽에서도 소 방울소리가 절렁거린다. 덕만이가 소여물을 만드느라 해머로 대두박을 부시고 뜨거운 물에 불리느라 양손에 쇠통재를 들고 부지런히 우사를 들락거린다.

어제 철규는 이곳 생활을 소개하면서 일곱 시 전에 반드시 식사를 끝내고 밖에 나서야 한다고 몇 번이나 강조했다. 만약 그 시간이 지나서도 집 안에 붙어 있는 날에는 한바탕 하늘땅이 맞붙는 난리가 일어나니 그것만을 꼭 지켜야 한다는 다짐을 받았다. 그러면서 하루를 시작하는 아침부터 소동이 일면 종일 기분이 없을 테니 웬만하면 로반의 비위를 맞추자고 말했다.

순옥은 밥을 짓고 일꾼들은 소, 닭, 오리의 사료를 주고 물을 긷고 마당 정리며 개밥을 주었다. 식사 후에는 각자 장작을 패야 한다. 오후에는 로반이 수시로 작업량을 체크하며 잔소리를 하기에 눈치 빠른 철규는 누구도 욕을 듣지 않도록 장작무지의 크기를 비슷하게 조절하곤 했다.

설을 앞둔 서기골은 매일같이 장작을 실어 내리는 트라지(경운기)의 동음으로 퉁탕거렸다.

며칠이 지나 로반이 떠나갔다. 그녀가 떠나면서 보름 동안 설 명절을 쇠러 간다면서 순옥에게 쌀과 된장, 김치가 있는 곳을 확인해

주면서 창고 한쪽에 놓인 나무궤짝은 절대 열지 말라고 당부했다.

　로반이 떠난 서기골은 금세 명절 분위기가 되었다. 남자들은 소 사료로 쌓아놓은 옥수수단 밑에서 트라지(경운기) 운전사들이 몰래 날라다 준 술통을 꺼내어 대낮부터 술판을 벌였다. 토끼장에 나간 철규가 제일 큰 수토끼를 죽여 갖고 들어와 손질하기 시작했고 상길이는 오리장에서 날개가 얼어붙은 종자 오리를 안고 들어왔다.

　- 로반이 없는 세상 얼씨구 좋구나.

　상길의 이 빠진 입에서 흥얼흥얼 노랫가락이 새어나온다.

　그물에 걸린 깨 까치도 안줏감으로 기름에 튀겨졌다. 눈부신 햇살이 서산의 붉은 노을이 될 때까지 종일 서기골에는 웃음꽃이 피었다.

　"그새 닭은 몇 마리나 먹었나? 로반이 오면 한바탕 하늘땅이 맞붙을 텐데."

　"족제비가 물어갔다면 될 걸 뭐, 걱정도 팔자다."

　땅크중대 중대장 상길이가 불안해하자 철규는 안 할 걱정을 한다며 퉁을 주었다.

　"듣기 싫어서 그러지. 족제비가 물어갔다면 로반이 그걸 곧이곧대로 믿겠어? 우리가 잡아먹었다고 길길이 날뛸 걸 생각하면 그새 맛있게 먹었던 살이 한꺼번에 쪽 빠질게다."

"형이요. 그건 내게 맡겨요. 간나 에미나새끼 정 쨍쨍거리면 멀찍이 나무에다 묶어버리지 뭐."

"야, 농담이라도 그런 말 마라. 지랄이고 뭐고 해도 여기가 당 서기네 산창이니까 우리가 여태 안전하게 있은 게 아니야. 오늘은 먹다 남은 오리뼈다귈 한 번 더 끓여먹고 말자."

"그래요. 제가 맛있는 비지장을 끓여 드릴게요. 오늘은 그걸로 먹어요?"

"비지장? 소가 먹는 대두박을 끓여 먹잔 말이요? 우리가 소요?"

"아이참. 대두박도 배추 볶다가 잘 끓이면 먹을 만해요"

"아따, 중국 땅에서 별소릴 다 듣는구면. 우린 사람이요. 남들은 명절이라고 온갖 진주성찬에 배를 두드리고 있을 텐데 고작 오리 몇 마리 먹었기로 그리 떨게 뭐가 있소? 아직 남아 있는 게 삼백 마리가 넘는데. 우리가 찰떡을 먹었소? 돼지고길 먹었소? 아, 나 참."

"야, 난 로반이 숨넘어가는 생매소릴 지를 때마다 심장이 멎고 살점이 떨어지는 것 같다. 이 흔한 중국 땅에서 두부나 달걀 때문에 저리 지랄 난리치는 사람은 보다보다 처음본다."

상길은 두리번대는 철규의 꽁무니에 붙어 다니며 이젠 더는 잡지 말자고 사정사정 말렸다.

토끼우리에 가서도 이젠 그만, 닭장에서도, 오리장에서도 철규의 팔소매를 부여잡고 우리 이러다 여기서 쫓겨난다며 울상을 지었다. 상길의 성화에 못 이겨 한참 돼지우리 앞에서 머뭇거리던 철규가 홱 돌아서며 버럭 역정을 냈다.

"그럼 뭘 먹겠소. 허나새나 숨어있는 몸이라도 설인데 뭐든 먹어야 할 것 아니요. 그냥 배추김치에 생된장만 찍어먹잔 말이요?"

"야, 그리 먹고라도 좀 조용히 살았으면 좋겠다. 쌀밥이 있지 않니. 제발 좀 참자. 로반도 사람인데 돌아올 때 명절 뒤끝에 남은 음식을 좀 걷어다 주겠지."

"형은 그래서 평생 안 되는 게요. 온갖 쌍일을 다하고도 제 것도 못 찾아먹으니 참. 형은 그럼 보기만 하오. 고기도 나만 먹고 욕도 혼자서 먹고 쫓겨나도 내가 쫓겨날 테니까, 내가 여기를 관리하는 사람이니 책임도 내가 지면 될 거 아니오."

순옥이도 날이 갈수록 불안하긴 마찬가지다. 일꾼들의 밥을 하는 입장에서 그동안 잡아먹은 닭과 오리만도 여러 마린데 그걸 다 족제비에게 뒤집어씌울 수도 없는 노릇이다. 아침마다 걷어 들이는 달걀도 알알이 세어보고 많다 적다 예민하게 굴던 로반이고 보면 벌써 머리칼이 곤두선다. 며칠 뒤면 곧 설 명절이 끝나고 로반이 올라올 터인데……

상황이 그런데도 무얼 잡을까 집 주변을 빙빙 돌던 철규가 순옥이를 따라 창고로 들어섰다.

"오늘은 저 안에 뭐가 있는지 열어볼까?"

철규는 덕만이까지 불러들여 나무함을 이리저리 살핀다. 궤짝엔 어른 주먹만큼 큼직한 열쇠덩이가 무겁게 매달려 있다. 처음엔 열쇠를 열지 않고 널짝을 뜯어낼 방법을 찾던 철규는 차라리 열쇠를 여는 게 좋겠다며 쇠줄을 찾았다. 가느다란 쇠줄을 구부려 이리저리 돌리는데 열쇠가 찰칵 열렸다. 나무궤짝에는 일인용으로 포장한 개고기 봉지가 수북이 담겨져 있었다.

"어랍쇼, 이게 웬 횡재요. 형님, 이거면 됐어요. 로반이 올 때까지 멋지게 명절을 쉽시다."

철규가 너무 반가워 떠들썩하게 소리치는데 곁에 섰던 순옥이는 그만 울상이 됐다.

"로반이 가면서 이 궤짝은 절대로 열지 말라고 저에게 신신당부했어요."

"아, 아주마인 모른다면 끝이오. 이 철규가 다 꺼내 먹었다고 내게 다 미시우."

철규는 신명이 난 얼굴로 포장한 개고기 봉투를 다섯 개나 안고 휭 나갔다.

다음 날 아침이 되자 철규는 또 덕만의 얼굴을 쳐다본다.

"형님, 어제 좋았지. 우리 또 먹을까?"

"글세…… 에이 그만 둬, 철규는 먹고 싶어서 그랬다 쳐도 나이가 이상인 내가 있으면서 말리지 않고 같이 풍을 쳤다면 로반이 뭐라고 하겠어?"

"뭐라고 하긴? 아무리 말려도 철규 이놈은 마이동풍이고, 형님의 말은 밑구멍으로도 듣지 않는 놈이어서 어쩔 수 없었다면 그만 아니요. 그런 배짱도 없이 여기선 못 산다우."

저녁에도 다음 날도 개고기 추렴은 계속되었다. 처음에 열고 잠그던 열쇠는 아예 궤짝 위에 덩그러니 빼놓은 채다. 다섯 개로 시작된 개고기가 나중엔 일곱 개, 여덟 개로 늘더니 약간 주저하던 행동거지마저 아무래도 욕을 먹을 걸 다 먹고야 만다는 심사로 바뀌어 당당해졌다.

산이 통째로 찢어지는 악 소리가 난 것은 그로부터 며칠 뒤다. 그날도 아침부터 개고기를 끓여놓고 이제 로반이 오면 국물도 없다며 이때라도 배불리 먹자고 한상 펼쳐놓은 참이었다.

아직은 보름이 채 지나지 않아 로반이 이삼 일 더 있어야 올 것이라 여겼던 서기골에 때 아닌 폭풍이 불어닥쳤다. 약속된 날짜를 앞당겨 로반이 돌아오면서 상황이 참으로 난감하게 됐다.

로반은 남편의 건강 때문에 하루라도 빨리 돌아왔다고 말했지만 산창을 돌아보던 서기는 일꾼들에게 요즘은 공안에서 설 명절에 임한 따스포 기간이고 자칫 언제 탈북자를 찾아 이 골짜기를 칠지 모르니 항상 조심하라고 당부했다. 그런 시동생의 말에 로반은 제때에 피하도록 공안에서 다 연락이 오게 돼 있어 걱정할 것 없다고 으스대며 창고로 향했다. 그러다가 뚜껑이 열린 채 비어 있는 개고기 상자를 보고는 고래고래 숨이 넘어가는 고함을 지르기 시작한 것이다.

"어마야, 여기 개고기 다 어디 갔어? 누가 먹었어? 엉? 이거 어느 귀신이 다 해치운 거야?"

그런대로 인사를 하려고 나오려던 탈북자들은 로반의 고함소리에 급해 맞아 개울가로 산속으로 뿔뿔이 흩어졌다. 다만 철규만이 무덤덤한 얼굴로 로반 곁에 다가간다.

"아이고, 날도둑이 들었네. 이걸 어쩌면 좋아. 이 많은걸 누가 다 처먹었냐고? 누가?"

폭발하는 로반의 고함소리에 시댁 식구들도 제발 그만하라며 그녀를 다독였다. 서기를 따라 조용한 산창에 여가를 즐기러 온 친구들도 딱한 표정으로 몸 둘 바를 모르고 서성거렸다.

"아주머니, 내가 더 많이 사드릴 테니 이젠 그만하세요. 여기 있는 사람들이 먹었겠지요."

서기가 개고기는 걱정하지 말라며 몇 번이고 달래고 나서야 로반의 기세는 조금 누그러졌다. 방으로 들어가면서도 숲 속에 피해 있는 일꾼들을 뚫어져라 쏘아본다. 일꾼들은 인사는커녕 나오지도 못하다가 서기 일행이 탄 차가 멀어질 때에야 주저하며 막으로 들어섰다.

"이봐. 사람 새끼들이 얌체가 있어야지. 그 비싼 걸 다 먹어치우면 대체 어쩌자는 거야? 남편의 몸보신용인데 그걸 싹 다 먹어치워?"

로반이 송곳처럼 뾰족한 눈을 해가지고 일꾼들을 쏘아본다. 철규가 머리를 숙이고 다른 사람들이 말리는 걸 자기가 우겨서 다 꺼내 먹었다며 변명하다가 문득 고개를 쳐들었다.

"먹을 것이 흔해빠진 중국에서 개고기 몇 봉지 먹었기로 사람을 잡듯이 하는 건 또 뭐요?"

"뭐야? 그게 얼마짜리인지 알기나 해? 도적개가 코를 세운다고 뭘 잘했다고 턱을 쳐들어?"

이윽고 고성에 반말이 뒤섞이더니 급기야 로반이 부엌에 내려가 밥주걱을 찾아들었다.

"야 이 새끼야, 너 뭘 잘했다고 대답질이야? 남의 걸 도둑질해 먹고도 그렇게 당당해?"

"뭐라? 야, 이게 어따 삿대질이야. 너만 사람이야. 너만 사람이냐고. 숨어사는 탈북자는 설 명절도 없냐. 그리고 그간 우리가 일한 삯을 한 푼이나 계산했어? 뭘 큰 소리야."

철규도 지지 않고 눈에 불을 켜고 날뛴다. 보다 못한 덕만이가 철규의 앞을 막아 나섰다.

"명절 대목이어서 나무판 돈을 못 받았다고 말했잖아. 내가 받은 걸 안 줬어? 뭐가 잘못됐는데. 떼어 먹기라도 했어?"

덕만이와 상길이가 철규의 앞을 막아서자 로반은 더욱 길길이 뛰었다.

"그럼 대충 먹을 거라도 마련해놓고 가야지. 그래도 일 년에 한 번뿐인 설인데 우린 손가락만 빨고 있으라고? 네가 사람이야? 이

거 똥뙈놈 같은 중국조선족 간나새끼들을 그저 콱!"

철규가 펄떡거리며 부엌 바닥에 놓인 소랭이를 있는 힘껏 걷어 찼다.

"다 부셔버려. 이 새끼야. 갈 데 없이 떠돌아다니는 걸 걷어줬더니 이제 와서 콱? 콱이면 어쩔래, 어쩔래? 탈북자인 주제들이."

로반이 밥주걱을 쳐들어 성철의 눈을 파낼 듯이 들이대며 악을 썼다.

"이러지 마세요. 제발 잘못했으니 그동안 우리가 일한 삯으로 개고기 값을 다 치를게요."

이번엔 보다 못한 순옥이가 로반의 화를 눅잦히려 들었다.

"로반, 그렇게 해요. 지금까지 일한 것은 다 안 받을 테니까 이젠 그만 하자요."

개고기를 놓고 끝없이 이어지던 고성은 그동안의 장작 값을 모두 바치겠다는 조건을 걸고 막을 내렸다. 장작과제를 다 하느라 손발이 얼어드는 속에서 순간마다 참고 견딘 것이 억울하기 짝이 없었지만 별수 없는 노릇이었다.

그렇게 며칠이 지났다. 일꾼들은 다시 장작을 패기 시작했다. 장작을 실은 경운기의 동음이 서기골을 가득 채울수록 신바람이 난 로반은 더욱 소리를 높였다. 설이 지나 눈이 녹으면 발구도 힘 들고 나무에 물이 오르면 장작 패기가 더 힘들다며 이때 바짝 다 그쳐야 한다는 것이다.

"그럼 얼마야. 한 차에 백 원씩만 받아도 하루에 넉 대면 사백 원, 스무날이면 팔천, 챠, 누군 소리만 지르면 생돈 만 원이 하늘에서 뚝뚝 떨어지는구면."

철규가 툴툴대며 속구구를 하자 곁에 있던 상길이도 한마디 곁든다.

"야, 백 원이 뭐야, 한 차에 백삼십이잖아. 그렇게 매일 넉 대씩이면 한 달에 얼마야. 백 원을 뗀 부스러기로도 몇천 원이다. 그깟 개고기 고작 얼마라고 한 달치 삯을 다 처먹는다니."

철규는 언제든지 기회가 되면 로반을 아무도 모르는 산중에 꽁꽁 묶어놓고 찢어발겨도 시원치 않을 년이라며 이를 갈았다. 일이 힘들수록 탈북자를 짐승 이하로 취급하는 로반에 대한 복수심은 누구에게나 가슴속 용암이 되어 끓고 있었다.

허나 세상은 요지경이라고 했다. 그날 아침에도 순옥은 산골짜기가 어슴푸레 밝을 무렵 아침상을 다 차렸다. 조기 작업에 나선 일꾼들에게 아침식사를 하라고 이르려는데 마당의 개들이 일제히 골짜기 입구를 향해 내달리며 짖어댔다.

집 뒤 우사에서 소똥을 치던 덕만이도, 마당 한쪽에서 돼지죽을 끓이던 상길이도, 밤새 내린 마당의 눈을 쓸던 철규도 불안한 시선으로 개들이 몰려간 곳을 주시했다. 아닐세라 조금 뒤에 개들이 짖어대는 골짜기 입구로 검은색 차량이 불쑥 나타났다. 붉은 경광등이 달린 차였다.

"공안이다!"

제일 먼저 차량을 발견한 철규가 홱, 돌아서며 다급하게 소리치자 돼지죽을 끓이던 상길이가 손에 쥔 솥뚜껑을 와당탕 내던지며 산으로 뛰어올랐다. 덕만이의 덩치 큰 모습도 어느새 바람같이 사라졌다. 그럴 만도 했다. 며칠 전 노반에게 그토록 마구잡이로 대들었으니 언제든지 공안이 닥칠 것을 예상하고 있었던 터였다. 처음에 무슨 영문인지 몰라 멍하니 섰던 순옥이도 공안이란 말에 허둥지둥 소 우사에 나가 남편을 찾았다. 허나 남편의 그림자도 찾을 수 없었다. 급기야 정신을 차리고 뛰는데 오금이 저려 걸음이 제대로 나가지 않았다. 꼭 어기적거리는 거북이 한가지다.

"이를 어째" 순옥이가 안타까움에 사방을 둘러보는 그때 기회가 왔다. 달아나던 와중에 방에 걸어놓은 비상 배낭을 찾아내 오느라 되돌아섰던 철규가 그녀의 곁을 지나치는 순간이었다. 순옥은 와락 몸을 솟구어 철규의 옷자락을 움켜잡았다.

"같이 가요."

숨이 턱에 닿아 헐떡거리며 매달리는 순옥을 보는 철규의 눈이 금세 사나와진다.

"이, 이걸 놓소. 놓으란 말이요. 둘이 다 잡히자는 게요?"

바빠 맞은 철규가 발칵 성을 내며 순옥을 뿌리쳤다. 잔나비라는 별명이 붙을 정도로 날파람 있는 철규지만 언제 봤냐 싶게 마구 순옥을 떨쳐낸다. 하나 순옥은 놓을 수 없었다. 잡히면 끝이다. 북송되면 죽음이다. 죽음 앞에서 살 수 있는 희망을 놓는다는 건 말이 안 된다.

"같이 가요 예? 제발."

차의 엔진소리가 가까워졌다. 급해 맞은 철규는 어쩔 수 없이 순옥이를 매단 채 산 위를 향해 뛸 수밖에 없었다. 헐떡이며 뛰다가도 순옥을 보고 악에 받쳐 소리친다.

"이걸 못 놓겠소, 놔, 놓으란 말이요. 제발 놓으라고."

"못 놔요. 죽어도."

단호히 도리머리를 치는 순옥의 손아귀가 철로 녹여 붙인 조형물처럼 더욱 억세게 틀어잡는다.

"제발 같이 가요. 살아도 같이 살아야지. 안 그래요?"

"내가 왜? 내가 당신 남편이오? 제 남편한테나 매달릴 것이지. 어디서 앙탈이요?"

"남편이 지금 없잖아요. 제발 살려주세요."

"하, 이것 참. 살다 살다 별일 다 보겠네."

아무리 떼어내려 해도 소용없음을 판단한 철규는 입을 악물고 냅다 달렸다. 헐떡거리며 산마루에 이르러서야 철규는 풀썩, 눈밭에 주저앉았다. 순옥을 쏴보는 그의 눈에 퍼런 불길이 일었다.

산 밑에서는 검정색 차량이 산기슭을 에돌아 마당에 들어선다. 제 아무리 총을 찬 공안이어도 이제는 따라올 수 없는 거리다. 그제야 순옥은 슬그머니 혁대를 움켜쥔 손을 풀며 철규에게서 물러났다. 혁대를 얼마나 단단히 틀어쥐었던지 손바닥은 하얗게 핏기가 가시고 손가락은 감각이 없었다. 때아닌 북새통에 어느새 날이 완전히 밝은 것도 몰랐다.

"미안해요. 그리고 고맙구요."

"됐소. 근데 형님은 어딜 날았소. 참나, 제 안까이 건사할 생각도 않고, 무슨 남편이 그렇소?"

"그런 말 마세요. 안 잡혔으니 얼마나 다행이에요."

"아이고, 잡혀가면 죽을 판에 다행? 갸륵하오, 갸륵해. 넨장. 나만 죽을 뻔했지 뭐야."

순옥은 툴툴대는 철규 옆에 앉아 아래를 내려다보았다. 한산한 마당 복판에 철규가 집어던진 빗자루와 돼지죽 바가지가 덩그러니 그대로 너부러져 있었다. 굴뚝에서 피어오른 연기가 바람 한 점 없는 하늘가에 동그라미를 그리며 퍼져간다.

마당 복판에 웬 남자가 나서서 산 위에 대고 소리친다.

"아주마이, 내요. 서기요. 내려오오. 공안이 아니요 내 개고길 사갖고 왔소오."

소리친 사람은 로반의 시동생 서기였다. 손에 들고 휘두르는 것은 분명 상표가 찍힌 개고기 봉지다. 개고기가 없어졌다고 하도 난리 친 로반에게 약속대로 개고길 사갖고 온 것 같았다.

결국 연락도 없이 온 서기 때문에 이 소동이 일어난 것이었다.

자세히 보니 마당에 세운 승용차도 영어로 택시라고 쓴 것을 위에
붙이고 있었다.

"로반네 서기가 온 것 같아요."

"그러게. 내가 택시를 공안차라고 착각한 것 같네. 허참 노루 제
방귀에 놀란다더니……."

"공안이라고 소리친 사람이 철규 삼촌이지요?"

순옥이가 재우쳐 물었다.

"난 저 택시 위에 붙인 물건을 경광등인 줄 알았다니까."

어쨌거나 순옥은 안도의 숨을 호, 하고 내쉬었다.

"그런데 서기가 왜 여기 산에다 대구 소리치죠? 로반을 찾을
텐데."

"글쎄, 집 안에 있을 로반을 왜 산에다 대고……."

둘이 한숨 돌리는데 여기저기서 부스럭 소리가 들렸다. 빼곡히
들어선 참나무 사이로 남편 덕만이가 얼굴을 내민다. 뒤이어 온통
눈을 뒤집어쓴 상길이도 나타난다. 그는 다짜고짜 "야 철규, 네 눈
깔은 동태눈깔이야? 택시도 못 가려보게"하며 신경질을 부린다.

"그러니까, 나 오늘 십 년 감수했어. 너 이거 어떻게 할 거야."

덕만이도 따지고 든다.

"덕만 형은 말 할 자격이나 있소? 거 아무리 급해도 제 안까이
건사는 해야지 뭐요? 그러고도 남편이요? 혼자 내 빼면 여자는 어
쩌라는 거요. 저게 진짜 공안이라면 아주마이가 내 혁대를 쥐고

늘어지는 바람에 우린 둘 다 잡혔을 거요."

"그건 미안하다. 나도 무슨 정신에 뛰었는지 잘 모르겠어."

"그걸 말이라고, 에구 참. 아주마이, 뭐 저런 사람과 같이 사우, 내라면 콱. 백 리를 날아가 떨어지게 차버리겠소. 니미."

"이 사람, 무안하게…… 나도 모르게 그렇게 뛰었다는데."

그렇게 말하며 덕만은 흘끔흘끔 순옥의 눈치를 살핀다.

"아녜요. 그 사람은 잡히면 죽어요. 처음 만났을 때 다 말했잖아요."

"그럼 난? 나는 잡히면 사오? 우린 다 같은 입장이요. 아무튼 공안이 아니니 이제야 숨을 쉴만 하구먼. 글쎄 택시를 보고 공안차로 착각한 내가 죽일 놈이지. 아주마이. 앞으로도 이런 일이 터지면 내 바지춤 또 잡소. 뜀박질은 더뎌도 힘은 나더라니까, 하하하."

맑은 하늘을 향해 세 남자가 마주보며 호탕하게 웃는다. 순간에 닥친 위험이지만 공안이 아니라는 안도감이 그들을 웃게 만든 것이다. 순옥이도 따라 웃었다. 가슴 한편으론 허탈감도 갈마든다. 국적 없는 신분이 비참하여 스스로 위로하며 웃는 것이었다.

넷이 산기슭 오솔길을 따라 내려서는데 우뚝 솟은 커다란 바위 뒤에서 버스럭거리는 기척이 들렸다. 혹시 눈 속에서 잠자던 맹수인가 싶어 일행은 걸음을 멈추고 숨을 죽인 채 소리 난 쪽을 주시했다. 그러나 바위 뒤에서 눈을 털며 우뚝 일어선 사람은 뜻밖에도 로반이었다. 산발이 된 머리카락 사이로 놀란 두 눈이 일행과 부딪쳤다.

아니? 눈앞에 펼쳐진 이 상황을 이해할 수 있는 사람은 아무도 없었다. 시간이 멈춘 것 같은 긴장이 흘렀다. 탈북자들을 다루는데 맹수처럼 날뛰던 로반이 왜 여기에 숨었는지, 로반도 그만 와뜰, 놀라 뒷걸음치다 풍덩 눈무지에 주저앉는다.

"아니, 로반, 로반이 여기에 왜?"

철규가 물었다.

순옥이도 놀란 가슴에 손을 얹은 채 로반에게 한 발 다가섰다.

"이게 무슨 일이에요. 그럼, 로 로반도 탈북자예요?"

순옥의 목소리가 떨렸다.

힘없이 고개를 숙인 로반은 엊저녁까지 하늘이 무너져라 고함치던 그 여자가 아니었다. 머리를 숙이고 손톱눈을 쥐어뜯던 그녀가 슬며시 얼굴을 든다. 두 볼로는 봇물이 터진 듯 눈물이 흘러내렸다. 미처 털어내지 못한 얼굴과 머리카락에 묻은 눈이 오열에 녹아내리고 있었다.

"실은, 실은 이제 와서 뭘 더 속이겠어요. 저, 저도 여러분과 똑같은 탈북자예요. 강 건너에 사고를 당해 운신을 못하는 남편과 앓는 아들을 두고 온 여자예요, 으흐흑."

하, 세 남자가 거의 동시에 입을 쩍, 벌리며 먼 하늘을 쳐다본다.

"어쩔 수 없었어요. 앓는 남편과 아기를 살리려면 돈이 필요해서, 흐윽, 제발 이해해주세요."

눈밭에 무릎 꿇은 로반의 작은 어깨가 세차게 떨렸다. 침통한 얼굴로 바라보는 탈북자들의 머리 위로 아득히 날아오른 수리 한 마리가 한가로이 날아예고 있었다.

초대받지 않은 손님

정길연

정길연

1961년 부산에서 태어나 중편소설 「가족수첩」으로 『문예중앙』 신인문학상을 수상했다. 창작집으로 『다시 갈림길에서』 『쇠꽃』 『나의 은밀한 이름들』 『우연한 생』 등이 있고, 장편소설로 『내게 아름다운 시간이 있었던가』 『변명』 『그 여자, 무희』 『백야의 연인』 『달리는 남자 걷는 여자』 등이 있다. 북한 인권을 말하는 남북한 작가 공동 소설집 『금덩이 이야기』에 참여했다. 그 외 산문집 『그 여자의 마흔일곱 마흔여덟』 『나의 살던 부산은』 등과 장편동화 『정혜이모의 요술가방』 『외갓집에 가고 싶어요』 등을 펴냈다. 1996년 평화문학상, 2016년 가톨릭문학상 본상을 수상했다.

*

　과거가 어둠이었던 자는 어둠 속에서 살아난 자다. 동시에 어둠 속에서 살아가는 자다.

　너의 미래는 아직 오지 않았으나 나는 알고 있다. 너는 곧 깊은 어둠 속으로 굴러떨어지게 될 것이다. 내가 너를 어둠 속에다 깊이 처박고 말 테니까. 깊게, 아주 깊게 말이다. 이번에는 어둠 속에서 되살아날 수도, 어둠 속에서 되살아갈 수도 없을 것이다.

　너나 나는 한 번도 자유로웠던 적이 없었다. 너나 나의 잘못도, 너나 나의 선택도 아닌 채로, 매 순간 너나 나는 무엇인가를 자백해야 했다. 저 윗동네에서도 그랬고, 여기 아랫동네에서도 별반 다르지 않았다. 자아비판에서 자아성찰로 이름만 바뀌었다.

　너나 나의 자아비판 혹은 자아성찰은, 너나 나의 자기부정 혹은 자기비하의 토대 위에서만 가능했다. 그저 운이 나빴다고 말하는 거로는 부족할 만큼 지독하게 꼬인 운명이었던 거다.

　과거도 현재도 미래도 없는 자야말로 진정한 자유를 얻은 자일지도 모른다고 말한 사람은 너다. 가소롭게도 말이지. 이전의 너라면 그런 식으로 말하지 않았을 것이다. 그 말이 실패한 자의 자기합리화일 뿐이라는 걸 너 자신도 모르지 않는다는 사실을, 나는 알고 있다. 내가 너를 깊은 어둠 속으로 밀어 넣음으로써 너를 영원히 자유롭게 만들어주기로 결심하게 된 동기이기도 하다.

　이번에야말로 네가 원하든 원하지 않든 - 물론 나는 네가 원하고 있다고 믿지만 - 너는 곧 자유를 보게 될 것이다. 네가 그토록 누리고 싶어 했던 자유, 진정한 자유를. 너는 나의 선처에 감사하게 될 것이다. 너를 도우려는 내 계획에는 너를 징벌하고 싶다는 마음이 포함돼 있다. 너를 징벌함으로써 결과적으로는 너의 자유의 완성을 도와주는 게 되는 셈이다. 그 모순이 약간 당혹스럽긴 하다.

　네가 그럴 가치가 있는지 없는지는 나보다 너 자신이 더 잘 알 것이다. 나는 다만 내 일을 하겠다. 나를 위해서. 어쩔 수 없이 너를 위해서. 어차피 이 세상에 너와 나의 자리는 존재하지 않는다.

- 상철.

현우는 책상 위에 펼쳐져 있는 A4 사이즈 종이를 집어 들었다. 그리고 거기에 적힌 글을 묵묵히 읽어 내려갔다. 수신인을 명시해 두지는 않았다. 편지인지 편지 형식을 띤 일기인지도 애매하다. 하지만 상철의 표적은 두말할 것 없이 현우 자신이다.

현우는 내용이 암시하는 바를 정확히 이해했다. 동요하지 않았다. 반발이나 저항의 심경 표출은커녕, 올 것이 왔구나, 하는 태도를 보였다. 마치 그 순간이 오기를 기다리고 있었던 듯이.

빨강 볼펜으로 문신을 새기듯 또박또박 눌러 쓴 손글씨다. 메모 하단에는 형체를 규정할 수 없는 그림낙서가 뒤엉켜 있다. 무엇인가를 그렸다가 지워버린 것 같은데, 어쨌거나 마지막 형태는 공 모양을 한 붉은 털실뭉치와 비슷하다. 원래의 그림이 보이지 않게 될 때까지 동그라미를 수도 없이 덧그려댄 탓이다.

상철은…… 자신이 그린 그림이 마음에 들지 않았을까. 무엇을 그렸는지를 보여주고 싶지 않았던 걸까. 처음부터 비밀을 감춘 털실뭉치를 그리고 싶었던 것은 아닐까. 가령, 녹슨 쇠붙이를 집어삼킨 시뻘건 불구덩이 같은 것을.

현우는 붉은 털실뭉치 안에서 누에잠 자고 있을 최초의 형상을 머릿속에 그려보았다. 진저리가 쳐졌다. 보이지 않는 세계를 보려고 했을 때 보이지 않는 비극이 시작되었음을 상기했기 때문이다. 벌써 팔 년도 더 전 일이다. 그때는 구 년이 못 돼 보이는 세계를 보지 않으려 발버둥 치게 되리라고는 상상도 하지 못했다. 고통의

도래가 상상력의 부족에서 비롯된다는 사실도.

현우는 경고와 경멸로 가득한 종이를 한 번, 두 번, 세 번 접어 지갑 사이에 끼워 넣었다. 그러고는 청바지 뒷주머니에 지갑을 꽂았다.

상철의 메시지는 이번이 처음이 아니었다.

*

폭염 속에서도 도서관은 그럭저럭 견딜 만하다. 자리 잡기도 조금 수월해진 듯하다. 현우의 학과만 해도 방학 때마다 단기 어학연수나 배낭여행 계획을 세워 해외로 빠져나가는 아이들이 수두룩하다. 최저임금을 곱씹으며 아르바이트에 급급한 이 사회의 평범한 아이들과도 노는 물이 다른 부류다. 현우의 눈에 그들은 또 다른 '평양아이들'이다.

그가 아는 탈북 대학생들 중에서도 해외에 '꽂힌' 아이들이 여럿 있다. 봉사나 선교 활동 명분으로라도 해외 나들이를 하기 위해 인권단체나 지원센터가 있는 교회를 기웃거리는 머릿수가 꽤 된다. 아주 어릴 때부터 '원쑤의 나라'로 학습해온 미국은 이제 새로운 평양의 상층부다.

이론적으로는 현우도 동등한 기회가 허용된 사회에 진입했다. 이론적으로는 못 오를 나무, 못 오를 산은 더 이상 없다. 드물게나

마 칠부, 팔부 능선에 올라선 선발대가 그 꿈을 견인했다. 여전히 가시덤불 우거진 기슭에서 헤매는 동류가 더 많다는 사실은 외면하고 싶은 현실이다.

무엇이든, 어떻게 해서든 남쪽 아이들과 비슷해져야 한다는 강박은 많은 현우들을 지치게 했다. 도태되지 않으려면 흉내라도 낼 줄 알아야 한다. 자본주의의 화려한 외양에 솔깃해져서라기보다, 이곳 아이들과 다르게 보이지 않으려는 안간힘이다. 소외되지 않으려는 몸부림이다. 생존을 위한 위장술은, 그러나 성공률이 그다지 높지 않다. 주류사회의 진입 장벽은 국경수비대의 철조망과 너무나도 닮은꼴이다.

현우는 명암이 극명하게 갈리는 이 거대 도시의 컨베이어벨트에 비교적 순조롭게 올라탔다. 남쪽에서 첫 번째 맞은 봄에는 명문 사립대학에 입학했다. 이곳에 와서 알게 된 윗동네 출신들로부터 부러움 섞인 축하를 받았다. 북한 인권을 다루는 엔지오 단체로부터 소정의 격려금도 받았다. 그때는 그도 혈혈단신 입국자로서 성공적인 첫발을 뗐다는 설렘에 가슴이 부풀었다. 하나원을 나오면서 대한민국의 주민등록증을 받았을 때만큼이나, 어쩌면 그 이상으로 감개무량했다.

그러나 감격은 오래가지 않았다.

그의 수학 능력은 첫 강의에서부터 여지없이 폭로됐다. 공교육과 사교육으로 중무장한 이곳 아이들과의 격차는 엄청났다. 기가 죽었다.

그는 북에서 일반 고등중학교를 졸업했다. 말이 졸업이지, 실상은 출석만 했을 뿐이지만. 그래도 그곳 학력을 인정받은 덕에 이곳 대학 입학 자격을 취득할 수 있었으니 그 덕 하나는 보았다면 본 셈이다. 고난의 행군 이후로 북한은 공교육이 거의 무너졌다. 변방일수록 정도가 심했다. 교원들의 배급이 끊기고 주민들의 생활이 어려워지면서부터 다들 자급자족에 매달리느라 학교는 뒷전일 수밖에 없었기 때문이다. 대부분의 주민들처럼 교원들도 학교 대신 밭에서, 산에서, 장마당에서 먹을 것과 입을 것을 조달해야 했다.

가동을 멈춘 공장의 중간간부였던 현우의 아버지는 그 어떤 노력도 시도하지 않았다. 다섯 식구의 가장은 술로 도피했다. 주먹질도 빈번해졌다. 어머니 혼자의 힘으로 여섯 식구의 배를 채우기엔 역부족이었다. 할머니와 여동생의 연이은 죽음은 슬픔의 온도차가 있긴 했으나 항거할 수 없는 운명으로 받아들여졌다. 결국 그는 인민군 입대를 앞둔 시점에 도강을 택했다.

이래 죽으나, 저래 죽으나.

다행인지 불행인지 길에서 죽지 않아 그는 두 개의 꼬리표를 달게 되었다.

배신자와 틈입자. 두 세계의 제삼자를 의미했다.

기초공사를 생략하고 지은 집처럼, 섣부른 성공이 가져온 붕괴의 조짐은 다른 곳에서도 나타났다. 정작 현우가 수학 능력의 태부족보다 더 어려움을 겪은 건 문화와 감성의 영역에서였다. 같은 언어를 구사하고 생물유전학적으로 동일한 생김새를 하고 있지만 축적된 감성과 양식의 층위는 너무나도 상이했다. 남과 북이 분리된 지 칠십여 년이었다. 그 말은 곧 칠십여 년의 시간차에 적응해야 한다는 뜻이기도 했다.

현우는 시차 적응에 실패했다. 스스로 틈입자의 프레임에 갇혔다. 어쩔 수 없이 사 년 내내 혼자였다. 학과의 선후배를, 동기들, 그 누구와도 형식적인 교류 이상의 교감은 나누지 못했다. 아니, 그들 쪽에서 먼저 그가 자신들과 어울릴 수 없는 특수신분이라는 걸 알아챘다. 교감을 나누기엔 공통점보다 차이점이 도드라졌다.

속물적이고도 명석한 동기들은 자유분방하고 당당했다. 세련되고 자연스러웠다. 그들의 거의 생래적인 우아함은 갓 불시착한 현우가 도저히 흉내 낼 수 있는 차원이 아니었다. 출발선상이 달랐다.

그랬다. 결국은 출신 성분이었다. 사상의 토대가 아닌 자본의 토대.

— 들었니? 새터민이래. 탈북자 말야.

— 헐, 대박.

— 어쩐지 경직돼 보인다 했다. 뭐랄까…… 약간 올드한 분위기가 있지?

- 그래서 질문받을 때마다 버벅거렸구나. 그러면서 경영학이 웬 말? 솔직히 전교 일, 이등짜리들을 어떻게 따라잡아?

- 그보다 우리 부모가 낸 세금으로 걔네들 퍼주는 거잖아. 저소득층이라서, 다문화가정이라서…… 하다 하다 새터민들 뒷바라지까지 해야 하는 거?

본의 아니게 엿듣고 만 학과 동기들의 칸막이 너머 대화로, 현우의 정체성은 깔끔하게 요약되었다.

탈북자. 특례입학제도의 찜찜한 수혜자. 공부로봇들을 따라잡을 수 없으리라는 편견 유발자. 세금도둑.

피가 거꾸로 솟구칠 노릇이었지만 반박하기도 어려웠다. 그는 귀를 닫았다. 입을 닫았다. 학점은 구멍이 뻥뻥 뚫려 메울 수 없는 지경에 이르렀다. 그런 상태로 기업 취직은 어불성설이었다. 이미 한 차례 유급을 한 전력도 있다. 총체적 난국이었다.

그는 전공 공부나 취직 시험 준비에서 손을 뗐지만 도서관 출입은 계속했다. 도서관 이외에는 마땅히 갈 곳이 없었다. 날고뛰는 실력과 스펙, 재력가 부모를 둔 아이들이 점령한 이 대학에서도 도서관은 그런대로 안전지대였다. 책에 고개를 파묻은 학생들은 옆 사람에게 무신경했다. 그는 그 무신경증적인 무관심이 좋았다.

*

휴대전화가 드르르르륵 울렸다. 액정화면에 모르는 발신번호가 떴다. 국내 번호가 아니다. 심장이 빠르게 뛰었다. 그쪽 사정을 감안하면 약속한 날짜를 하루 이틀 넘기는 건 흔한 일일 테다. 그러나 벌써 닷새가 지난 마당이어서 반쯤은 포기한 상태였다. 남의 손에 맡긴 돈 따위는 어차피 문제가 되지 않았다. 무엇보다 일을 그르쳐 또다시 엄청난 대가를 치르게 할까 봐 겁이 났다.

현우는 휴대전화를 귀에 대고 재빨리 열람실을 빠져나왔다.

"장현우…… 씨요?"

현우는 마른침을 삼켰다. 알 듯 모를 듯한 목소리다. 몇 달 전 처음 그에게 전화를 걸어왔던 사내인 성싶다.

"예, 장현우…… 장현우 맞습니다."

조심스러운 그에 비해 수화기를 타고 넘어오는 상대방의 말투는 시원스러웠다.

"요즘 이쪽 사정이 영 좋지 않아서리……. 이번에야말로 골로 가는 줄 알았수다."

"지금, 어딥니까?"

"어디긴 어디갔소. 강 건넜지비. 전화 바꾸겠소."

사내가 전화기를 넘기면서 넘겨받는 쪽에다 다짐을 주었다.

"자, 짧게 말씀하시라요."

현우는 마음을 단단히 먹고 새로운 목소리를 기다렸다.

"내래 어마이야. 너는 일없슴?"

어머니다. 삼 개월 전쯤 첫 통화 때보다는 나았지만 여전히 불안을 떨치지 못한 목소리.

"무사함다. 아픈 덴 어떻슴?"

현우는 저도 모르게 고향 말씨가 튀어나오는 바람에 제풀에 찔끔했다. 그간 저쪽 억양을 없애고 서울 말씨를 입에 붙게 하려 얼마나 애를 썼던가. 일상적으로 혼용하는 외국어나 외래어를 자유자재로 구사하는 데도 상당한 시간이 걸렸다. 하지만 아직도 영어가 마구 뒤섞인 남쪽 말을 못 알아들을 때가 없잖아 있다. 단어 자체를 모른다기보다 용례나 뉘앙스가 익숙지 않은 까닭이다.

"일없슴. 약 사다 먹음 낫겠지비."

"돈은? 돈은 건네받았슴? 딸라로 보냈는데, 얼마 받았슴?"

"거게서 얼마 보냈슴? 방금 삼천 딸라 받았슴. 맞슴?"

현우가 남측의 브로커에게 건넨 돈은 칠천 달러다. 삼천이면, 절반도 못 넘어갔다. 그게 어떤 돈인가. 임대아파트 보증금에다 비상금으로 꿍쳐 두었던 통장 잔액을 털고, 정부에서 나오는 지난달 치 생활지원금과 기업의 약정 후원금을 모두 합친 돈, 그의 전 재산이 아니던가.

"그게…… 맞슴, 맞슴. 어쨌든 받았다니 맘이 놓임."

여러 목숨을 담보로 하는 일이다. 그 정도 수수료를 각오하지 않고서는 돈을 부칠 수 없다. 송금할 돈을 받으러 나타났던 브로커는 김정은의 등장 이후 국경사업이 더 어려워졌다고 투덜댔다. 수수료를 올려 뜯어내기 위한 엄살만은 아닐 테다. 서울에서 북중 국경을 거쳐 온성까지 구간별로 운반책이 다 다르다는 것, 구간마다 일정한 수수료를 뗀다는 설명도 이해됐다. 브로커는 중간에 돈이 증발하는 사태는 없다며 현우를 안심시켰다. 마지막 연결책이 임무를 완료하면 휴대전화로 당사자들 간의 통화를 주선할 거라는 말도 들어두었다.

"이 돈으로 네 동생을 빼낼 수는 있갔서."

"보위부에 고이고 남으면 뚜보찐이라도 구해보우. 그러다 어마이까지 쓰러지면 어쩔 거임?"

"내 잘 버틸 테니 염려 말라우. 니는? 밥은 잘 먹고 다님?"

저놈의 밥 타령은 언제까지 해야 할까. 그가 시큰해진 마음을 가다듬는 사이 사내의 목소리가 갑자기 끼어들었다.

"이리 주시라요. 더 길었다간 신호 잡히고 말겠수다."

전화기를 낚아챈 사내가 빠르게 말했다.

"내 확실히 전달한 거 확인됐으니끼니 날래 끊겠수다."

현우가 뭐라고 대꾸도 하기 전에 전화가 뚝 끊어져 버렸다. 하늘에서 수십 수백 톤 무게의 돌벽이 뚝 떨어져 눈앞을 막아선 듯하다. 그가 멍하니 전화기를 들여다보았다. 화면이 캄캄해졌다. 세상에서 가장 무거운 침묵이 거기 있다.

현우는 입술을 꾹 다물었다. 울음이든 욕설이든, 입 밖으로 내보내고 싶지 않은 무엇인가를 울컥울컥 게워내게 될 것만 같아서다.

*

현우는 그늘 한 점 없는 계단턱에 주저앉아 잔디밭을 내려다보았다. 미량의 안도감과 갈비뼈를 짓누르는 허탈감이 교차한다. 상철의 저주를 떠올렸다. 시뻘건 불구덩이 속으로 빨려 들어가는 기분이다. 온몸이 녹아내릴 듯하다.

그는 손바닥으로 이마의 땀을 훔치며 중얼거렸다.

끝났다. 잘 끝났다. 다행이다. 다행이고 말고다. 빌어먹을.

가만히 앉아 있어도 땀이 흘러 셔츠가 척척 달라붙는다. 몸을 일으켰다. 몸속의 수분과 함께 기운도 다 증발한 듯 다리가 후들거린다. 하마터면 계단을 구를 뻔했다. 곁을 스쳐가는 그 어느 누구도 그에게 주의를 기울이는 사람은 없다. 이어폰을 귀에 꽂은 채 휴대전화를 들여다보면서도 그처럼 발을 헛디디거나 누군가와 부딪치지도 않는다는 게 신기하다.

현우는 어렸을 때도 유독 자주 넘어져 무릎이 까이곤 했다. 할머니가 입맛이 없는 척 슬그머니 밀어주던 나물죽을 홀홀 다 마시고도 그랬다. 아버지는 눈을 부라리면서도 아들의 죽 그릇을 빼앗지는 않았고, 어머니는 마실 물을 뜨러 가는 척 자리를 피했다. 그 때는…… 부모보다 자식의 입이 우선이었을 때다. 할머니가 부러 곡기를 줄이고 있었다는 사실을 알지 못했던 때다.

그제야 엊저녁부터 아무것도 먹지 않았다는 생각으로 돌아왔다. 아까 도서관 건물 화장실에서 수돗물로 입가심을 한 게 다다.

허기와 갈증을 인지한 순간부터 한 걸음 한 걸음이 고통스러웠다. 예외 없이 하얗게 풍화된 사람의 뼈가 보인다. 헛것이 아니다. 뇌간 어딘가에 거머리처럼 들러붙어 있다가 고통이 촉발될 때마다 자동적으로 재생되는 생생한 잔상이다.

그리고 그 잔상은, 그가 목격한 수많은 주검들 중 하나다.

고통을 자각하는 순간 세상이 뒤집히지. 당장의 고통을 면하기 위해 다가올 고통을 무시하거든. 그러니까 오늘 네가 치르는 고통은 네가 자초한 거다. 네 과거가 청구한 부채인 거지.

핑계 따윈 통하지 않는다. 왜냐? 누가 너를 등 떠민 게 아니거든. 넌 자발적으로 강을 건넜다. 도마뱀처럼 사막을 건넜다. 너보다 앞서 그 루트를 택한 동포들이 총에 맞아 죽거나 불볕에 타죽을 때도 살아남았다. 그래서 스스로 영웅이라고 믿어버린 거지. 사람처럼 살게 될 거라고 착각하게 된 거다.

잊지 마라. 넌 살아남았지만 실패자다. 실패자. 실패자…….

상철은 틈만 나면 현우를 비웃었다. 한시도 가만 놔두지 않았다. 현우가 주먹을 흔들며 꺼지라고 소리를 질러대야 조롱을 멈추는 척했다. 대신 눈빛이 말했다.

실패자.

상철이 옳았다. 옳았기 때문에 현우는 상철을 증오했다. 쥐도 새도 모르게 없애고 싶었다. 여러 번 기회가 찾아왔으나 그때마다 실행에 옮기지 못했다. 상철의 목을 조르기 전에 자신이 실패자가 아니라는 점을 증명해야 했다. 그렇게 되면 굳이 목을 조르지 않더라도 상철쯤은 얼마든지 제압할 수 있게 될 테다. 그러나 현우가 소심하게 대처하는 사이 상철은 점점 더 날카로워져 갔다.

인간은 자신보다 나약하거나 자신에게 못 미친다고 생각하는 상대를 질투하지 않는다.
그나마 동정심이라도 느끼는 사람은 알량한 베풂과 위로를 실천하며 자신의 인간성에 자부심을 느끼지. 그마저도 없는 사람은 언어적 물리적 폭력을 함부로 행사한다. 아니면 아예 상대를 투명인간으로 취급하거나 무시해버린다. 상대에게 모멸감을 안겨주는 행위로 자신의 우월함을 선포하는 거니까.
그러니까 제발 정신 차리길 바란다. 대개는 상대가 약하거나 만만할

수록 짓밟고 싶어 하는 법이니까. 아무도 의지하지 마라. 인간을 의지하는 순간 필연적으로 지게 돼 있다. 함께 짓밟힌 자들도 믿지 마라. 함께 짓밟힌 자들은, 자신을 짓밟은 자보다 함께 짓밟힌 동료를 더 증오하게 돼 있다.

상철의 말은 틀리지 않았다.

현우는 서울로 오기 전 중국 연길시에서 꼬박 일 년 반을 숨어 지냈었다. 은신처는 한국 교회의 후원을 받는 조선족 집사의 가정집이었다. 그곳에서 그는 무산 쪽에서 그보다 먼저 넘어온 십 대 남매와 한 방에서 하루 종일 성경을 필사하면서 밥을 얻어먹었다.

─ 야야 이 그지새끼들, 잘 들으라. 주님의 인도하심이 없었으면 늬들 전부 길바닥에서 굶어 뒈졌거나 얼어 뒈졌을 끼야. 그러니까니 여기 있는 동안이래두 성경 말씀을 심중에 새기듯 한 자 한 자 정성껏 새기라. 알간? 말씀이 진짜 생명의 양식이야. 기래야 밥 먹을 자격이 있씨야. 길티 않음 기냥 밥이나 축내는 버러지만도 못한 기야. 알아들었슴? 알아들었슴 날래 대답해보라.

쉰 줄에 접어든 안주인은 그들 셋이 힘을 합쳐도 넘어뜨리지 못할 만큼 거구에다 기운이 장사였다. 집사는 안전상의 이유를 대며 집 밖으로는 한 걸음도 나가지 못하게 했다. 창문도 시원하게 열지 못했다. 그들을 방 안에 가두어둔 채 오로지 성경을 베끼는 것만 허용했는데, 게으름을 피우거나 대들었다가는 옷걸이나 빗자루몽둥이로 어깻죽지며 등허리며 마구잡이로 얻어맞기 일쑤였다.

– 공안에 붙잡히는 날이면 바로 북송인 거 알지비? 기껏 하나님의 은혜로 살아났는데 교화소에 끌려가서 맨날 얻어터지고 싶슴?

신변보호는 그럴싸한 명분일 뿐이었다. 그 비대한 여자는 서울의 대형교회 선교센터에서 다달이 지급하는 급여 말고도 보호 중인 탈북자 몫으로 나온 생계지원금까지 착복했다. 식비와 의복비를 줄일 수 있는 데까지 줄여 자신의 아이들 교육비에 유용했다. 현우와 무산 남매는 집사의 전횡이 내부의 고발로 드러나고, 또 교묘하게 그들의 남한행을 막았다는 의혹이 사실로 드러나게 될 때까지 감금 아닌 감금 생활을 해야 했다.

현우와 무산 남매는 그 집에서 현지의 다른 선교사네로 은신처를 옮겼다. 교회에서 파견한 하나님의 참 일꾼이라며 평판이 좋은 선교사라고 했다. 그 선교사는 중국 당국의 눈을 속이기 위해 사업가로 위장했는데 그 때문에 '사장님'으로 통했다. 그 '사장님'은 현우와 남매의 의사를 확인한 뒤 그들의 남한행을 주선했다.

선이 닿은 브로커는 미니버스 한 대분의 인원이 채워지기를 기다렸다가 일행을 인솔했다. 라오스나 태국을 통과하는 남쪽 루트가 아닌, 내몽고자치구를 통과하는 북쪽 루트였다. 일행은 모두 열한 명이었다. 아무도 서로에 대해 묻지 않았다. 퀭한 눈으로 곁의 사람이 간식으로 먹고 있는 것이 무엇인지를 관찰하는 정도였다.

그들 일행은 다시 어느 컴컴한 들판에서 트럭으로 갈아탔다. 트

럭 운전수는 그 일을 오래 한 듯 일행이 버스에서 트럭으로 옮겨
타는 동안 묵묵히 담배를 피웠다. 운전수는 내몽고자치구에서 몽
골 국경 쪽으로 최대한 근접한 지점에 트럭을 세웠다. 브로커가
몽골어가 적힌 종이를 일행에게 나누어주며 여러 차례 했던 말을
재차 강조했다.

　- 무조건 뛰는 거요. 뒤에서 무슨 소리가 나든 앞만 보고 달리란
말이오. 철조망을 넘으면 몽골 땅이라 중국 변방대나 공안도 어
쩌지 못하오. 닭 쫓던 개 꼴이지. 알겠소? 철조망을 넘으면 무조건
직진이오, 직진. 순찰 중인 몽골 경비대를 만나게 되면, 그때 이 종
이를 보여주시오. 대한민국 대사관으로 보내달라고 적혀 있으니
까, 그다음은 개네들이 알아서 난민 캠프로 넘겨줄 거요.

　브로커가 말해주지 않은 것들이 있었다. 철조망을 넘기도 전
에 중국 변방대 군인이 쏜 총에 맞아 죽을 수도 있다는 사실을, 용
케 철조망을 넘어가도 사막에서 길을 헤매거나 몽골 경비대를 만
나지 못할 수도 있다는 사실을, 부상자와 낙오자가 속출하고 그들
중 몇몇은 끝내 사막을 벗어나지 못할 수도 있다는 사실을 말해주
지 않았다. 그저 무조건 뛰라는 말로 일행을 사냥터로 내몰았다.
어디까지나 인도주의적 사명감에 입각하여.

　현우네 그룹은 최악의 상황은 면했지만, 그렇다고 모두에게 최
악을 모면하는 운이 따라준 건 아니었다. 그는 등 뒤에 따라붙는
호루라기 소리와 무차별적으로 쏘아대는 총소리를 들으며 북쪽으

로, 북쪽으로 무작정 달렸다. 긁히고 찔리는 것쯤 아랑곳할 겨를이 없었다. 숨이 턱에 차도록, 불붙은 짐승처럼 뛰고 또 뛴 끝에 드디어 철조망을 타고 넘었다.

총소리가 그치고 사방이 고요해졌다. 누군가 너무 일찍 감격의 눈물을 흘렸다. 일행 가운데 두 명이 보이지 않았다. 누군가가 오열했다. 미친 사람처럼 부르짖었다. 사람들이 철조망 쪽으로 되돌아가려고 발버둥 치는 그 몸뚱어리를 붙잡느라 진을 뺐다. 그 와중에 일행 중에서 나이가 가장 어린 열여섯 살짜리 남자애는 철조망에 찢긴 다리가 퉁퉁 부어올랐지만 괜찮다는 말만 되뇌었다. 그 아이가 두려워한 것은 파상풍이 아니라 동료들이었다. 사선을 넘고 넘어 다시금 죽음의 게임에 투입된 동료들.

그들 그룹은 또다시 위기에 직면했다. 그들은 황막한 벌판에서 방향을 잃었다. 육체적으로나 정신적으로나 혼미한 지경에 이를 때까지도 몽골 경비대와 맞닥뜨리지 못했다. 마침내 혼자 힘으로는 일어서지도 걷지도 못하게 된 소년을 손바닥만 한 바위 그늘 아래 남겨두고 떠나야 하는 아침을 맞이했다. 현우는 다른 사람들과 마찬가지로 그 소년의 최후가 어떻게 될지를 잘 알고 있었다. 소년 자신도 모르지 않았으리라. 사나흘 모래와 자갈의 벌판을 헤매면서 보았던, 하얗게 풍화된 뼈들처럼 되리라는 것을.

그들은 서로의 눈길을 피하면서 반쯤 넋이 나간 소년을 안심시켰다.

- 조금만 버티고 있으라. 경비대를 만나면 널 찾으러 돌아올 끼야.

- 잠들지 말라. 토깡이처럼 귀 쫑긋 세우고 있으문 우리가 널 부를끼니까니.

*

현우는 사막의 마른 뼈들을 걷어내려 최면을 걸듯 혼잣말을 되풀이했다.

끝났다. 아무튼 끝났다. 무사히 전달돼서 다행이다. 다행이고 말고다. 빌어먹을.

그는 정문을 나와 횡단보도 앞에 섰다. 신호등이 바뀌고도 선뜻 도로를 건너지 못했다. 맞은편에서 소윤이 걸어오고 있었다.

아!

소윤은 무심코 횡단보도를 건너오다가 그를 발견하고는 가방을 다른 쪽 어깨로 바꿔 멨다. 그러고는 들고 있던 책을 가슴에 꼭 붙여 안았다.

철벽을 치는구나. 그래, 너답다. 영웅적이다.

현우는 가만히 서서 소윤을 지켜보았다. 소윤은 아무렇지도 않은 얼굴로 그를 지나쳐갔다. 그도 뒤돌아보지 않았다. 점멸하던 초록불이 빨간불로 바뀌었다.

소윤은 현우와 같은 대학, 다른 학과에 적을 두고 있다. 그가 휴학이나 자퇴를 고민하면서도 탈북 대학생 지원 조건 변동을 우려해 학교를 벗어나지 못하고 있던 지난해 봄, 그녀는 검정고시를 거쳐 그보다 두 해 늦게 새내기가 되었다.

둘은 한두 달에 한 번쯤 교정이나 학교 주변에서 불쑥불쑥 마주쳤다. 그때마다 소윤은 수업에 쫓기는 듯 묵례를 하고 총총히 멀어지곤 했다. 어느 날 현우가 그녀를 붙들었다. 자신을 피하는 이유를 알고 싶었다.

– 어디 가서 얘기 좀 하자. 싫으면 여기, 벤치에라도 좀 앉자.

그녀는 잠시 발끝을 내려다보다가 심호흡을 하고는 벤치에 엉덩이를 살짝 걸쳤다. 그가 사이를 조금 벌려 앉았다.

– 금화야, 나는…….

– 저기요…….

그녀가 그의 말을 가로막았다. 단호한 입매가 낯설었다. 처음 만났을 때만 해도 물러 터진 아이였는데.

– 저, 이금화 아니에요. 소윤이에요, 남소윤.

그녀가 자신의 이름을 또박또박 말했다.

– 아 그렇지, 참. 그 생각을 못 했네. 미안. 소윤, 예쁜 이름이네.

– 부탁이 있는데요…….

– ……?

– 들어줘요. 아니다, 꼭 들어줘야 해요. 음…… 그러니까요…… 오빠가 아는 이금화는 이 세상에 없어요. 그때, 거기에서…… 이금

화도 죽었어요. 앞으로 어디서 어떻게 마주치더라도 아는 척하고 싶지 않아요. 부탁이에요. 나는 아무것도 기억하고 싶지 않아요. 기억나게 만드는 그 어떤 것과도 마주치지 않고 싶어요.

소윤은 현우뿐만 아니라 다른 새터민들이나 북한 인권단체들과도 가능한 한 거리를 두고 있다고 덧붙였다. 그가 참담한 얼굴로 고개를 끄덕였다. 그녀는 벤치에서 일어나더니 묵례도 없이 자리를 떴다.

모르는 척해주는 것이 뭐가 어렵다고. 그러마. 그래 주마. 너라도…… 끝까지 살아남아라. 끝까지 잘 살아라.

현우는 그녀를 이해했다. 그랬으므로 그녀가 원하는 대로 눈인사를 하지도, 말을 걸지도 않았다. 그냥 낯모르는 행인처럼 덤덤히 지나쳤다. 그런다고 해서 그녀의 과거가 사라지는 것은 아니겠지만.

소윤은, 예전의 금화는…… 연길의 가정집에서 손가락이 휘도록 성경을 필사하던 남매 중 누나였다. 중몽 국경을 거쳐 울란바토르의 난민 캠프에 입소할 때까지 줄곧 그와 동행했다. 수용 규칙에 따라 남자와 여자의 숙소로 갈리고부터 얼굴을 볼 기회가 줄었다가 오 개월 만에 시차를 두고 한국행 비행기를 타면서 아주 헤어졌다. 막연히 한국에서 만나게 될 줄 알았으나 하나원에서도 재회하지 못한 채 몇 해가 흘렀다. 다시 마주친 금화는 완벽한 서울 말씨를 썼고, 몰라보게 화려해졌고, 더 이상 금화가 아니었다. 이금화가 아니라 남소윤이었다.

그리고…… 남매 중 동생은 철조망을 넘지 못한 두 명에 속했다.

초록신호등에 불이 들어왔다. 현우는 횡단보도를 건넜다.

너 역시 무덤 속에서 살아나서, 무덤 속에서 살아가는구나.

현우는 길을 다 건넌 다음 뒤돌아섰다. 소윤은 보이지 않았다. 사실은 누가 누군지 가려낼 수 없었다. 당연하다. 그는 그녀를 알고 있지 않다. 그가 알고 있는 사람은 남소윤이 아니라 이금화다.

정지선에 서 있던 자동차들이 다투어 앞으로 튀어나왔다. 도로는 다시 자동차로 뒤덮였다. 그도 사람들 속으로 섞여 들어갔다.

*

현우는 2단지 정류장에서 마을버스를 내렸다. 거의 한 달 만이다. 달라진 것은 없다. 하긴 변화가 일어날 만한 시간이 지난 것도 아니다. 굳이 찾으라면 아파트 단지의 풍경이 아니라 현우 자신의 심경일 것이다.

그는 2단지 입구에 있는 편의점으로 들어갔다. 이 아파트에 거주할 때 가끔씩 이용하던 매장이다. 그는 음료냉장고에서 소주를 두 병 꺼내 들었다. 계산대로 가려다 마음을 바꾸어 생수도 한 통 집었다.

"쫌 오랜만이네요, 그쵸?"

계산대 직원이 바코드를 찍으며 알은체를 했다.

"오늘은 신분증 확인 안 합니까?"

"신분증 사진은 더 어려 보이던데…… 뭐, 보여주고 싶으심 보여주시든가."

그녀와는 몇 달 전 우스꽝스러운 실랑이가 있었다. 소주와 삼각김밥을 골라 계산대에 올려놓는 그에게 그녀가 신분증을 요구했던 것이다.

내가? 내 어디를 봐서?

그가 자신의 가슴팍을 쿡쿡 찌르며 눈을 크게 떠보였다. 그녀도 지지 않고 '미성년자는 주류 및 담배를 구입할 수 없습니다'라고 적힌 스티커를 가리켜 보였다.

- 내가 그렇게 어려 보입니까? 믿어지지 않는데요?

- 신분증 꼭 확인하라고 말씀하셔서…… 점장님이요.

- 나, 여기 살아요.

물론, 여기 사는 사람으로 자주 찾는 가게인데 이런 경우는 처음 당한다, 라는 의미였다. 그렇지만 그 스스로 생각하기에도 맥락에 닿지 않는 항변이긴 했다.

- 여기 사는 분들을 제가 다 아는 것도 아니고…… 손님이 여기 사는지 안 사는지 제가 알 수 있는 것도 아니고…… 요.

그가 하는 수 없이 주민등록증을 꺼내 보였다. '90'으로 시작되는 숫자를 확인한 그녀가 어쩔 줄 몰라 하며 물건을 담은 봉투를 내밀었다.

- 죄송합니다. 오늘이 첫 근무날이라서요. 게다가 제가 원래도 사람 나이를 잘 모르겠더라구요. 상품처럼 얼굴에 인식표가 있는 것도 아니잖아요.

당시에는 영 어설픈 데다 약간 엉뚱한 면도 있어 한 달이나 채울까 싶었다. 첫인상과는 달리 그녀는 몇 달째 계산대를 지켰고, 그는 그 뒤로도 일주일에 한두 번은 간단한 요깃거리를 사러 편의점을 들락거렸다.

"어디 배낭여행이라도 다녀오시나 봐요? 부럽당."

그는 태연하게 미소 지었다. 그동안 배낭을 지고 전전했던 숙소가 머릿속을 스치고 지나갔다. 피시방, 찜질방, 서울역 대합실, 한강 고수부지의 벤치…… 낮에는 주로 학교 도서관에서 시간을 때웠다.

"여행 좋아해요?"

그녀가 그가 고른 소주와 생수를 봉투에 담으며 대꾸했다.

"그럼요. 완전요. 여행 안 좋아하는 사람이 어딨다구요."

"여행 경비 모으려고 알바해요?"

"아휴, 그렇담 괜찮은 인생이게요. 알바비는 괜찮은 인생 만드는 데 투자할 거예요."

그녀는 여전히 웃는 낯이다. 현우는 그녀가 내민 봉지를 받으며 말했다.

"나, 이제 여기 안 살아요."

그는 자신이 말을 하고도 속으로는 깜짝 놀랐다. 자신의 삶과 무관한 편의점 아르바이트생에게 불쑥 제 거취를 고지하다니, 스스로 생각하기에도 돌발적이다.

"아! 이사하셨구나. 그럼 앞으로 우리 매장에도 안 오시겠네요. 어쩐지."

"투자 성공해서 꼭 괜찮은 인생 만드세요. 갑니다."

"또 오세…… 아니, 안녕히 가세요. 부자되시구요."

그녀다운 뜬금없는 덕담이 그의 뒤통수에 꽂혔다. 들을 때마다 기분이 묘해지는, 덕담을 가장한 욕망의 투사가 아닌가.

저 여자애의 괜찮은 인생이란 부자의 삶을 말하는 것일까.

현우는 아파트 단지를 가로질렀다. 거기서 방향을 틀어 담벼락을 끼고 걸으면 뒷산으로 오르는 산책로 입구가 나온다. 담장 너머는 초등학교 운동장이다. 이곳에 살 때 그는 가끔 텅 빈 운동장 트랙을 죽어라고 돌곤 했다. 터져라, 터져라…… 소리 없는 아우성을 내지르면서. 드디어 가슴이 터져 죽을 것만 같을 때까지 달리고 나면, 얼마 동안은 또 그런대로 살아졌다.

초등학교 담장이 끝나면서부터는 오르막길이다. 경사가 그리 급한 편은 아니지만 스물네 시간 가까이 굶은 터라 걸음이 자꾸 휘청거렸다. 편의점을 나오자마자 들이켠 500밀리리터 생수 한 통으로는 갈증조차 해결하지 못했다.

갈증 따위에 연연하는, 이토록 간사한 본능이라니.

인간은 본래 간사해. 오직 자기 자신의 안위만을 생각하기 때문에 후회하는 거지. 자신의 선택을 책임질 줄 모르기 때문에 후회하는 거고. 너도 후회하고, 후회한 걸 또 후회하고, 그러고 나서 다시 또 후회하지. 너는 어디에서도 후회하며 살 거다. 그게 너의 죄목이고, 모든 인간이 공통적으로 짓는 죄야.

연길과 울란바토르에서 이 년여, 남쪽에 와서 육 년여. 그 길다면 길고 짧다면 짧은 세월을 고향을 떠난 자로 숨죽이며 사는 동안, 당장에라도 되돌아가고 싶은 마음과 싸우기를 수십 번, 수백 번이었다. 모욕적인 언사들, 경멸의 시선들만이 견디기 힘든 게 아니었다. 때로는 동정 어린 말투, 고난의 증언을 강요하는 분위기로 자존심을 다치는 일이 부지기수였다.

너나 나를 위한 룰은 없어. 오직 여기 남쪽의 룰만 있을 뿐이지. 국민의 세금으로 너희를 돌보고 있으니 여기의 룰을 따라, 그렇지 않으려면 돌아가 버려, 그렇게 말해. 대놓고 말하지 않아도 속으로는 그렇게 말할걸, 복화술사처럼. 이들이 북쪽의 돼지들과 다르지 않아서가 아니라, 이들도 인간이기 때문이지. 이기심과 탐욕과 무지는 불멸이야. 새로운 인간이 꾸역꾸역 태어나서 불멸을 계승하거든.

산책로는 성곽처럼 아파트 단지를 빙 둘러싸고 있다. 현우는 밤색 페인트칠이 군데군데 벗겨진 콘크리트 벤치에 자리를 잡았다. 그곳에서는 205동이 바로 건너다보인다. 불과 한 달 전만 해도 그는 15층 2호의 육 년차 입주민이었다.

욕실과 주방과 좁은 거실과 널찍한 방 하나가 딸린 임대아파트에 입주하던 날, 담당 경찰관이 진라면 한 상자와 스물네 개들이 두루마리 휴지와 주방용 세제 등속을 챙겨 잠깐 들여다봐주었다.

― 앞으로 한 번씩 통화하자. 삼촌처럼 생각하고, 깜깜한 일 생기면 언제든 연락하고. 어깨 펴. 힘내고.

가스 누출 검침원이나 정기소독을 맡은 용역회사의 파견 직원 외에는, 담당 경찰관이 그가 그 집에서 맞은 유일한 외부인이었다. 그들은 이웃이 아니었다. 삼촌도 이모도 고모도 아니었다. 현우는 완전히 새로 태어난 존재였다. 상철의 말대로라면 무덤 속에서 살아난, 무덤 속에서 살아가는 자…….

상철은 그 집을 무단으로 점령했다. 그 집에서, 그 무덤 속에서 한 발짝도 물러나지 않았다. 주객이 전도된 상황이었다. 상철은 가면을 쓴 레슬러였다. 현우의 빈틈을 놓치지 않고 공략해왔다. 피를 흘릴 때까지 물고 늘어졌다. 이제 누가 누구의 집에, 누가 누구의 무덤에 얹힌 더부살이인지 알 수 없게 되었다. 끝나지 않을 것 같던 불편한 동거는 한 통의 전화로 종지부를 찍었다. 역전이었다.

― 나야, 어마이야. 상철이 맞슴? 이거이 몇 년 만이가? 살아 있

으이 다행임. 내래 인차 한시름 덜었슴.

어머니는 안부를 챙긴 다음 본론을 꺼냈다. 워낙 사정이 다급했겠지만, 때마침 용한 무당처럼 돈 만들어야 할 전말을 꿰고 접촉해온 브로커의 부추김에 넘어가지 않을 도리가 없었으리라.

– 너 사라진 거로 보위부에서 아버질 끌고갔지비. 술병이 난 양반이 버틸 재간이 있었갔써? 보름 만에 송장을 내주면서 반역자 아바이라고 되레 큰소리를 치지 않갔써? 무슨 말을 할 수 있갔슴? 한 몇 년은 잠잠하게 내버려 두더이 이번엔 너 동생을 잡아넣지 뭐임? 기름집에서 연유통을 빼돌리다 걸렸다는 건 몽땅 거짓말이지비. 순전히 돈 뜯어낼 수작이지 뭐간. 남조선에서는 얼마든지 돈 벌 수 있지 않슴? 너도 대학도 다니고 살 만하지 않슴? 내래 어쨌거나 너 살아 있단 소식을 고렇게라도 들어 얼마나 안심이 되는지 모름.

그로부터 일주일이 채 지나지 않아 수상쩍은 남자 둘이 현우를 찾아왔다. 체격이 건장한 남쪽 출신 브로커와 현우도 한두 번 안면이 있는 탈북자, 그렇게 2인 1조였다.

그들은 어머니가 부탁한 돈을 보내는 데 드는 수수료를 제시했다. 마치 빌린 돈과 이자를 내놓으라는 투였다. 그러나 마나, 현우로서는 원금조차 엄두가 안 났다.

– 어찌어찌 돈을 마련했다 한들, 배달사고가 날지 안 날지 어떻게 압니까?

그 질문은, 이를테면 우회적인 거부의사였다. 미심쩍어하는 현우를 안심시키는 역할은 동료 탈북자가 맡았다.

– 돈이 자네 어머니한테 넘어가는 즉시 통화로 확인시켜줄 거야. 믿으라구. 그리구, 현우 학생. 동생이라도 살려야 하지 않겠나? 막말로 남쪽에서는 돈이야 있다가도 없는 거지. 자네야 취직도 할 수 있고, 아르바이트도 할 수 있는 거고.

– 순진한 거야, 아님 바보야? 보위부에서 뇌물 받을 작정을 하고 엮은 이상 동생이 무사하리라고 봐?

그런 식으로 현우를 조이는 역할은 덩치 쪽이 맡았다. 2인 1조는 여유로우면서도 집요했다. 그들은 현우의 확답을 받고서야 돌아갔다. 현우는 그들이 주의를 준대로 브로커들과 접촉한 사실을 담당 경찰관에게 보고하지 않았다.

이제 다 끝난 일이다. 물릴 길도, 물러설 길도 없다. 길은 외길, 직진만 남았다.

그는 소주병 마개를 비틀어 땄다. 병나발을 불었다. 그새 미지근해진 액체가 목젖을 타고 쿨렁쿨렁 내려갔다. 빈속이라 곧바로 신호가 왔다. 서쪽 하늘에 번진 붉은 노을이 짙은 잉크빛으로 변해갔다.

그가 두 번째 소주병을 땄다. 몇 모금 거푸 들이켰다. 취기가 확 올라왔다. 나쁘지 않았다. 술병을 내려놓고 휴대전화를 꺼냈다. 화면에 주소록을 띄웠다. 쉰 개를 겨우 넘는 전화번호가 지난 육 년의 결산이었다.

그는 화면을 천천히 밀어 올리면서 이름의 주인들을 낱낱이 떠올려보았다. 새터민단체나 인권단체, 거기에서 근무했거나 근무 중인 간사들, 학교와 학과 사무실이나 조교들을 제외하면 그나마 이름과 얼굴을 일치시킬 수 있는 번호가 스무 개도 되지 않았다. 그중에서도 걸지 않고 수신만 하는 번호를 빼고 나니 남은 사람이 다섯 손가락으로 좁혀졌다.

현우는 저장된 번호들을 차례차례 지워나갔다. 딱 한 사람의 전화번호만 남겨두고 고개를 들었다. 검푸르스름한 하늘에 띄엄띄엄 흐린 별이 돋았다. 저 건너편 205동의 몇몇 베란다에서도 하얀 불빛이 새 나왔다. 그가 살던 집 베란다는 주위보다 더 짙은 암흑이었다.

그는 목을 한껏 젖히고 남은 한 방울까지 탈탈 털어 마신 다음 다시 휴대전화의 주소창을 열었다. 그리고 간단한 문장을 만들었다.

그동안 감사했습니다. 행복하십시오. 장상철 올림.

현우는 망설임 없이 문자메시지를 전송했다. 그러고는 전원을 껐다.

그는 어둠 속에 우두커니 앉아 있다가 마침내 몸을 일으켰다. 빈 술병이 든 편의점 봉투는 그대로 둔 채 배낭을 멨다. 언젠가 깊은 밤에 국경의 강을 건널 때처럼.

천천히 산책로를 거슬러 내려갔다. 취기에 몸이 약간씩 흔들렸다. 마음은 흔들림 없이 굳건했다. 그는 아까와는 달리 반대쪽으로 담벼락을 끼고 초등학교를 지나쳐 2단지로 돌아왔다. 곧장 205동 건물로 들어섰다. 그리고 엘리베이터 앞에 섰다. 상행 버튼을 누르고 숫자판을 올려다보았다.

엘리베이터는 18층에서 내려오고 있었다.

초상화 금고

설송아

설송아

1969년 평안남도에서 태어났다. 2015년 『국경을 넘는 그림자』에 첫 단편소설 「진옥이」를 발표했다. 발표작품으로 「사기꾼」 등이 있고, 동시 「어서 가자요」 「통일」, 북한인권을 말하는 남북한 작가 공동 소설집 『금덩이 이야기』에 참여했으며, 계간지 『임진강』에 「스칼렛 오하라와 조선녀성」 등 북한사회를 반영한 수십 편의 작품을 발표했다. 석사 논문 『경제난 이후 북한 지방경제 변화연구: 평안남도 순천시 사례』를 연구 발표했다. 현재 데일리NK 기자, 자유통일문화연대 작가로 활동하고 있으며 북한경제 IT 석사 학위를 받았다.

1

산후병이 온 것 같다. 몸 안으로 들어 온 바람이 뼈마디를 훑어 새큰새큰 아프다. 온몸이 오싹오싹 춥다가는 화끈 달아올랐다.

"이불을 더 덮어야겠어" 진옥은 몸을 궁시럭거리며 모로 눕더니 한쪽 팔을 방바닥에 짚고 어기적 일어났다. 고무줄이 늘어난 속바지가 흘러내렸다. 벗어버리고 싶었지만 종다리 안으로도 바람이 들어온다. 그녀는 바지귀를 한 손으로 끌어올리고 이불장 앞으로 걸어갔다. 두툼한 이불을 잡아챘더니 위에 얹어 있던 이불들이 털렁 떨어졌다.

에이, 짜증나. 다시 올리기도 귀찮고. 에라 모르겠다. 오한이 느껴지자 진옥은 이불을 한 손으로 끌고 아루목에 왔다. 그리고는 덮었던 이불 위에 대충 펴고 몸뚱이를 들이밀었다. 덧이불이 발잔 등까지 덮였으면 좋으련만 다시 일어나기는 싫고 벌레처럼 꾸물거려 옹송그리니 추운 게 좀 나은가보다. 그래서인지 식은땀이 흘러 내렸다.

침이 흘렀는지 베개가 끈적끈적하다. 웬일인가 싶어 입술을 옹다무니 한쪽이 이상하다. 이게 뭐야. 얼굴 마비가 온 여자들을 본 적 있다.

일그러진 얼굴을 상상하는 동시에 진옥은 거의 반사적으로 일어났다. 절망감에 일어난 그녀는 끌신을 털털 끌고 옆집 문을 두드렸다. 다급한 두드림이었다.

"해성이 어엄, 마…… 아."

말머리는 낮았으나 꼬리는 떨림이 느껴지며 질러대는 소리다. 또 한 번 두드리며 찾았으나 대답이 없다. 하긴 대낮에 집에 있는 주부가 이상한 거지. 다시 진옥은 두 채 건너 술을 파는 집으로 갔다. 밀주집이라 대문도 열려 있어 두드릴 필요도 없다. 노인네가 연탄불에 올려놓은 가마 위에 시루를 덧놓고 이음 짬 사이를 물에 적신 배낭끈으로 둘둘 매고 있었다. 익반죽한 옥수숫가루를 앉히려고 하던 참인 것 같다. 이미 쪄낸 누룩덩이는 버치 위에서 한 김 식고 있다. 술누룩 냄새가 구수한지라 노인네는 식욕이 당기는지 덩어리를 떼 내어 입에 넣고 흐물거렸다. 그러다 인기척에 돌아보왔다. 진옥을 알아보곤 몸을 아예 돌리며 말을 건넸다.

"술 사러왔어? 새벽에 평양 차에 다 넘기고 없는데…… 알콜은 저녁에 나올 거야."

도수 높은 술을 하도 많이 샀으니 진옥이만 나타나면 의례히 술 소리다.

"봉이 할마, 엄마 좀 데려다 줄래요?"

"아지미 어디 아픈 거야? 어 어 그래그래 갔다 오마."

술집 할멈이 진옥의 얼굴과 옷주제를 흘어보며 말했다. 누렁이 가 꼬리를 흔들며 할멈에게 다가와 껑충 앞발을 세우며 애교를 피 운다. 저리 가, 할멈은 개발을 처버리고 급히 나갔다. 진옥의 본가 집이 십 분 거리에 있다. 집으로 들어온 진옥은 다시 누웠다. 한참 있더니 공 튀듯 뛰어오는 특이한 엄마의 발소리가 들려왔다.

"왜 그러니. 몸살 났니."

어머니는 대낮에 누워 있는 딸의 이마를 짚어보며 가까이 앉았다.

"엄마, 정임 선생 좀 데려다다 줘…… 몸이 이상해……."

정임 선생하면 온 동네가 산부인과 선생으로 통한다. 설마 하는 촉감으로 바라보는 엄마에게 진옥은 맥없이 말을 이었다.

"그렇게 말하면 알아 엄마……."

두말없이 엄마는 급히 나갔다.

낙태한 그날 진옥은 집으로 가는 길에 갑자기 쏟아지는 소나기 를 맞았다. 별일 없이 괜찮은가 싶었다. 집에 도착해 펌프 물을 길어 젖은 옷을 빨고 집 청소를 하던 중 팔다리에 저린 감이 스쳤다. 아픔은 잠시여서 그런대로 장사에는 지장이 없었다. 그러나 한 달이 지나 고열이 나면서부터는 자리에 누웠다. 독 감기에 걸렸는가 싶어 중국제 항생제를 맞아도 차도가 없었다. 산후 탈인가 의심이 들었지만 별일 없겠지 넘긴 것이 중병을 만난 것이다.

정임 선생이 어머니와 함께 방 안으로 들어왔다. 진옥은 의사에게 그동안 있었던 일들을 그대로 말했다. 진옥의 말이 끝나기도 전에 의사가 말했다.

"산후병 만났어…… 중절은 출산이나 같은 거야, 손발도 찬물에 담그면 큰일인데 소나기를 맞았다니 정신이 있어?"

의사는 진옥의 얼굴을 찬찬히 들여다보았다. 신경성 마비가 시작되었다며 혼잣말로 중얼거렸다. 아닌 밤중에 홍두깨비라구 어머니는 정임 선생에게 되물었다.

"낙태라니요. 애가 언제……."

다그치듯 어머니가 물었다. 의사는 말하지 말걸 그랬나, 후회도 들었지만 이내 냉담한 눈빛으로 어머니와 시선을 맞추며 입술을 열었다. 팔 개월 된 태아를 낙태했으며 그 위험한 수술을 삼십 년 경험 있는 의사가 했으니 사고가 없었지요. 하는 것이었는데 이 말은 논밭에 모를 꽂듯 어머니 몸통으로 그대로 박혔다. 몸조리를 하지 않아 산후병이 왔는데요, 말하며 의사의 목소리가 오르는데 방 안에 그림자가 던져졌다. 방문 앞에 진옥의 남편이 기울던 햇

빛을 막으며 서 있었다. 출장길에 돌아 온 그가 하필 이 순간 나타 난 것은 괴이한 일이었다. 300와트 고압선이 어깨를 스치듯 분위 기가 전율된다.

"지금 오는 길이니…… 아주 들어온 거구나."

황급히 어머니가 사위에게 물어보고 혼자 답했다. 진옥이도 남 편을 알아보고 이불을 젖혔다. 일어나기 위해서다. 갑자기 바람이 머리를 휘젓는지 핑 돈다.

"누워 있어……."

의사가 진옥을 눌렀다. 진옥은 체념하듯 눈을 감고 얼굴까지 이 불을 끌어올렸다. 갑자기 환기에 문제가 있는 듯 숨쉬기가 답답해 졌다. 뭔지 모를 압력이 심장을 조인다. 아무 말도 없이 서 있던 남 편이 나갔다. 어머니는 옆에 앉은 의사를 구원자마냥 애절한 목소 리로 물었다.

"무슨 약을 써야 돼요?"

"산후병엔 익모초가 좋아요. 두 달간 달여 먹이면 차도가 있을 걸요."

"익모초가 선생한데 있나요? 지금 돈을 줄게……."

엄마는 말을 채 맺기도 전에 팬티를 뒤적거렸다. 넙적한 천을 덧대어 바느질한 돈주머니가 있었다. 쭈글쭈글한 배 가죽을 올려 밀며 어머니는 팬티 안에서 돈을 꺼냈다. 의사가 부르는 대로 값 을 줄판이다. 언제 이런저런 시간을 허비하고 있을 이유도 없다.

돈을 받은 의사가 약초를 가지고 오겠다고 일어서자 어머니도 일어났다.

"얼른 갔다 오마."

급해 맞은 어머니가 의사 따라 나갔다. 그러자 의사가 한 마디 더 말했다.

"사향을 조금 쓰면 침보다 효과가 있어요. 앞면 마비가 올 수도 있거든요."

의사의 말은 타이밍이 맞았다. 입 언저리에 침 몇 대 맞으면 사실 고칠 병이었으나 사향을 팔고 싶었다. 러시아 갔다 온 집에서 며칠 전 넘겨받은 사향이 있다. 가격이 비싸 웬만한 환자들은 사지 못한다.

"사향은 진짜예요?"

가짜 사향이 하도 많아 믿지 못하는 듯 어머니가 물었다.

"러시아 갔다 온 사람이 가져온 건데…… 노루 배꼽째로 있어요. 진짜예요. 뇌출혈로 다 죽게 된 동네 아바이 그거 먹구 일어섰다니까요……."

의사의 말은 어머니 마음을 끌었다. 집 앞에 도착하자 의사는 어머니의 팔을 끼고 친절하게 윗방으로 데리고 들어갔다. 그리고는 약초 보따리가 놓여 있는 가운데 한 개를 집어 들어 노끈을 풀었다. 마른 줄기 잎들이 의사의 손이 갈 때마다 떨어졌다. 익모초를 확인한 어머니가 머리를 끄덕였다. 의사는 익모초를 비닐봉지에 넣고 저울로 떴다. 저울대가 수평에서 약간 오르자 의사의 눈치도 보지 않고 어머니가 덮치듯 봉지를 앗았다. 그리고는 덜지 못하게 손으로 움켜진 뒤 또 사겠다며 두어줌 더 넣는다.

익모초를 달여 먹어서인지 열흘쯤 지나 진옥의 몸이 깨끗해졌다. 입귀가 약간 마비가 온 것도 사향을 술에 타 먹으니 신기하게도 낫는다.

엄마가 간병하는 동안 남편은 장모가 차려주는 밥을 먹고 공장 출퇴근 일과를 반복했다. 가끔 아내의 얼굴을 들여다보았으나 염소가 광고 보듯 물끄럼한 표정이다. 남편에게는 상대를 침묵으로 비트는 재주가 있었다. 어머니가 집으로 돌아 간 후 남편은 아내에게 한 마디 말도 건네지 않았다.

남편에게 낙태 사실이 미안하기도 하다. '근데 이게 내 맘처럼 안 되는걸 어떡하냐. 아이는 몇 년 후에 낳아도 되지 않나, 돈을 벌어야 돼서 그랬어' 진옥은 혼자 느끼는 가책만큼 반감도 들었다. 거의 한 달 나마 연유를 팔지 못했더니 손님들이 적어져 공간 시간이 많아졌다. 덕분에 먼지가 뽀얀 길거리를 바라보며 상념에 잡히기도 한다. 각양각색 사람들, 특히 여성들을 하나하나 눈여겨보는 것이 흥미를 끈다.

이고지고 어디론가 부지런히 걷는 사람들은 여자들뿐이다. 그들이 가는 길은 하나같이 장마당이다. 살아남겠다고 넘어지고 피터지고 또 일어나고 뛰는 아낙네들, 아글아글 장마당이 하루 일터지. 돌도 안 된 아기를 안고 채소 파는 색시들이 눈물겹게 불쌍하다. 아기에게 물렸던 허연 젖가슴이 늘어져도 의식하지 않은 채 "싸게 줄게 사라요" 애원하고 있으니. 여자들이 개고생은 하지, 그래도 남자에게 복종해야 하니 세상은 참 우습구나.

번잡한 생각이 꼬리를 물었다. '남자들이 팔자는 좋아' 이렇게 생각하며 그는 피익 웃었다. 갑자기 남편이 떠올랐다. 낙태가 떠오르자 지금껏 해본 적 없는 자책감이 그를 괴롭혔다. 애인 같던 운전수도 아플 때 그의 옆에 있어주지 못한다. 찾았으면 달려올 수도 있었지만 진옥은 그러지 않았다. 가정을 파괴하는 불륜은 그녀가 바라는 윤리가 아니었다. 죽게 앓고 나서야 진옥은 깨달았다. "남의 집 금도끼보다 제집 쇠도끼가 낫다"는 속담 그른 데 없구나.

저녁 상차림에 남편이 좋아하는 순두부에 양념장을 놓았다. 시원한 오이냉채를 곁들였으니 남편 구미에도 맞을만했다. 그리고는 퇴근해 들어온 남편에게 술을 따랐다. 서먹한 분위기에 억지 외교는 싫었다. 그냥 위해주고 싶은 마음으로 말했다.

"순두부 따끈할 때 잡숴요."

남편은 덤덤하게 밥상 앞에 마주앉았다.

"공장엔 자재가 들어와요? 출장은 또 가야 되나요?"

술잔을 기울고 순두부를 입에 넣던 남편이 진옥을 노려보며 말했다.

"왜 서나가 출장 계속 나갔으면 하지?"

남편의 말이 거칠었으나 진옥은 대꾸하지 않았다. 사실 남편은 지금 거칠어진 것이 아니라 원래부터 거칠었다. 출장을 자주 가있어 부딪칠 일이 없을 뿐이다. 뒤번지면 앞뒤 안 가리는 욱한 성격이라 이쯤 되면 입 다물고 대응을 하지 않아야 한다. 남편의 습관적인 짜증과 트집은 오늘따라 잡도리한 사람처럼 날이 섰다. 그는 음식을 씹으며 진옥을 보았는데 당장이라도 진옥의 얼굴을 씹을 듯했다. 술잔을 다시 들어 단번에 마시고는 말을 뱉었다.

"야, 넌 남편이 헌신짝처럼 보이지?"

진옥이 아무 대꾸를 하지 않자 어성이 더 올랐다.

"남편 말이 말 같지 않아?"

"……."

진옥은 눈길을 내렸다. 어느새 남편의 손이 진옥의 귀뺨을 후려쳤다. 이젠 손찌검을? 예상 못했다. 그때에야 눈을 들어 남편을 보는데 또 한 번 손찌검이 날아든다.

"보면 어쩔 건데……."

남편의 어성이 섬뜩했다. 피해야겠다고 일어섰지만 어느새 진옥의 머리끄덩이가 남정네 손아귀에 잡혔다. 한 손에 쌀자루 메치듯 진옥을 방바닥에 내동이친 남편이 말했다.

"어디 나가…… 네가 아직 내 맛을 모르지?"

이번에는 주먹으로 얼굴을 퍼억 족쳤다. 아픔도 느낄 새 없다.

귀뺨이 연거푸 날아오더니 돌덩이 던지듯 몸뚱이가 담 벽에 부딪치며 꼬박았다. 비명을 지르며 뛰쳐나가려 출입문 가까이 다가섰으나 이번엔 그 자리에서 발로 밟아댔다. 허리며 어깨며 엉덩이며 미친개처럼 차대고는 다시 머리끄덩이를 쥐고 방 안으로 끌어와 앉혔다. 그리고는 물었다.

"너 왜 낙태했어? 아이 낳기 싫어?"

이번엔 담 벽에 머리를 쾅쾅 짓쫓았다. 쿵쿵 울리는 소리, 괴성에 가까운 여자의 비명, 남성의 악담이 밖에까지 들렸다.

누군가 대문을 세차게 두드렸다. 고리가 안으로 잠긴 상태다. 좀 더 요란하게 두드리며 질러대는 큰 소리를 듣고서야 남편의 폭행은 멈춰졌다.

집 대문 앞에 벌써 한 무리 사람들이 몰려 있다. 호리한 여자가 까딱 않고 문 귀에 귀를 붙여댔다. 그리고는 모여 선 아낙네들을 향해 재판을 결론하듯 오른손을 저으며 소리쳤다.

"때리는 건 멎은 것 같아."

말돌이로 소문난 갑작한 여인이다. 다른 때면 그러려니 그의 말을 들은 척도 안 했겠지만, 지금은 그의 입술에 모든 시선이 모아져 귀담아 들었다. 정말 진옥의 괴성이 들려오지 않았다. 입담이 쎈 아낙네가 집 안을 향해 소리쳤다.

"돈 잘 벌어주니 힘이 남지…… 다른 집처럼 며칠 굶어봐야 에미네 귀한 줄 알지…… 패대는 것도 분수가 있지…….”

"그니까", "간부과장이나 했다는 집안 아들이", "남편들이 집 지키는 멍멍이보다 못해", "그래도 똑똑한 남자들은 얼마나 잘하는데", "여자 귀한 줄 알아요" 저마끔 말들이 합세되었다. 한참 수다를 떨던 아낙네들 앞으로 말돌이 아낙네 세대주가 다가왔다. 그리고는 아내를 치떠 본다. 빨리 집에 들어가란 암시다. 덩달아 꼬였던 구경꾼들도 진옥의 집 쪽을 흘겨보고는 하나씩 가버렸다.

진옥의 눈두덩이가 시퍼렇게 부어올랐고 흘러내린 코피는 여기저기 얼굴에 덕지덕지 칠해졌다. 보기에도 스산하게 너부러진 진옥을 바라보던 남편이 절로 술을 부어 마시기 시작했다.

사실 그는 낙태에는 그다지 분노가 없었다. 의사와 장모가 얘기하는 아내의 낙태를 우연히 들었을 때는 꿀이라도 사줘야겠다고 생각했다. 그러나 당비까지 아내에게 공급받는 존재가 뭘 할 수 있나. 남편 위신이 낙태한 기분이다. 아내의 경제권이 높아질수록 자기 집 위신이 낮아진다. 원인 모르게 심기가 자꾸 삐틀어졌다. 성분으로 보면 처갓집은 볼 데 없는 노동자 집안이다. 성분 좋은 간부 출신인 자기 집안이 장마당인지 뭔지 하는 게 나오더니 신세가 바뀌었다. 옛날로 치면 양반과 상놈차인데 말이다. 상놈 것이 남편 없이도 제병을 알아서 치료한다.

'낙태라니 이건 상놈이 양반을 우습게 아는 거야' 그는 이를 계기로 가풍을 세워야 된다고 생각했다. '떡은 칠수록 맛있고 여자는 칠수록 말 잘 듣는 거야.'

몽롱해진 눈 시야로 아내가 일어나 헝클어진 머리카락을 넘기는 게 보인다. 그리고는 남편의 손찌검에 휘둘려 찢겨진 속옷을 한 손으로 감쌌다. 갑자기 허리가 아픈지 아내의 두 손이 허리 뒤로 갔다. 그러자 너덜해진 옷가지가 쳐지면서 뭉실한 가슴이 꼭지가 돌출된 채 드러났다. 갑자기 성욕이 일어났다. 야성같이 덤벼든 남편이 아내를 덮쳤다. 이미 반주검이 된 진옥이 그대로 쓰러졌다. 남편이 들썩일수록 끊어지는 허리 아픔에 비명소리가 커졌다. 그 소리에 쾌감이 자극된다. 남정네 성욕이 곱으로 씩씩하며 속도가 빨라졌다. 정사가 끝나는 동안 진옥은 매를 맞을 때보다 더한 아픔을 느꼈다.

2

진옥은 연유 장사를 그만두기로 생각했다. 남편의 폭행이 온 동네 소문나 얼굴을 들 수 없었다. 추접한 아내로 살기는 무엇보다 싫다. 운전수를 상대하며 기름장사하는 것도 기가 살아야 가능한 일이다.

경쟁자들은 이때라고 진옥의 험담을 마구 퍼뜨렸다. 그가 미워서라기보다는 판매를 거의 독차지하던 것에 심술이 난 것이다. 요염한 계집애가 남편한데 교정 당한다는 소문이 날개를 달았다. 진

옥은 대응하지 않았다. 아예 그럴 생각도 없었다. 연유를 사겠다고
찾아오는 고객에게만 팔았더니 확실히 매상고가 떨어졌다. 장사
는 분명하게 지혜가 동반된다. 단순히 사고팔기 장사는 국영상점
이나 하는 기계적인 행위였다.

손상된 이미지를 보상하고 연유 시장을 재 독점하려면 두 가지
전략이 필요했다. 증유를 정제한 가공디젤유를 정품과 섞어 가격
을 낮추거나 정품과 가공품을 차별하여 판매하면 쉽게 고객이 끌
린다는 것을 진옥은 알고 있었다.

그러나 이젠 여자가 미끼 되는 경쟁이 싫다. 사실 낙태도 남편
의 폭행도 장사 경쟁 때문이지. 맞잖아. 진옥은 자신에게 모멸을
느꼈다. 나쁜 죄가 아닌데 세상이 여자를 나쁜 년으로 만든다. 그
래서 더 분하다. 모든 걸 포기하고 착하게 살고 싶다. 그러나 착함
은 돈벌이를 포기하는 것이요, 돈을 포기하는 건 삶을 포기하는
거나 마찬가지다. 삶을 포기하기에는 총명했으며 꿈과 야심이 가
득한 여자였다.

'돈이자 인격이지.'

머리가 지끈거린다. 답답한 마음을 달래볼까 진옥은 고추를 심
어놓은 다락 밭에 사다리를 타고 올라갔다. 온 동네가 훤히 보였
다. 다닥다닥 붙은 집들의 골목 사이로 오가던 자전거가 충돌하며
실랑이를 한다. 먼저 화가 번진 남정이 상대의 멱살을 잡았다. 그
들이 몸싸움을 하는 동안 어느 집에서 찍어놓은 월동준비 연탄들

이 마구 짓이겨졌다.

'모두 악밖에 안 남았구나' 동네를 둘러보며 진옥은 생각했다. 생존하는 동네 사이로 가을바람이 불어왔다. 역전 장마당도 보였다. 저기 가서 사람 구경이나 할까. 그는 빨갛게 익어가는 고추 몇 개 따고는 사다리를 타고 내려왔다. 장마당으로 가는 길에 콩가루 같은 먼지가 바람에 휘말린다. 눈 안이 깔깔하다. 한참 서서 눈을 비비고 다시 걸어 장마당에 도착하니 모래며 시멘트가 가득 쌓여 있다. 장꾼들은 한 명도 없다. 목재를 실은 차들이 연속 들어온다. 쇄골이 보이는 남정네들이 웃옷을 벗고 자재를 나르고 있다.

'장마당을 없애는가 아니면 또 옮기나' 배급이 없어지더니 세상이 변태스러운 건 알겠는데 좋았다 나빴다 갈피 잡기 힘들다. 장사해서 벌어먹으라고 하다가는 어느새 돌변해 통제를 해댄다.

'이번엔 또 뭐야 이 자리에 목욕탕을 지으려나' 저쪽에 잔등이 햇볕에 타버려 터실터실 껍질이 일어난 중년 남성이 서 있었다.

"아저씨, 이게 뭐 지어요?"

"장마당을 짓죠. 좋겠어요. 아주마니."

"……."

"참…… 가죽이 있어야 털이 난다고 장마당이 커야 돈벌이가 크다매?"

마치 진옥을 위해 장마당을 건설이나 한 듯이 남정네는 버덩이 발을 드러내고 웃어댄다.

'장사는 정부가 원하는 게 아닌데 크게 짓는다니 무슨 협잡도 아니고.'

분명 위에서 새로운 지시가 내려온 거다. 진옥은 십 미터 떨어진 곳에 폼 잡고 서 있는 남성에게 눈길이 갔다. 유행되는 잠바를 입고 변색 안경을 낀 사십 대 남자다. 건설 책임자인 듯싶다.

"장마당에 뭐 짓는가요? 장마당을 없애나요?"

젊은 여자의 다짜고짜 물음에 책임자는 이빨 새로 침을 뱉으며 말했다.

"배추 파는 장마당이 아니구 아주마이, 종합시장 건설해요. 꼭대기서 시장을 크게 짓도록 한 거지."

마치 이런 놀라운 개혁을 자기가 시도한 듯 그는 신이 나 있었다. 장마당 부지를 넓히고 모든 매대에 지붕을 씌워 종합시장을 정책으로 건설한다는 것이다.

"뭐든 다 팔 수 있다구요? 그걸 허락 했다구요?"

"코 막구 답답하네…… 날쌔게 매대만 잡으라니까…… 장세만 내면 별난 장사 다 해도 되니까니……."

매대를 지어준다고, 장세만 내면 된다고, 자본주의도 아니고 그럼 별세상이네. 그렇게 되면 지금껏 하던 장사의 차원이 달라진다.

며칠 후 소문이 돌았다. 시장관리소에 돈을 내면 매대 자리가 배정된단다. 입구 쪽 매대는 노른자위라 벌써 비싸게 팔렸다고 한다. 시장이 건설되기도 전에 좋은 자리를 사느라 시비도 오간다.

진옥은 산후병에 남편 폭력에 한두 달 어정쩡하는 사이에 세상이 또 변했다는 것을 체감했다. 나라가 직접 나서 종합시장을 건설하면 숨어서 장사하거나, 혹은 큰 장사로 붙들려 갈까 두려워할 필요도 없다. 앞에서는 사과를 파는 척, 뒤에서는 공장 부품을 팔고 있는 교활한 장사꾼도 활기 펴고 두각을 나타나게 될 것이다. 차 판 장사도 세금만 내면 사업주도 될 수 있다는 소리가 아닌가.

진옥의 상상은 너무 앞서기도 하였지만 현실적인 사고였다. 분명한 건 너도나도 모두 장사에 나서게 되겠구나. 도로 양옆으로 늘어 선 가로수 나뭇잎보다 무성한 장사 대열이 안겨왔다. 시국이 변할 때 득보는 사람은 호박넝쿨이요, 해보는 자는 맨손이다. 그렇다고 연유 장사는 아니다. 치욕감이 올라왔다. 처음 배웠던 약 장사가 흥미를 끌었다.

'종합시장에 약 매대 들어서겠네…… 도매 원천지는 어디지.'

쌀, 의류, 식품 등 이쑤시개까지도 중국 상품이 수입되어 유통되지만 약품 수입은 없다. 약품 무역 와크 자체가 없으니까.

'항생제를 직접 만들어야겠어' 영혼의 직감이 뇌리를 친다.

오 년 전 아스피린, 데라미찐 등 알약을 만들었던 경험이 있다. 이번에는 항생제 분말을 제조하고 싶다. 실패하면 큰돈을 잃을 수 있다는 두려움이 생겼다. 아냐, 호르몬 반응일 거야. 여자의 속성은 어쩔 수 없지. 진옥은 엷은 웃음을 지으며 어깨를 으쓱했다. 이제부터 준비를 해.

3

　제약공장 인연은 항생제 제조를 결심하며 시작되었다. 농축액을 빼내어 분말을 제조하려면 제약공장이 원천지다. 자재를 구하기 전에 먼저 제조기술 습득이 중요하다.

　대학에서 설계를 전공하긴 했어도 진옥은 화학에 대한 기초지식이 있었다. 독학으로 합성화학 반응과 제조기술을 배우는 데는 무리가 없다. 그는 시 도서관에 들려 백과사전만큼 두터운 약학사전을 빌려왔다. 책에는 갖가지 약의 제조 과정이 화학반응식과 함께 필요한 첨가제들도 구체적으로 기록되어 있었다. 한 달 동안 그녀는 방에 틀어박혀 약학 자습에 몰두했다. 기술을 터득한 후에는 제조 용기들을 구입했다. 비중계와 수중계만 갖추면 준비가 완료인데 파는 곳이 없었다. 이런 건 전문 연구소에 있을 거야.

　진옥은 항생연구소를 찾아갔다. 대학동창생이 연구소 실험실에 있었다. 친구에게 봄가을 내의 한 세트를 주었더니 "친한 동무 사이에 뭐 이런 걸" 하면서도 무척 좋아한다. 비중계와 수중계? 연구소에 흔한 것이 실험기구라며 친구는 퇴근길에 가져왔다. 스스로도 시장 감각과 모험은 천성이라고 느껴진다.

　다음날 진옥은 제약공장에 들어갔다. 1직장은 페니실린, 2직장은 카나미찐 직장이다. 그런데 페니실린 제조에는 부탄올이 필수다. 부탄올 구매가 쉽지 않았다. 제약공장에만 있는 것인데 구하기가 조련치 않다.

'카나미찐부터 시작해야겠어'. 카나미찐 제조에는 메탄올이다. 메탄올은 일반 화학공장에서 구입이 가능했다. 부가 자재는 문제 될 게 없고 농축액을 구입하면 된다. 2직장 책임기사를 만나야 했다. 종균부터 항생제 발효와 결정과정은 화학대학을 졸업한 기사들이 기술을 지도하고 관리한다. 여러 명의 기사들을 책임진 책임기사는 생산물을 직접 관리하니 직장장 못지않게 권한이 있었다.

진옥은 무작정 책임기사 사무실에 들어갔다. 소개를 받아 간다면 좀 더 접근하기 수월할 수도 있었으나 약 자재 구매는 다르다. 사법에 단속되면 중계인도 위험했다. 될수록 둘만의 거래로 끝나야 했다. 노크를 하고 진옥은 책임기사 사무실에 들어갔다.

"어디서 왔어요?"

기사가 물었다.

"직통 말할게요. 농축액을 사려구요."

정신 나간 여자인가, 기사는 눈을 들어 진옥을 보았다. 페니실린 완제품을 사겠다는 상인은 많아도 액을 요구하는 건 처음이다. 그것도 공장 사무실에 직접 오는 사람은 없다. 더욱이 전문가도 농축 제조까지는 생각을 못한다.

"누군데 사람 잡아? 어처구니없이…… 여기가 장마당인줄 알아? 당장 나가."

기사는 손가락을 문 쪽으로 가리키며 어성을 높였다. 돈키호테

같네, 오늘은 안 될 것 같다. 내일 와야겠어. 진옥은 허무하게 쫓겨
났다. 가는 길에 책임기사가 살고 있는 동네를 찾아갔다. 돼지 앞
다리와 여과담배를 사들고 여러 번 물어봐서야 집을 찾아냈다. 문
을 두드리니 아내인 듯 젊은 여자가 나왔다. 방금 화장했는지 립
스틱 색깔이 윤기가 돌았다. 남편 덕에 팔자 좋은 년이네. 진옥은
웃으며 인사했다.

"공장에서 주는 건데 받으라요."

"……."

명절도 아닌데? 아내는 진옥을 바라보았다. 그러나 이내 눈치
챘다. 남편을 통해 약품을 빼려고 드문드문 이런 뇌물에는 어지간
히 물정이 튼 여자다. 그러나 시치미를 뗀다.

"네, 네, 수고했어요."

먹은 놈이 똥 싸지. 진옥은 다음 날 또다시 책임기사 사무실을
찾아갔다. 기사는 아내에게 무슨 말을 들었는지 덤덤했으나 어제
보다는 유연해졌다. 그러나 눈빛은 아직도 타진하는 모양새다.

"선돈 드릴게요."

진옥은 책상 위에 돈을 놓았다. 빨간 실로 묶은 한 다발의 돈이
기사 앞에 놓였다. 새로 발행된 오천 원 화폐 묶음이다.

"기사 동지. 일처리는 할 줄 아는 여자예요. 걱정 놓으라요."

일처리 할 줄 안다? 책임기사는 소처럼 웃었다. 사법기관에 단
속되어도 출처는 지켜주겠다는 말이다. 약 제조는 보안서가 노리

는 일차 비법 대상이다. 단속되면 자재 판매자도 까딱하면 모가지다. 이 여자는 뭔가 아는 여자다. 눈빛과 말투가 똑똑하고 보통이 아니라는 느낌이 들었다. 저 돈을 받아야 되나. 진옥이 내놓은 돈이 적은 돈이 아니었다.

사실 책임기사에게는 완제품을 유출할 권한이 없다. 분말을 빼낸다고 해도 창고에서 출고량이 측정되어 직장장과 반제기 방법으로 암시장에 팔곤 했다. 그런데 이 당돌한 여자는 누구도 생각 못한 농축액을 요구하고 있다. 그것도 기사의 손 안에 좌우되는 자재를 말이다. 균이 배양되면 배양탱크에서 발효탱크로 넘어가 발효되고, 다시 농축배관에서 결정과정으로 넘어간다. 이 공정은 책임기사의 관할이다. 기사에게 유리한 것은 배관의 액은 량을 측정할 수가 없다는 것이다. 마음만 먹으면 농축액은 수십 킬로그램을 뽑아도 문제없다.

지난해부터 외국인 숙소 앞에 아파트가 건설되고 있다. 한 채 사고 싶었던 기사에게 진옥의 제의는 솔직히 로또나 같았다.

"액을 가져가면 제조할 줄 알아요?"

기사가 물었다.

"실패해도 해봐야죠 뭐…… 제조공정은 독학으로 공부했어요."

돈벌이를 하기 위해 독학으로 공부했다? 기사는 놀랐다. 그 놀라움은 반신반의하던 그의 판단에 바람에 돛달듯 확실성을 주었다. 책임기사는 이 여자를 오래오래 붙들고 싶어졌다.

"이번 주말 정문 앞에서 기다려요"

"고맙습니다. 기사 동지. 활성탄 있으면 조금 주겠어요?"

'활성탄을 다 아네, 음, 제법이야' 농축액을 희석한 다음 반드시 활성탄으로 정제해야 한다. 활성탄을 덤으로 주는 것은 어렵지 않다. 인사하고 나가는 여인의 뒷모습이 아름다워 보였다.

일주일 후 메탄올을 구입한 진옥은 제조를 시작했다. 집 문을 단단히 걸고 언니를 조력공으로 불렀다. 생각보다 카나 농축액은 맑았다. 활성탄에 한 번 정제하니 투명해지고 비중도 내려가지 않았다. 방에는 농축 제조에 사용할 30리터 원통이 두 개 있었고, 메탄올이 담긴 통 등 여러 개의 기구들이 주런이 놓여 있다.

진옥은 정제한 물을 농축에 넣어 비중 1.2로 맞추다가 다시 1.00으로 낮추었다. 비중을 낮출수록 제조는 힘들어도 분말 입자가 좋아진다. 그러면 약을 분장해도 수십 대가 더 나온다. 0.8 비중으로 낮추어 볼까 했지만 대기습도가 미타했다.

조력공은 눈치 있게 깔때기를 가져왔다. 그 깔때기를 이용해 농축액을 바가지에 담은 진옥은 메탄올이 담겨진 통 위로 다가갔다. 농축액을 정 메탄올에 최대한 천천히 방울방울 떨구어야 한다. 커다란 메탄올 통 안에는 회전기로 사용할 막대기가 세워져 있다.

"언니, 최대한 빠르게 돌려야 돼."

조력공은 진옥의 지시대로 회전기를 손에 쥐고 최대한 빠르게 힘껏 저었다. 전기가 없으니 모든 게 수동이다. 빠르게 돌아가는 메탄올이 깊은 회오리를 지으며 골이 생기자 진옥은 방울방울 농축액을 떨구었다. 그녀의 손에서 떨어지는 농축액이 흰색 분자로 빨려 들어갔다. 눈도 깜빡 할 새 없다. 떨어지는 액과 반응하는 메탄올을 관찰해야 한다. 매캐한 냄새로 눈이 시려오고 콧구멍도 싸하다. 시간이 지나자 질식되었는지 후각이나 시각이나 무감각이다. 드디어 메탄올 밑에 흰색 결정이 20센티 정도 가라앉는다. 통을 흔들어 다시 가라앉는 결정체들을 확인하고서야 진옥은 언니를 바라보며 눈을 슴벅거렸다.

1차는 성공이다. 이제는 결정액을 정 메탄올로 세척하여 수분을 제거해야 한다. 흰 무명천 주머니를 조력공이 벌려주자 진옥은 결정액체를 쏟아 부었다. 그리고는 두부 짜듯 손으로 주물거렸다. 떡 반죽 같은 것이 자루에 남자 다시 정 메탄올 통에 쏟고 세척하고 반복했다. 조력공의 동작은 빨랐다. 세척한 메탄올이 나오는 대로 빈 통에 날쌔게 옮겨 담는다.

얼굴에 땀이 흘렀다. 긴장한 탓이다. 밖에서 개 짖는 소리가 들려도 보안원이 들이닥치는 것 같아 심장이 쿵쿵거렸다. 그러나 이 작업은 멈출 수 없다. 다섯 번째 메탄올 세척을 마친 후 진옥은 수중계로 재보았다. 98% 수분이 제거되었다. 이제는 마지막 건조 작업이다. 부엌으로 내려간 조력공이 연탄 화력을 최대한 올렸다. 카나미찐은 대기수분에도 녹음점이 크므로 주의하지 않으면 다 된 밥에 재 뿌린다.

"방바닥이 뜨거워지기 시작해."

조력공이 말했다.

"그럼 언니, 가싯장에 새 비닐박막이 있어. 그것 좀 아루목에 펴 줘."

"알았어."

토끼처럼 냉큼 일어난 조력공은 새 비닐을 가져와 반듯이 폈다. 진옥이 그 위에 결정액 덩어리를 툭툭 끄면서 폈다. 그리고는 한 시간 동안 나무주걱으로 저어주었다. 드디어 분말이 형성되었다. 미세한 채로 분말을 추어주니 눈송이 모양으로 입자들이 수북이 쌓였다. 공장제품 못지않다. 분말 제조가 성공이다. 마스크를 낀 채 진옥이 웃으며 말했다.

"언니, 잘 나왔어. 성공이야."

"……."

언니가 아무 말도 없이 머리를 끄덕끄덕 웃으며 진옥이 얼굴에 땀을 씻어주었다.

"언니, 서랍 열고 비닐봉지 가져와. 습도가 미타해."

비닐봉지에 진옥은 분말을 담았다. 공기가 들어가지 않도록 끝머리를 꺾어 실로 몇 번 돌려 매고서는 저울로 떠보았다. 삼 킬로 그램으로 잘 나왔다. 본전을 제하고도 이윤으로 남는 돈이면 쌀 5톤을 살 수 있다. 분말가루를 병에 넣어 카나미찐으로 분장하면 또 두 배의 돈이 떨어진다. 회수 메탄올은 니스를 만드는 상인에게 팔아 제조용기를 구매한 본전을 뽑았다.

2000년대 항생제 도매시장은 진옥이 거주한 평안도가 전국적으로 유일했다. 합성제약 인프라가 함흥에도 있지만 항생제는 이 지역 특산품이다. 지역 인프라를 이용한 덕에 진옥은 약도매상으로 또 한 번 돈길을 잡았다.

돈을 안전하게 보관하는 것이 걱정이었다. 깊숙이 숨겨놓아도 마음이 놓이지 않는다. 단속되든 도적이 들어오든 알 수 없는 안전한 장소가 필요하다.

'담 벽에 금고를 넣어야겠어' 집이 불에 타도 담 벽 안의 금고는 안전하다. 남편이 다니는 공장이 기계공장이라 며칠이면 해결될 것 같다. 퇴근한 남편에게 진옥이 말했다.

"공장 선반공 잘 아는 사람 있어요? 금고 하나 필요한데 부탁해봐요."

요즘 남편은 돈벌이 잘하는 아내가 시집도 잘 챙겨주는 것을 알고 있다. 또 도당 간부부에 뇌물을 질러주어 조만간 간부 발령이 난다. 그래서 진옥은 부부가 화목하나 싶다. 그러나 돈을 안전하게 보관하려 금고를 사고 싶다는 아내의 말에는 범 만난 멧돼지처럼 놀랐다.

"엄마한데 맡겨. 금고 같은 소리하네…… 우리 집엔 드나드는 사람도 없으니 안전해……."

시집에 맡겨두라는 소리다. 명령조 말투가 진짜 화난다. 괜히 말했다는 후회가 들었다. 시집을 믿지 못해서가 아니다. 자기 칼도 남의 칼집에 들어가면 남의 것이 되는 세상 이치에 둔감한 남편이 안타깝다. 한마디 하면 또 싸움이다.

할 수 없이 진옥은 시장 매대로 나갔다. 철제품 상인에게 금고를 주문했더니 능청스럽게도 가격을 곱으로 올렸다. 흥정하고 싶지 않았다. 그렇게 하겠다고 하고 진옥은 금고 규격을 알려주었다. 상인은 제김에 흥이 났다. 며칠 후 손쉽게 돈을 벌 수 있으니까. 일주일 후 그는 비번이 달린 조그마한 금고를 배낭에 숨겨 가져왔다. 돈을 받은 상인이 벙싯벙싯 웃으며 돌아갔다.

진옥은 금고 설치가 더 난감했다. 남편에게 말해봤자 괜히 싸움거리 언질이다.

어디에 설치해야 안전할지 고민이다. 아무래도 초상화 뒷벽이 안전할 것 같다. 검찰과 보안서가 가택를 수사해도 초상화는 함부로 다치지 못한다. 기발한 아이디어지만 남편에게 말하기는 두려웠다. 이제는 그가 무섭다. 진옥의 발걸음이 저절로 본가로 향했다. 마당에서 아버지가 배추를 다듬고 있다. 엄마가 운영하는 식당 음식에 김치는 기본이기 때문이다.

"왔냐."

아버지는 딸을 올려보곤 칼로 배추 뿌리를 자르고 떡잎을 뜯었다. 진옥이도 함께 배추를 다듬으며 조용히 말했다.

"아버지 금고를 벽에 넣어야겠는데…… 좀 해줄래요?"

"금고? 담 벽에 넣는다고?"

진옥이 머리를 끄덕였다. 이번에는 속삭이듯이 말했다.

"초상화 뒷벽에 작업해야겠는데…… 그래야 안전할 거 같아서요."

"그런 생각을 다 하다니…… 기가 막힌 생각이야 잘 생각했어."

아버지는 딸이 대견한 듯 일을 멈추고 말했다. 그런 일은 천 리라도 달려가 해줘야 한다며 일어나신다.

"자재 준비할 테니 배추를 마저 다듬어라."

진옥은 콧마루가 시큰하더니 왠지 눈물이 흘렀다. 눌렀던 기가 흐르는 것 같다. 이런 딸을 둔 건 인생 복이라며 아버지는 콧노래를 부르신다. 그러더니 자전거 짐틀 양쪽으로 모래, 시멘트 자루들을 걸어놓더니 자전거를 타고 떠나며 뒤따라오란다.

작업이 시작되었다. 아버지는 세 개의 초상화를 내리고 정대를 담 벽에 대고 망치로 딱딱 두드려 보았다. 블로크 이음 짬을 찾아내기 위해서다. 소리의 감각을 찾아 아버지는 정확히 블로크 한 장을 뜯어냈다. 한 장을 더 뜯어내어 금고 위치를 맞추었다. 금고가 왼쪽으로 기울었다. 아버지는 깨어진 돌을 끼워 수평을 맞추고 양옆 공간을 블로크 조각으로 메꾸었다. 미장 작업이 끝나자 진옥은 초상화를 제자리에 걸었다. 세 개의 초상화 중 김정일 초상화 있는 곳이 금고 중심이다. 양옆의 초상화가 금고를 완벽히 가리었다.

요새 남편의 행동이 아무래도 이상하다. 가지가지 구실을 붙여 진옥에게 돈을 가져가는 일이 많아졌다. 공장외화벌이 계획으로 사금 일 그람을 바쳐야 한다며 십만 원을 가져가더니 친구들끼리 들놀이를 간다며 자주 돈을 가져간다. '삥이 나가지 않구서야' 주는 돈이 아까워서보다 남편의 말투가 매번 거슬렸다. 상품출고 명령하듯 눈길도 안 주고 말한다.

"돈 좀 내놓구 가."

세대주인지 소비자인지 모르겠다. 착한 남편들은 아내의 돈벌이를 도와주느라 집안일도 해준다는데.

"어디에 쓰려구요?"

"담배 떨어졌어…… 야, 쓸데 쓰지…… 남편이 축 잡히면 좋겠어?"

저렇게까지 퉁명스럽진 않았는데 이제는 툭하면 성격을 쓴다. "내가 무슨 젖 짜는 염소예요?"라고 말하고 싶은 걸 입을 다물었다. '뭔가 있어' 여자의 촉감이다. 좋은 옷을 입겠다고 하고 특히 속옷에 신경을 썼다. 겉멋이 들었구나, 생각했지만 가끔 지갑의 돈이 없어지곤 했다.

"누가 온 것도 없는데 돈이 없어지는 게 이상하네."

한 번은 진옥이 일부러 중얼거렸다.

"너 이젠 남편을 도적으로 몰아?"

진옥이도 할 말이 없다. 점점 부부 사이가 멀어지기 시작했다. 생각의 차이보다 육적으로 멀어지는 낯선 것이다. 남편은 당당했고 진옥은 불안했다. 그 이유를 진옥은 알 수 없었다. 잠자리를 한 지도 두 달이 넘었다. 며칠 전 딱 한 번 섹스를 했는데 벗기고 삽입하고 사정하는데 오 분 정도였다.

겨울 어느 날, 진옥은 밖에 나가려고 목도리를 옷걸이에서 벗겼다. 그런데 뜨개 목도리가 걸렸는지 옷걸이가 넘어졌다. 옷을 주어 걸던 그는 남편의 가을잠바를 집었다. 미처 빨지 못해 지금껏 걸려 있었던 것 같다. 빨래버치에 넣으려고 옷 주머니를 뒤집었더니 편지처럼 접은 종이가 안주머니에서 나온다.

"이게 뭐지" 진옥은 종이를 펴서 읽어보았다. "사랑합니다"가 서두에 쓰였다.

"…… 집안이 이젠 허리를 펴게 되었어요. 매번 도와줘서 고마워요…… 내 손으로 뜬 양털 내의를 어머니가 입으시니 너무 행복해요……."

여자의 편지였다. 애인이 있었구나. 버젓이 다른 여자를 시집에 데리고 갔네. 어머니가 입는 양털 내의가 그것이었구나. 꼬박꼬박 돈 벌어 보태주었더니 어머니도 같이 고스톱을 친 건가, 알고서도? 그렇게도 으스대던 간부 출신 가풍이 이런 거였니, 이런 거였어? 치사하고 졸렬한 것들.

진옥은 열통이 번져 혼자말로 뇌까렸다. 즉시 시집으로 가고 싶었으나 그러고 싶지 않다. 처녀성을 빼앗은 시아버지가 역겨웠다. 진옥은 편지를 그대로 접어 텔레비전 탁에 올려놓았다. 남편이 퇴근하면 무슨 변명이라도 할 거다.

퇴근 후 남편이 들어왔고 자연스럽게 편지도 보았다. 별게 아니라는 듯 그냥 입고 있던 주머니에 다시 넣는 것이다.

"야! 밥상이나 들여와 배고프다."

진옥은 말이 나가지 않았다. 지금껏 남편을 몰랐구나. 세상을 모르긴 해도, 가끔 우직한 성격으로 아내를 때려도 착한 마음을 가졌다고 생각했다. 하도 돈을 벌지 못하니 성질을 쓰는 것이라고. 그러나 도덕윤리도 모르는 철판인 줄은 생각도 못했다. 그것도 대놓고 바람피운 사실이 드러난 지금 오히려 아내를 위압하고 있다.

"하나만 말해줘요. 다른 것은 알고 싶지도 않고…… 어머니한데 그 여자가 직접 옷을 드렸나요?"

남편이 진옥을 노려보았다. 하지만 이내 아주 예사롭다는 듯이 변명했다.

"같이 일하는 공장 여자야. 왜? 우연히 집에 왔다가 옷 하나 드린 게 죽을죄야?"

"그 여자가 왜 시집까지 찾아가죠? 질투가 아니라 이건 도덕상식이에요."

진옥은 화가 날수록 음성이 낮아진다. 낮아질수록 말마디는 느렸는데 누가 들어도 분노를 짓누른다는 것을 알 수 있었다.

"이게 어디서 굴러먹던 게⋯⋯."

남편이 소리쳤다. 진옥이도 죽지 않았다.

"바람 피워도 똑똑한 여자하고 놀아요⋯⋯ 같이 놀아나는 어머니가 더 한심해요⋯⋯."

모든 것이 드러날수록 남편은 할 말이 없었다. 그럴수록 체면을 모면하고 싶어졌다. 수긍한다면 스스로 죄를 인정하는 꼴이 되겠으니. 함부로 가풍을 운운해? 남편이 방바닥에 있던 재떨이를 던졌다. 아내가 옆으로 비끼며 재떨이는 담 벽에 부딪쳐 산산조각이 났다. 더 화가 난 남편이 진옥의 멱살을 쥐고 말했다.

"다시 말해봐, 어머니가 어떻다구? 어디에 엄마를 올려?"

"내가 뭐 잘못했는데요? 뭐 잘못해 맞아야 하는데?"

아내도 독을 쓰고 대항했다. "아직도 악다구니야" 남편의 주먹이 그녀의 면상을 날리는 동시에 눈에서 별찌가 일었다. 진옥은 정신이 멍했지만 아픈 줄은 모르겠다. 성차지 않은지 남편이 경대 옆에 끼어 있던 저울대를 집어 들어 어깨를 후려 칠 때야 감각을 느꼈다. 단발마적으로 일어나 문을 열고 나가는 진옥을 이번에는 발로 내 찼다. 그 힘에 여인의 몸뚱이가 마당 한가운데 뿌려졌다.

그때 대문이 열렸다. 친정집에 왔던 평성 오빠가 어머니와 함께 들어선 것이다. 개처럼 너부러진 동생 앞에 그는 한동안 당황했다. 그러나 저울대를 손에 들고 교화소 계호원처럼 서 있는 매부를 본 순간 번개처럼 달려들어 주먹을 날렸다. 그리고는 마당에

널려 있던 벽돌장을 집어 들어 대갈통을 내리쳤다.

"이 새끼야 어디다 함부로 손을 대? 짐승만도 못한 새끼야, 처남 알기를 우습게 아네."

남편도 대항했으나 체통이 큰 오빠에게 역부족이었다. 다리를 걸어 매부를 넘어뜨린 오빠는 너도 맞아보라며 주먹으로 연신 박았다. 마당 저쪽에 삽자루가 보인다. 오늘 내 손에 죽어, 몽둥이로 대용할 삽자루를 가지러 간 사이 남편은 죽기 살기로 도망쳤다. 맞아죽을지도 모른다는 생각이 든 것이다.

"당장 이혼해."

벌써 저만치 달아난 매부의 뒷모습에 화가 치민 오빠가 소리쳤다. 어머니가 더운물에 적신 수건으로 딸의 피 묻은 얼굴을 닦아주었다. 주름 잡힌 볼 사이로 굵은 눈물이 흐르고 있다. 가난이 싸움이라더니 이건 돈 잘 벌어 싸움이다.

진옥은 정말로 이혼하고 싶다는 생각이 종이의 물감처럼 스며들었다. 그러나 막강한 시집 세력에 주눅이 든다. 보안서, 보위부, 검찰소 간부들을 친구지기로 두고 있는 시아버지다. 이혼하자 말하면 약장사 빌미로 며느리 하나쯤 교화소에 보내는 건 일도 아니니까. 외간 여자와 제대로 사랑하는 아들을 시어머니도 감싸고 있는 판에. '난 며느리가 아니라 돈벌이 가치었어' 진옥은 순간 깨달았다.

박지원의 소설 『양반전』이 생각난다. 관청의 환곡을 꾸어 먹고

평민에게 양반을 팔아 빚을 갚은 조선시대가 훨씬 도덕적인 세상이구나. 간부 체면을 세우면서 며느리를 이용하는 시집의 타산은 얼마나 야만적인 것인가. 진옥은 증오라는 감정이 처음 머리를 들었다.

그녀는 말없이 부엌으로 나가 술상을 차렸다. 오빠와 술 마시고 싶다. 모든 것을 잊으려면 쓴 물이 최고다.

"지금 세상에 돈벌이 잘하는 여자가 매 맞고 산다는 게……."

술 한 컵을 단숨에 마신 오빠가 제 손으로 술을 부으며 말했다. 같은 남자가 보기에도 이건 아니다.

"소뿔도 단김에 빼."

오빠가 말했다.

"……."

"바보하고 착한 건 종이 한 장 차이야…… 아이 낳기 전에 이혼하고……."

"……."

진옥은 아무 말 없이 술을 마셨다. 완전히 다른 두 세상에 홀로 선 여인이 술잔 속에 보였다. 난 어디에 발 붙여야 행복할 수 있나. 뜨끈한 술기운이 창자까지 느껴진다.

"밥 먹어라 진옥아, 위가 쓰게 되겠니?"

술 도수가 높았던지 얼굴을 찡그리는 딸에게 어머니가 말했다. 그러더니 아예 밥을 배춧국에 말아 한 숟갈 듬뿍 딸의 입으로 가져갔다. 밥을 받아먹던 진옥이 콧물을 훌쩍거린다. 술 한 잔을 또 마셔도 취기는 오르지 않는다. 자꾸 불안하다. 남편이 언제든 오빠에게 맞은 분풀이를 하겠으니 말이다.

"이런 일이 또 있었어. 엄마? 내가 가면 또 팰 것 같은데……."

오빠가 먼저 진옥의 심중을 읽었다. 어머니도 아무 말이 없다. 딸이 맞아도 누가 나설 사람이 없다. 사위 비위를 잘 맞추면 될 줄 알았다.

"내일 오빠 갈 때 같이 가자, 세상을 제대로 봐 진옥아."

"……."

"진옥아, 돈만 벌어선 안 돼 사람부터 벌어야지."

"사람을 번다고?"

진옥이 처음 입을 열었다. 신선한 말이다. 그 의미를 이해하려 애를 쓰는 사이 오빠가 말했다.

"큰 간부와 친해. 약장사하려면 검찰소를 끼든 해야지, 도 보안서 감찰과장만 친해도 든든해."

아뿔싸. 그래 그거다. 뇌리가 탁 트인다. 역시 큰 시내 사람들은 머리가 텄구나, 시집 배경에 매달리지 말고 권력의 배경을 찾아가야 했다. 돈을 벌수록 비법의 타깃이니 불안한 심리는 당연한 것이었다. 술맛이 이제야 느껴진다. 갑자기 혈관이 확장되는지 덥기 시작했다.

"오빠 따라 갈게."

"잘 생각했어. 친구 아버지가 도 보위부 간부 지도원이야. 식당 자리 마련할게 얼굴이나 익혀."

오빠는 복 속에서 복을 모르는 남자는 남편이 아니라 불편이라고 말하려다 그만두었다. 생각할수록 기가 차다. '이번에 좋은 남자를 소개 해야겠어.'

분위기가 조금 화기가 흘렀다. 오빠 이야기에 진옥이 진중해졌다.

"사형 재판을 받아도 돈만 있으면 살아나는 세상이야. 돈을 벌어도 뭐 좀 알고 벌어라. 평양 거주권도 달러를 바치면 한방인데. 넌 시야가 좁아."

"그래 오빠야, 여자는 얌전해야 대접 받잖어? 난 장사하느라 남자와 마주섰지. 남편은 배반 안했어. 도덕은 지켰다구…… 근데 그게 아니더라."

진옥이 허그프게 웃어대자 오빠도 웃었다. 그렇게 몇 시간을 얘기하며 서로 지쳐 잠이 들어 아침이 되었나.

차가 멈추는 소리가 들려온다. 이어 대문을 두들더니 대답할 겨를도 없이 누군가 담장 너머 들어와 빗장을 벗긴다. 문이 열리자 여러 명의 발소리가 마당에서 들렸다. 이후 집 안으로 들이닥친다. 사복을 입은 나이 지긋한 남성이 시 보위부에서 나왔다며 증명서를 보여주었다. 보위부 반탐 과장이다. 신발도 벗지 않은 채 이들은 가택수색을 하였다. 여기저기서 약 분말들과 항생제 약품들이 쏟아져 나왔다.

과장이 함께 온 지도원에게 말했다.

"초상화 뒷벽을 수색해."

진옥은 심장이 내려앉았다. 이게 무슨 날벼락이냐. 어떻게 저기를 알았단 말인가.

김일성 초상화부터 내리웠다. 두 번째 김정일 초상화를 내리우니 금고가 드러났다. 옆에서 사진 찍는 소리가 들렸다.

어머니 바지자락이 와들와들 떨린다. 오빠도 공포에 질려 서 있었다. 보위부에 걸리면 파리 목숨 된다는 건 세 살 난 아이도 알고 있는데 감히 누가 말을 하랴. 초상화 뒷벽에 돈을 감춘 현행이 어떤 의미인지, 이건 빼도 빡도 없이 정치범이다.

과장은 옆에서 지켜만 본다. 보위 지도원이 소리쳤다.

"이거 열어."

돈궤 암호 열쇠를 열라는 소리다.

진옥은 순응했다. 좌우로 번호판을 서너 번 돌리니 달칵 하는 소리가 들렸다. 키가 열린 것이다.

"열어."

로봇마냥 그녀의 손이 큰 소리에 감전되어 금고문을 열었다. 금고가 열리자 놀란 것은 보위부 과장이 아니라 진옥이었다. 삼 년 동안 벌어 보관해 둔 달러 묶음이 보이지 않는다. 착각이 왔다. 분명 잘못 본 것이 아니다. 밑바닥에 백 달러 지폐 몇 장뿐이다. 쇠그물이 몸체를 조이는 듯 숨이 차올랐으나 멍할 뿐 아무 생각이 없다. 몸은 수렁으로 빠지듯 비틀거린다. 주위가 너무나 조용하다. 옆에서 웅웅하는 소리가 들렸지만 들리지도 않았다.

"회수하고 끌고 와."

보위부 과장이 지도원에게 명령했다. 가택수사에서 나온 약품들과 금고 모두 마대에 넣은 지도원이 먼저 밖으로 나갔다. 남아 있던 보위원이 진옥이를 끌고 밖으로 연행했다. 집문 앞길에 보위부 차가 대기하고 있었다.

어머니가 졸도한 것 같다. 오빠가 어머니를 찾는 다급한 목소리가 진옥의 귓전에 들렸다. 고개를 돌리던 진옥은 남편을 보았다. 저쪽 모퉁이에서 보위부 과장과 무슨 말을 주고받는다. 진옥의 몸이 경련을 일으키며 떨리기 시작했다. 함정이었다.

윤혜영은 죽지 않았다

방민호

방민호

1965년 충남 예산에서 태어나 『문학의 오늘』 여름호에 단편소설 「짜장면이 맞다」를 발표하며 소설 창작을 게시했다. 창작집으로 『무라카미 하루키에게 답함』과 장편소설 로 『연인 심청』 『대전스토리, 겨울』이 있다. 세월호 참사 추모소설집 『우리는 행복할 수 있을까』와 북한 인권을 말하는 남북한 작가의 공동 소설집 『국경을 넘는 그림자』와 『금덩이 이야기』를 기획하고 참여했다. 현재 서울대학교 국문과 교수이며 비평 및 시와 더불어 소설 창작 작업 중이다. 제6회 소나기마을문학상 황순원신진상을 수상했다.

내가 윤혜영이라는 여자에 관해 처음 알게 된 것은 전에 일하던 신문사에서다. 그러니까 2005년쯤으로 거슬러 올라간다. 그 무렵에 나는 이 여자 때문에 몹시 괴로웠다.

이곳 잡지사로 옮겨오고 나서 한동안 잊고 있던 그 여자를 나는 오늘 다시 떠올려야 했다. 오후에 들려온 뉴스 한 토막 때문이다.

북쪽에서 높은 사람이 심장병으로 세상을 떠났다고 했다. 현지 지도를 다니는 열차 안에서 과로에 지쳐 그만 유명을 달리했다는 것이다.

과연 그럴까?

아무튼 윤혜영은 바로 그 높은 사람이 좋아했다는 여자였다.

그러니까 신문사에 들어간 지 일 년 정도나 되었을까 한 때다.

나는 어느 회사의 홍보부에서 갑작스럽게 신문사로 옮겨 간 상태였다. 들어가자마자 사회부에서 육 개월을 허겁지겁 보내고 새로 발령받은 곳이 문화부였다. 내 위로 차장 하나, 부장 하나, 나까지 합쳐 세 사람뿐인 미니 부서였다. 이 세 사람이 문화라는 것을, 영화나 연극에서부터 문학, 종교, 학술까지를 다 커버해야 했다.

신문은 한물갔다는 말이 실감나기 시작한 때였다. 바야흐로 인터넷이 각광받는 세상이었다. 특히 연예인들에게 신문은 거추장스러운 존재일 뿐이었다.

더구나 우리 신문사는 규모도 크지 않은 데다 경제 전문이었다. 이른바 잘 나간다는 배우들은 나를 상대조차 하지 않으려 했다.

여러 종류의 기사를 쓰는 가운데 더러 문학 분야 책을 다루기도 했다. 부장이 명색이 시인이어서 그런지 이따금 별스런 기사를 주문하곤 했다. 자기와 친분 있는 사람의 책이 나오거나, 스스로 의식이 있다고 자부하는 그를 자극할 만한 사건이 생길 경우였다.

그러던 어느 하루 오후였다. 점심때에 나가 낮술을 마시고 들어온 부장이 나를 데스크 쪽으로 불러 세웠다.

"채홍옥 씨, 평양에 좀 다녀와. 저치들이 무슨 작가회담이란 걸 한다는군."

부장이 말하는 저치들이란 그가 늘 탐탁지 않게 여기는 문단의 어느 한쪽 사람들을 가리키는 말이었다.

"이번에 이 책에 나오는 윤혜영이라는 여자에 관한 후문을 취재

해봐. 북쪽에서도 작가 나리들이 여럿 모인다니까 뭔가 잡힐지 몰라. 복무원들한테라도 정보가 될 만한 얘길 캐내 보시든가."

그러면서 부장은 책 한 권을 던지듯 안겼다. 북쪽에서 높은 사람의 경호원으로 있었다는 사람이 이쪽으로 탈출해서 쓴 수기였다. 책에는 높은 사람의 관저와 집무실, 별장들의 소재와 구조, 그의 생활 습관이나 취향 같은 것들이 자세하게 드러나 있었다. 그리고 거기에 윤혜영의 이야기가 담겨 있었다.

책에 따르면 윤혜영은 북쪽에서 잘 알려진 보천보 전자악단의 가수였다. 〈준마처녀〉라는 노래로 인기를 끌었고, 명랑한 노래를 부르는 데도 어딘지 애상적인 음색을 품고 있었다. 가녀린 몸매에 총명하기까지 한 그녀는 단번에 높은 사람의 눈에 띄었고 총애를 받았다. 하지만 그녀에겐 사랑하는 남자가 있었다. 악단에 오기 전에 함께 공부한 젊은 피아니스트였다.

뜨겁고도 순수한 윤혜영의 마음은 두 남자를 품을 수 없었다. 높은 사람의 사랑을 차마 받아들이지 못했다. 수기에는 높은 사람이 그녀를 위해 열어준 단독 연주회며, 파리에서 실어 온 무대 의상과 액세서리에 관한 이야기가 잔뜩 풀어헤쳐져 있었다.

그러던 어느 날, 마침내 젊고 아름다운 여자와 그의 연인에게 불행이 닥쳤다. 그날은 윤혜영의 생일이었다. 대동강변에 수양버들이 아름답게 늘어진 초여름이었다. 높은 사람은 그녀의 환심을 사려고 밤에 주연을 베풀어주겠다고 했다. 그러나 이는 핑계일 뿐, 높은 사람은 그날 미루고 미뤄온 일을 기어이 치러내려 했다.

높은 사람은 그렇지 않아도 윤혜영의 태도에 의심을 품고 있었다. 자신을 기꺼이 받아들이지 않는 여자는 지금껏 아무도 없었다.

그날마저 윤혜영이 숙소로 돌아가게 해달라고 애원하자 높은 사람은 차갑게 화를 냈다. 윤혜영은 벌벌 떨면서도 몸이 좋지 않다고 사정했다. 높은 사람은 싸늘한 표정이 되어 밤이 늦었으니 고려호텔에 가 묵으라고 했다.

자정 가까울 무렵이 되자, 연인인 이원철이 윤혜영의 방에 찾아들었다. 두 사람은 그녀의 생일을 축하하며 밤을 지새울 작정이었다. 그러나 그 밤은 슬픈 운명의 밤이 되고 말았다.

도청으로 두 사람의 동태를 알아낸 보위부원들이 방문을 거칠게 두들기며 고함을 질러댔다. 두 사람은 그것이 무엇을 뜻하는지 알았다. 높은 사람의 뜻을 어기고 다른 남자를 숙소에 끌어들이는 건 죽음을 각오해야 하는 중죄였다.

그들은 창문을 열고 손을 맞잡은 채 호텔 아래로 뛰어내렸다. 남자는 그 자리에서 숨졌고, 윤혜영은 의식불명 상태에 빠지고 말았다. 그러자 높은 사람은 윤혜영을 무조건 살려낸 다음에 죽이라고 했다.

그해 말, 그러니까 2003년 겨울이다. 윤혜영은 끝내 의식을 회복하지 못하고 링거를 꽂은 채 처형당하고 말았다.

작가들과 함께 평양에 들어가 여장을 푼 곳은 공교롭게도 고려호텔이었다.

새벽부터 시작된 강행군으로 나는 이미 만신창이가 되어 있었다.

안개 때문에 평양에서 비행기가 정시에 뜨지 못했다고 했고, 그 바람에 인천공항에 나온 일행은 한참을 기다려서야 이륙할 수 있었다.

평양의 순안공항에 내려앉을 때부터 작가들은 예의 값산 감읍벽을 드러냈다. 해방되고 처음으로 남북한 작가들이 머리를 맞대고 앉아 통일을 이야기할 수 있게 되었다고, 벅찬 감격을 토하는 이들이 많았다. 그런가 하면 그새 술을 얼마나 마셨는지 잔뜩 취해서 북한 독재정권 운운하며 욕을 해대는 이도 있었다.

유난히 강한 경상도 사투리 목소리의 주인공 쪽으로 고개를 돌려보니, 이환태라는 작가였다. 『금오신화』 이야기의 하나인 「취유부벽정기」를 바탕으로 역사소설을 썼다는 작가였다. 그 부벽정이 바로 평양에 있었다.

그렇게까지는 아니더라도 다들 수학여행 떠나온 중학생들처럼 들떠 있었다. 나는 이 사람들이 평양에 오기 위해 모두 값비싼 수학 여행비를 지불했음을 알고 있었다.

공항에서 간단한 행사를 마친 일행은 인민문화궁전이라는 곳으로 옮겨가 언제 어떻게 정해놓았는지 모르는 선언, 제정, 합의 같은 말들이 오가는 행사를 치렀다.

온종일 야단법석을 떤 끝에 밤이 늦어서야 겨우 혼자가 될 수 있었다. 내 숙소는 고려호텔 2122호실이었다.

방에 들어가 겨우 안정을 찾고 창문을 열었다. 내려다보이는 평양 시내가 캄캄했다. 전기 사정이 좋지 않다고 했다.

가슴속으로 서글픈 감정이 밀려들었다. 어둠 속에서 희미하게 빛나는 잔별들처럼 윤혜영이라는 이름 세 글자가 떠올랐다. 그 이름 위로 술에 벌겋게 상기된 부장의 얼굴이 겹쳤다. 내가 어떠한 연줄로 입사했다는 것을 아는 부장은 눈에 띄게 나를 업신여기곤 했다. 한 건 잡아오라고 호통을 치다가 또 비릿한 웃음을 보내던 그의 얼굴이 떠오르자 나도 모르게 진저리가 쳐졌다.

그날 밤 나는 악몽에 시달렸다. 꿈속에서 나는 낭떠러지 같은 곳으로 쫓기고 있었는데, 나를 쫓는 건 기이하게 생긴 괴물이었다. 돼지 형상을 한 얼굴에 팔다리가 불가사리같이 여러 개 붙은 큰 덩어리가 뒤뚱거리며 나를 향해 달려들었다. 낭떠러지 끝에는 무슨 정자 같은 게 보였다. 한달음에 정자 위로 뛰어 달아나니 갑자기 검은 안개 같은 것이 나를 휘감아 왔다. 발밑에선 돼지가 코를 킁킁거리는 듯한 소리가 들려왔다. 안개 늪 속에서 금방이라도 괴물의 먹잇감이 될 것 같은 공포에 시달리며 허우적거리다 겨우 깨어났다.

부장이 말한 취재라는 건 아예 불가능했다. 북한 작가들이 있는 곳엔 어김없이 안내원들이 따라붙는 데다, 이곳에서 저곳으로 쉴

새 없이 움직이며 행사를 벌이는 바람에 누구에게라도 말을 붙여 볼 도리가 없었다.

만경대의 생가라는 곳에는 김 주석 식구들 사진이 붙어 있었다. 평양의 깊은 지하철역에는 김 주석이 군중과 함께 어울린 벽화가 그려져 있었다. 행사 일정 중엔 학생소년궁전에서 열린 네 쌍둥이의 가야금 연주 공연도 있었는데, 이런 통일성은 기이한 느낌을 주었다. 여섯 쌍둥이라 해도 같은 일을 하지 말라는 법은 없다. 그러나 북쪽에서 그건 괴상해 보였다.

백두산 가는 길은 산에 가까워질수록 좁고 가팔랐다. 백두산 밀영에서 높은 사람이 태어났다고 했다. 나는 그것을 사실로 믿지 않았다. 안내원의 설명을 듣는 도중에 이환태 씨가 문득 행렬에서 벗어나는 게 보였다. 여행 내내 술에 취해 돌아다니며 김일성, 김정일 운운하는 바람에 보위부 사람들이 행사를 중단하겠다고 위협까지 하도록 한 장본인이었다. 그의 행동은 나쁘지만은 않았다. 하지만 걱정이 되는 것도 사실이었다. 그는 한 삼십 분이나 지나서 행렬 쪽으로 되돌아왔다. 그의 조를 맡은 보위부원이 험상궂은 얼굴로 뭐라고 꾸짖어 댔다.

여행은 몹시 지루했다. 나는 사람들 속에서 겉돌았다. 가혹하게 통제된 북한 사회를 체감하고도 이쪽에서 올라간 작가들이 별다른 저항감을 느끼지 않는 게 의문스러웠다. 오랫동안 반목했던 남북한 사람들이 만나기 위해서 작가들이 이렇게까지 침묵을 감수

해야 하는지, 이해할 수 없었다.

평양으로 돌아오는 길에는 묘향산 보현사에 들렀다. 고려시대에 창건된 유서 깊은 이 절 담장 밑에 도라지꽃 무리가 은은하면서도 고귀한 빛깔을 띠고 수줍게 피어 있었다.

꽃을 보니 윤혜영이 다시 생각났다. 사랑을 위해 목숨을 바친 그 여자의 마음이 왠지 꼭 저 도라지꽃처럼 아름다울 것 같았다. 그녀가 죽어 도라지꽃으로 다시 피어나기라도 한 듯 나는 오랫동안 그 꽃을 바라보며 서 있었다.

작가단 일행의 방북 일정은 다음 날 끝이 났다. 저녁 늦게 평양의 호텔로 돌아온 나는 마음이 다급해졌다. 여행 기간 내내 부장이 지시한 취재에는 손도 못 대고 광대놀음에만 불려 다닌 까닭이었다.

작가단 사람들은 삼삼오오 무리를 지어 술을 마시러 나가는 모양이었다. 그들의 움직임이 뜸해질 때쯤 나는 홀로 뚜렷한 작정도 없이 방을 나섰다. 로비에 있을 복무원들에게라도 슬쩍 말을 건네봐야겠다는 심산이었을 것이다.

그런데 엘리베이터 문이 열리자 이환태 씨가 반쯤 취한 몸을 엘리베이터 벽에 기대어 서 있었다.

"어이, 채홍옥 기자, 어디 가시나? 함부로 다니면 보위부원들한테 혼날 긴데."

"갑갑해서 로비에나 내려가 볼까 해서요."

"그러지 말고 같이 내려가서 룡성맥주나 한잔 합시다래."

경상도 억양으로 북쪽 사투리를 흉내 내는 이환태 씨의 눈빛이 한순간 맑아지는 듯했다. 나는 말없이 그를 따라 로비 옆에 있는 화면반주실로 갔다. 이쪽으로 치면 노래방이다. 복무원 하나가 우리를 반갑게 맞아주었다.

이환태 씨는 들어가자마자 맥주를 시켰지만 실상 마음껏 놀 생각은 없는 듯했다. 그러면서도 그는 〈심장에 남는 사람〉이라는 노래를 틀어달라고 했다. 그 무렵 북쪽에서는 장윤희라는 가수가 부른 그 노래가 유행하고 있었다. 화면에는 바바리코트를 걸치고 쓸쓸한 가을 공원을 걸어가는 여인의 영상이 흘렀다. 노래를 따라 부르는 이환태 씨는 평소의 거친 행동거지와 달리 고운 목소리를 가지고 있었다.

노래를 마친 이환태 씨는 침울한 표정으로 복무원이 따라주는 술을 잠자코 마셨다. 나는 복무원에게 〈준마처녀〉라는 노래를 들어보자고 했다.

영상과 함께 흘러나오는 윤혜영의 목소리는 맑고 고왔다. 하지만 노래는 남쪽의 철 지난 건전가요풍이었다.

"참, 저 노래 부른 가수가 죽었다죠?"

나는 짐짓 이렇게 물었다. 그러자,

"그렇다 하데. 이 호텔에서 애인하고 같이 뛰어내렸다 카드만."

어느새 눈 뜬 이환태 씨가 한마디 했다. 복무원의 눈빛이 일순 흔들렸다.

"남조선 분들 오시면 그런 소리 합네다만 사실과 다릅네다. 장군님도 그렇고 윤혜영 동무도 그렇고, 그런 분들 아닙네다."

"그렇습네까? 우리 남조선에선 다들 그 여자가 죽었다고 알고 있는데? 2003년인가 호텔 방에서 애인과 함께 뛰어내렸다고."

"그런 소리 마시라요. 일 년 전에도 보천보 악단 동무들과 여기 와서 노시다 갔습네다."

잠시 침묵이 흘렀다. 이환태 씨가 맥주를 더 시키려 했다. 그런 그를 나는 끌다시피 해서 바깥으로 나왔다.

화면반주실을 나오면서 이환태 씨는 생각난 듯 복무원에게 달러 지폐를 내밀었다. 복무원은 내 눈치를 보며 한사코 마다하는 시늉을 했다.

"동무, 며칠 전에 나 여기 왔을 때 집에 홀어머니 계시다 캤지? 어머니한테 뭐 사다 드리라는 거야. 동무 주는 게 아니고."

이환태 씨가 여자를 안으로 떠밀면서 한마디 덧붙였다.

"담에 언제 또 오겠냐만, 인연 되면 또 보세."

이곳에서는 내가 더 이상 찾을 만한 게 없었다. 이환태 씨와 나는 숙소로 올라오는 엘리베이터를 탔다. 엘리베이터 안에서 그는 아무 말 없이 내 방이 있는 층의 버튼을 눌러주었다. 그것으로 그만이었다.

방으로 돌아와서 나는 혼란스럽기만 했다.

윤혜영은 정말 살아 있을까?

화면반주실의 복무원도 실은 보위부원이거나 그쪽 교육을 받았을 터이므로 그녀의 말을 액면 그대로 믿을 수는 없었다.

사실이야 어떻든 그때 나는 어쩌면 윤혜영이 차라리 죽었기를 바랐는지도 모른다. 이 자유 없는 차가운 땅에 사랑을 위해서 뜨거운 피를 바친 이가 한 사람은 있어야 하니까.

부장은 서울로 돌아온 나를 숙맥 취급을 했다.

"뭐, 윤혜영이 살아 있다구? 누가 그런 말도 안 되는 얘길 물어오라고 했어? 걔네들이 곧이곧대로 순순히 말해줄 거라고 믿었어?"

"모르겠어요. 행사에 쫓겨서 진짜 북쪽 사람은 만날 수도 없었어요. 부장님도 그렇게 쉽진 않았을 거예요."

"그럼 그냥 빈손으로 돌아와도 좋다 이건가? 뭐라도 하나 꾸며서라도 가져와야 되는 거 아냐? 지금 회사에서 야유회 보낸 줄 알아?"

"윤혜영이 왜 그렇게 중요하죠? 다른 얘긴 많이 써왔잖아요. 이만하면 되는 거 아녜요?"

부장이 나를 비웃듯이 노려봤다.

"이제 보라구. 저치들이 방북 성과를 얼마나 과장해서 떠들어댈지. 채홍옥 씨, 우리 신문사 기자 맞아? 됐어, 알았어, 가봐."

그 후 한동안은 윤혜영에 관한 일을 잊고 지냈다. 북쪽의 여가수 하나 살았는지 죽었는지 따지는 일이 중요치 않을 정도로 세상은 어지럽고 험악했다.

일이 생길 때마다 세상은 둘로 나뉘었다. 또 하나의 일이 생기면 그 둘은 각기 또 둘로 나뉘어 도합 넷이 되었다. 그래도 그 사람들이 각기 자기 하나의 존재로 돌아가 자기만의 싸움을 벌이는 경우는 없었다. 그게 정치였다. 나는 그런 정치 세계의 한 모퉁이를 차지한 신문사 말단 기자였다. 원래의 차장이 회사를 그만두는 바람에 저절로 차장으로 승진한 나는 취재하고 기사 쓰고 술자리에 참석해서 농담을 주고받는 일상에 점차 적응했다.

그러던 어느 날 윤혜영은 '도미의 아내'가 되어 내 책상 위에 올라와 앉았다.

어떤 잘 알려진 작가가 『삼국사기』를 이야기로 풀어 새로 책을 냈다고 했다. 출판사에서 보내온 책을 훑어보던 내 눈은 도미의 아내 설화에 가 오래 머물렀다.

옛날 백제 땅에 도미라는 사람이 살았다. 때는 개루왕 시절이라고 했다. 도미와 그의 아내는 정다운 부부였다. 도미의 아내는 아름답고도 절개가 있었다. 도미의 아내에 관한 소문을 들은 왕이 도미를 불러 권력과 돈 앞에 버틸 수 있는 여인은 없노라 했다. 도미는 자신의 아내는 그럴 리 없다고 했다. 그러자 왕은 도미를 잡아 두고 신하를 왕이라 꾸며 도미의 아내에게 보냈다. 그가 도미의 아내에게 나쁜 짓을 하려 하자 그녀는 지혜로 위기를 모면했다. 이 사실을 안 왕은 도미의 아내에게 속은 것이 분한 나머지 도미의 눈을 뽑는 만행을 저질렀다. 그러고는 도미를 작은 배에 태워 강에 떠내려 보냈다. 이윽고 왕은 도미의 아내를 궁궐로 불러들였다.

여자가 왕에게 고했다.

"아무 의지할 사람 없는 제가 어찌 왕의 부르심을 기뻐하지 않겠사옵니까? 하지만 오늘은 제가 몸의 피로 더럽혀져 있으니 내일 밤에 다시 올 수 있게 해주시옵소서."

왕은 다소곳한 도미의 아내를 믿고 이를 허락하였다. 궁궐을 나온 여자는 그 길로 도망쳐 강으로 갔다. 강가에는 배가 없었다. 여자는 하늘을 우러러 통곡하며 매달렸다. 그러자 어디선가 홀연히 배 한 척이 떠내려왔다. 여자는 배를 타고 바람 부는 대로 갔고, 어느 작은 섬에 도착했다. 그곳에서 여자는 초근목피로 겨우 목숨을 이어가다 마침내 도미를 만났다. 그길로 두 사람은 고구려로 옮겨가 여생을 행복하게 보냈다.

나는 의자 등받이에 몸을 기댄 채 이야기책으로 얼굴을 덮었다. 상념 속에서 도미의 아내가 어느새 윤혜영으로 변했다. 어느 사이에 나는 이야기 하나를 지어냈다.

사랑하는 사람이 어딘지 모르는 곳으로 끌려간 후 윤혜영은 높은 사람의 부름을 받는다. 옛날의 백제왕처럼 높은 사람은 윤혜영의 말을 믿고 그녀를 숙소로 돌려보내 준다. 윤혜영은 그 길로 짐을 싸서 도망쳐 나온다.

그런데 나의 윤혜영에게는 도미의 아내와 달리 떠나갈 곳이 없다. 강가에는 배가 없다. 기차 통행증도 없다. 무엇보다 이원철이 붙들려간 곳을 그녀는 알 수가 없다. 윤혜영의 나라는 배를 타고 바람 부는 대로 떠밀려가도 사랑하는 사람을 만날 수 있는 곳이 아니다.

나는 얼굴을 덮고 있던 책에 손을 가져갔다. 책을 책상에 던지듯 하고 눈을 떴다. 아무래도 나의 윤혜영 이야기에는 그녀의 죽음이 필요한 것 같았다.

바쁜 시간들이 덧없이 흘러갔다. 윤혜영이라는 이름은 내 의식의 수면 아래 깊이 가라앉아 그 모습을 드러내지 않았다.

그러던 바로 올여름, 장맛비가 몇 날 며칠째 계속되던 어느 날이었다.

나는 편집실 회의탁자에 수북이 쌓인 신문 더미를 뒤적였다. 다른 신문들의 문화면을 점검해보려는 것이었다. 그때 기사 하나가 눈에 띄었다.

'북한판 세시봉에 왕년 인민 스타들 총출동'이라는 제목 아래 장문의 기사가 실려 있었다. 그리고 그 기사 속에 윤혜영의 이름이 박혀 있었다.

……윤혜영은 김정일의 절절한 구애를 외면하고 다른 남자를 사랑했

다가 2003년 말 비참하게 처형당했다는 기사가 국내 언론에 보도되기도 했다. 하지만 이번 공연으로 이런 보도가 사실이 아니었음이 밝혀졌다. 윤혜영은 이번 공연에서 어깨가 모두 드러나는 화려한 드레스를 입고 나와 건재함을 과시했다. …….

기사를 다 읽은 뒤에도 나는 한참이나 신문에서 눈을 떼지 못했다. 기사와 함께 실린 사진에는 중년티가 나는 윤혜영의 모습이 또렷이 담겨 있었다. 사진 속에서 그녀는 활짝 웃는 표정으로 노래를 불렀다.

"뭘 그렇게 뚫어지게 보고 있어?"

부장이었다. 고개를 천천히 돌려 그를 쳐다보았다.

"오늘 장진희 기자간담회 알지?"

"……."

나는 잠깐 머뭇거렸다. 장진희라는 이름은 내 기억 목록에는 없었다.

"왜 거기서 작가동맹 중앙위원 하다 내려왔다는 여자 말야. 거기 취재 좀 다녀와 봐."

부장은 여전히 저쪽 사정을 캐내는데 열심이었다.

저녁 식사를 겸한 기자간담회에 가려고 짐을 챙겨 일어섰다. 주변엔 부장과 나 이외에 다른 사람은 없었다. 부장이 주위를 돌아보더니 낮은 목소리로 말했다.

"늦더라도 꼭 보고해."

나는 그게 무슨 뜻인지 알고 있었다. 갑자기 속이 메스꺼웠다. 온몸으로 소리 지르고 싶은 것을 간신히 참고 아무런 대꾸도 하지 않은 채 바깥으로 나왔다.

기자간담회가 있는 한정식집은 신문사에서 그리 멀지 않은 인사동 골목에 있었다. 이런 자리가 으레 그렇듯이 간담회에 참석한 기자들은 불과 몇 사람 되지 않았다. 북쪽에서 온 사람이 수기를 내는 일은 이제 희귀한 사건이 아니었고, 그래서 더 이상 흥미로운 일도 될 수 없었다. 더구나 이런 책은 어디서 어떻게 집필했는지 불분명하고 책을 펴낸 출판사도 언제 생겼는지, 무슨 책을 내왔는지 알 수 없는 경우가 많았다. 기자들이 이런 책을 출판하는 행사에 흥미 없어 하는 것도 무리는 아니었다.

출판사 사람에게서 보도 자료와 함께 책을 건네받아 국수를 마시듯 후루룩 훑어보았다. 뜻밖에 구성이나 문체가 헐하지 않았다.

과연 이 여자는 저쪽에서 시인이었을까.

그녀의 이력을 다시 살펴보았다. 김일성종합대학을 나왔고, 조선작가동맹의 맹원이었고, 시를 잘 써서 높은 사람의 총애를 받았다고 쓰여 있었다. 높은 사람은 그를 가리켜 '당의 연인'이라 불렀다고 했다. 확실히 그녀의 책은 지금껏 내가 보아온 수기들과 다르게 어떤 문장미가 느껴졌다. 고개를 들어 건너다본 그녀의 눈동자는 아주 깊어서 그 안까지 걸어 들어 갈 수도 있을 것 같았다.

간담회는 간단하고도 소박했다. 식사를 하면서 기자들이 이것저것 물으면 그녀가 직접 답변하는 식이었다. 탈북 경위나 소감 등의 설명이 더러 요점에서 빗나간다고 생각되면 출판사 대표가 종종 답변을 거들곤 했다.

나도 질문을 했다. 상세한 보도 자료가 있었지만 인터뷰하는 사람의 답변 속에서 기사로 쓰기 좋은 표현을 얻어내는 일이 많기 때문이다.

인터뷰가 거의 마무리될 즈음 나는 결국 궁금해하고 있던 일을 화제에 올렸다.

"장진희 님, 혹시 윤혜영이라는 가수 분 아세요? 사랑하는 남자와 함께 고려호텔에서 뛰어내렸다 처형당했다는…… 이쪽에선 그렇게들 알고 있는데, 오늘 그분이 살아 있다는 뉴스가 떴더군요."

장진희 씨는 무엇인가 생각하는 듯했다. 그녀의 깊은 눈이 한결 더 깊어졌다.

"벌써 팔, 구년이나 된 일이네요. 그 이야기의 주인공은 윤혜영 씨가 아닙니다. 인민들에겐 알려지지 않은 무명가수였어요, 김금녀라고. 함께 노래 부르던 남자하고 같이…… 호텔에서 뛰어내린 건 아니고, 둘 다 어디로 사라졌는지 모릅니다. 죽었을 거라는 소문은 파다했지만. 우린 두 사람이 정치범수용소 같은 데 끌려갔을 거라고 생각했어요. 어쩌면 처형당했는지도…… 그런 일이 많으니까."

"장진희 님 수기엔 그런 얘기가 없잖아요?"

"미처 써넣질 못했어요. 작가동맹 쪽만 해도 얘깃거리가 많아서."

김금녀라. 나는 새로운 이름의 출현이 당혹스러웠다. 윤혜영, 김금녀…… 도대체 김금녀란 여자는 정말 죽은 것일까. 아니면 어디로 사라져버린 것일까.

간담회가 끝나고 바깥으로 나오자 빗줄기가 더 굵어졌다. 주중인 데다 비가 내리고 있어서인지 보통 때 같으면 꽤나 북적거릴 인사동 거리가 뜻밖에 한산했다. 장진희 씨 일행, 그리고 다른 기자들과 간단히 작별을 나누고는 종로 쪽으로 걸음을 옮겼다.

'늦더라도 꼭 보고해.'

부장의 탁한 음성이 들려오는 듯했다.

연줄을 따라 신문사에 입사했다 해도 그게 무슨 큰 약점일 것도 없었다. 이 바닥에서 살아남으려면 부장의 험한 손길을 받아들여야 한다고 체념한 것은 세상을 넓게 알지 못한 까닭이었다. 그렇다면 이제는 그와의 관계를 정리해야 했다. 하지만 그의 손아귀에서 벗어나고도 신문사에서 배겨낼 수 있는지를 나는 알지 못했다.

과연 김금녀라는 여자는 실제로 존재했던 것일까? 장진희 씨 말대로 어딘가 끌려갔을까? 그것이 사실이라면 김금녀의 이야기가 윤혜영의 이야기로 둔갑한 건 무슨 연유에서일까? 생각에 생각이 꼬리를 물자 가슴이 답답했다. 저 얼어붙은 땅에서 누군가한 사람쯤은 뜨거운 사랑을 위해서 죽을 수 있어야 한다. 그러나 윤혜영이든 김금녀든 또 다른 여자든, 누군가 죽었다면 그건 내가 원해서는 안 될 현실적 결말이었다.

그때 주머니에서 휴대폰이 울렸다. 부장이었다.

어떻게 해야 하나.

벨소리가 울리다 그칠 때까지 나는 망설이고만 있었다. 아예 휴대폰을 꺼버린다면 이 밤은 이것으로 그만이다. 그러나 내일 또다시 그를 만나야 한다.

잠깐 멈췄던 휴대폰이 다시 울렸다.

"저예요."

"취잰 다 끝났지? 나 인사동에 와 있어. 거기 그 포장마차 어때? 비도 오는데."

"보고드릴 게 없어요."

"채홍옥, 잔말 말고 거기 가 있어."

그의 목소리에서 취기가 느껴졌다. 그러자 나는 뭔가 막다른 골목에 온 것 같은 기분이 들었다. 오늘은 뭔가 끝을 봐야 했다.

포장마차엔 사람이 많지 않았다. 나는 한쪽 구석에 가 자리를 잡았다. 소주 하나에 안주를 아무거나 보이는 대로 주문했다. 부장은 유명한 여자 가수가 선전하는 소주를 좋아했다.

잠시 후 부장이 성큼 달려들어 내 옆에 바싹 몸을 붙여왔다.

"많이 기다렸지? 김 부장 그 자식이 얼마나 따라붙는지 떼버리느라 힘들었어."

"장진희란 사람, 저쪽에서 정말 시인이었어요?"

그가 자리에 앉자마자 나도 모르게 튀어나온 질문이었다.

"수길 보고도 몰라? 뭐 재밌는 뉴스가 있던가? 윤혜영 건 같은 거 말야."

"천 부장님, 오늘 『중앙일보』에 윤혜영이 살아 있다는 기사 난 거 아세요?"

나는 따지듯 물었다.

"채홍옥, 그깟 북쪽 가수 하나 죽었으면 어떻고 안 죽었으면 어때? 중요한 건 그런 게 아니지. 그 얘기가 얼마나 재밌느냐 재미없느냐, 그게 문제지. 그게 사람들을 움직이는 거고. 사실이니 진실 따위가 세상을 움직이던 시댄 갔어."

부장이 내 어깨에 손을 얹었다.

그러자 민소매를 입은 팔에 한여름인데도 소름이 돋았다.

"그런가요? 그래도 제가 연줄을 타고 여기 들어온 건 사실로 남겠죠. 부장님에겐."

내가 신문사에 들어오게 된 건 지금까지 말하지 않은 어떤 사람 때문이었다.

나는 그 사람이 나를 정말로 사랑하는 줄 알았지만 사실은 한때의 놀잇감일 뿐이었다. 아니, 어느 쪽이 진실이었는지 모른다. 분명한 건 나를 옆에 두기가 불편해지자, 그가 나를 이 신문사로 보내버렸다는 사실, 자신의 대학 선배를 통해서 말이다.

그렇게 해서 나는 기업 홍보부 직원에서 신문기자로 신분이 바뀌었다. 월급은 예전보다 많아졌다. 하지만 내가 정말 원한 건 이런 것이 아니었다. 나는 그가 나를 정말로 사랑하기를, 비록 그가 다른 여자의 남편이라 해도 내가 그의 유일한 사랑이기를 바랐다. 그러나 그것은 헛된 기대였다.

"그래. 그건 사실이지. 니가 나를 지렛대 삼아 차장이 된 것도 물론 사실이고."

부장은 취기가 감도는 눈빛으로 나를 노려보았다.

순간 나는 그의 얼굴에 차가운 소주잔을 들이부었다.

그가 얼굴을 일그러뜨리며 두 손으로 내 어깨를 우악스럽게 움켜쥐었다. 바싹 다가선 그의 입에서 썩은 생선 냄새가 났다. 나는 온 힘을 다해 그의 손을 뿌리치며 일어섰다.

"윤혜영은 죽지 않았어요. 하지만 난 죽어버릴 거예요."

나는 우산도 쓰지 않고 포장마차를 박차듯 나왔다. 이대로 비를 맞으며 집까지 걸어가면 내일은 부장을 만나지 않을 수도 있을 것 같았다.

한밤의 종로 거리에 비가 주룩주룩 흘러내리고 있었다. 벌써 며칠째 비가 내리는 건지 알 수 없었다.

그 후로도 장마는 끝나지 않을 것처럼 계속되었던 것 같다.

나는 오늘 저쪽의 높은 사람이 세상을 떠났다는 소식을 들었다. 기차 안에서 과로로 숨졌다고 했다.

나는 그 말을 믿을 수 없다. 그렇다면 그는 어떻게 세상을 뜬 것일까? 윤혜영은 지금 무엇을 하고 있을까? 김금녀란 여인은 과연 살아 있을까?

윤혜영에 관한 일을 생각하면 모든 진실이 세찬 비의 연무 속에 잠겨 있는 것만 같다.

꿈

박주희

박주희

1975년 양강도에서 출생했다. 월간북한잡지에「북한의 연애 실상과 문란한 성문화」
칼럼과 수기 등 이십여 편을 발표하고, 문학에스프리에「보내지 못한 편지」등 시를 발
표했다. 2013년부터 KBS. 미국의 자유아시아방송, 국민통일방송에 고정 출연 중이
며, 현재, 국제PEN망명북한작가센터회원, 뉴포커스인터넷신문 기자로 활동 중이다.

1

　나는 요즘 자주 악몽을 꾼다. 평소 기억하기도 싫어 애써 지웠던 지나온 삶의 흔적들이 자꾸만 나타나 나를 괴롭힌다. 밤새 시달리다가도 눈을 뜨면 언제 그런 꿈을 꾸었나 싶게 희미하다지만 내 경우엔 너무나 생동한 화폭으로 마치 방금 겪은 일처럼 눈앞에 선하다. 아마도 그것은 내게 목숨보다 중한 하나뿐인 아들과 연관된 꿈이기 때문일 것이다.

　다른 것은 몰라도 아들이 꿈에 나타나 엄마인 내게 던진 말은 참으로 믿을 수도 그냥 스칠 수도 없는 치명적인 외침이었다.

"엄마는 날 왜 한국에 데려왔어? 난 여기가 싫어. 아버지한테 갈래. 보내줘."

화닥닥 놀라 깨보면 이마와 잔등으로 질펀한 땀이 흐른다. 가슴까지 옥죄어든다. 도대체 왜? 나는 확 끼쳐오는 불길한 예감에 부들부들 떨리는 몸을 애서 진정하며 오늘은 아들의 잠든 방문을 살며시 열었다.

한국에 입국한 후 삼 년 만에 중국에 나가 북에 있는 아들을 데려온 지 이제 이 년차다.

책상에 탁상등을 그대로 켜 둔 채 일인용 침대에 이불도 덮지 않고 누운 아들은 깊은 잠에 빠져 있었다. 양말도 벗지 않고 누워 이따금 끙끙 잠꼬대까지 한다. 아들 혁이도 나처럼 악몽에 시달리는 것 같았다. 나는 물끄러미 그 모습을 지켜보다 머리맡에 포갠 채로 놓인 이불을 펴 덮어주고 양말을 벗겼다.

양말 벗는 것도 잊고 잠든 걸 보면 아들은 분명 어린 나이에 감당하기 힘든 심한 갈등에 시달리고 있는 것이 틀림없었다. 일상의 기분도 엉망인 것 같다. 한국에 온 이후 모든 것이 생소해 집에 들어오면 엄마가 시키는 거면 군말 없이 고분고분 따르던 아들이다. 손 씻고 밥 먹어. 네 방 청소는 네가 해야지? 게임이나 텔레비전은 휴일에나 보고 어서 공부해라, 어디 가? 너 게임방에 가면 안 돼. 등등 짜증날 정도의 잔소리였지만 언제 한 번 엄마의 말을 거역하거나 기분나빠해 본 적이 없었다. 기특했다.

한데 냄새나는 양말도 벗지 않고 옷도 입은 채로 잠들었다? 얼굴도 우거지상을 해갖고…… 집에 들어오면 양말부터 벗어 세탁기 안에 집어넣곤 하던 아들이다. 무슨 일 때문일까? 요즘 중·고등학교 안보 강사일 때문에 늦게 들어오는 때가 많아 미처 아들의 일상을 챙겨주지 못한 것이 가슴에 걸렸다. 내일은 아들이 다니는 축구단 학생들을 대상으로 강연을 한다.

아들이 축구단 단원이 되었어도 일이 바빠 자주 찾아가 보지 못했다. 이따금 감독님이나 코치님을 만나 인사를 건네곤 했을 뿐이다. 어제도 코치님을 길에서 우연히 만났다. 반갑게 손을 잡고 몇 마디 인사말을 주고받았을 뿐 이렇다 할 이야기는 나누지 못했다. 아들의 신상에 무슨 일이 있었다면 코치님이 그렇게 지나칠 순 없는데…… 나는 꿈에서 들은 아들의 말이긴 해도 절대 소홀히 넘길 수 없었다.

책상을 살폈다. 펼쳐진 노트 가운데 볼펜이 놓여 있었다. 슬쩍 들여다보니 오늘의 일기라고 쓴 아들의 필체가 확, 눈에 들어왔다. 나는 책을 들고 불을 꺼주고는 거실로 나왔다.

– 2016년 7월 2일(날씨 흐리고 찌뿌둥함)

날짜를 보니 방금 잠들기 전에 쓴 것 같다. 찌뿌둥하다는 말이 심상찮았다. 본인의 기분을 뜻한 말처럼 들렸다. 나는 아들이 자는 방문을 흘깃 쳐다보고 나서야 조용히 일기장을 읽어 내렸다.

오늘은 되게 기분 나쁜 날, 내가 이런 꼴을 보자고 한국에 왔던가? 더럽다. 내가 북한에 살 때도 오늘처럼 기분 나빠 본 적은 없었다. 왜 여기 애들은 날 꽃제비 취급하듯 하지? 운동장에 나가면 눈치를 주고 공을 차도 내겐 넘겨주길 싫어한다. 이런 걸 보고 여기선 왕따라 한다지? 그러니까 날 왕따시키려고? 참, 웃긴다. 그러는 너희들은 뭐가 그렇게 잘 났니? 이제부턴 내가 너희들을 왕따시킬 테다. 마주서기도 싫은 애들, 실력은 바닥이면서 우쭐대길 좋아하고, 그러면서 왜 날 업신여기는 거지? 아버지가 없는 애라서? 없긴 뭘, 저기 북한에 엄연히 계시는데, 우리나라는 왜 절반으로 갈라져 아빠 있는 아들을 아빠 없는 아들로 만드는지, 오늘따라 아버지가 그립다. 저녁이면 바쁜 일상 속에서도 나를 데리고 운동장에 나가 매일 같이 공을 차주시던 아버지다.

젊었을 적 내 아빠도 4·25 축구단 선수였어. 준혁아, 네 아버지는 돈 많이 버는 회사 사장이라지. 축구단에도 후원금을 많이 내 그 때문에 네가 우쭐대는 건 나도 알아. 하지만 난 네가 하나도 부럽지 않거든. 역겨워. 넌 축구단에 아빠 돈 자랑 하러 왔어? 공은 개뿔도 못 차면서 뭐? 주장? 난 내가 너보단 훨씬 공을 잘 차기에 네가 질투한다는 거 다 알아. 아는 데도 왜 이처럼 내 마음이 공허할까? 아버지만 내 곁에 있어도 이런 대접은 안 받았을 텐데, 아무래도 기분 나쁠 때 애들이 말하는 것처럼 나도 축구단을 때려치워야겠다. 그럼 엄마가 가만있을까? 날 국가대표로 키우겠다는 결심으로 사선을 헤치고 나를 이곳에 데려온 엄마인데, 나도 안타깝다. 아버지도 엄마의 생각을 존중해 나를 강을 건너도록 한 것 같다. 하지만 이제 난 싫다. 그냥 아버지한테 가고 싶다. 너무 보고 싶어 미치겠다. 그때 아버지는 나를 평양 할아버지 집에 보내면서 오랫동안 아버질 못 보더라도 힘을 잃지 말고 꿈을 이루기 위해 애써야 한다고 말하셨다. 그때로부터 오 년, 너무 힘들다. 흐린 하늘처럼 내 기분도 침침하다. 엄마는 이런 아들의 기분을 알까? 아마 안다면 욕부터 하실 거다. 그리고는 뒤돌아 앉아 눈물을 훔치실 거다. 그러면 나도 울고 싶을 텐데…… 모든 게 싫다. 매일 북한의 명절처럼 좋은 음식에 좋은 옷을 입고 좋은 축구화를 신고 공을 차지만 왜 꿰진 운동화를 신고 아버지와 단둘이 웃고 떠들며 차던 그 울퉁불퉁한 운동장이 그리울까? 답을 찾으려 해도 나로서는 모르겠다.

혹, 엄마는 알까?

나는 울렁이는 가슴에 손을 얹으며 일기장을 덮었다. 엄마인 내가 어찌 이런 모순에 빠져 모대기는 아들의 고충을 몰랐을까, 자책이 일고 기가 막혔다. 그러면서도 혁이가 미래의 국가대표로 성장해주기를 바라다니, 나도 모르게 눈시울이 뜨거워졌다. 일기장에 등장했던 준혁이란 애가 미워지기도 했다. 하지만 나는 평정심을 잃어서는 안 된다고 생각했다. 문득 한국에 와서 중학교 편입과 더불어 혁이가 축구부에 선발되던 때가 떠올랐다.

그때 학교에선 일요일을 이용해 학부형들까지 다 참가해 응원을 펼치는 운동회를 열었다. 시내 학교 간 열리는 축구 대항전에

뽑을 선수 선발까지 겸한 축구 경기가 한창일 때 체육 선생님의 눈을 사로잡은 학생이 있었다. 다름 아닌 혁이었다. 공을 재치 있게 끌고 가는 특기가 유달랐고 남보다 한 수 빠른 동작에 그만 눈이 커지고 감탄이 절로 났다고 한다. 물론 그건 전문가의 눈으로만 가려볼 수 있는 것이긴 하지만, 축구 경기가 끝난 점심시간에 선생님은 혁이를 불러 점심을 같이 먹으면서 오후에 진행될 마라톤 경기에 안 나가겠느냐고 물었다. 직장일이 바빠 운동회에 오지 못한 엄마 때문에 시무룩해 밥을 먹던 혁이의 눈이 금세 반짝였다. 선생님은 그러는 혁이를 대견한 눈길로 보며 역시, 하고 머리를 끄떡였다. 천성적인 운동체질에 강한 자신감을 가진 애가 아니고서는 그런 눈빛을 보일 수 없는 것이었다고 선생님은 후에 나를 만난 자리에서 말해주었다.

그날 저녁, 나는 퇴근하는 길에 전통시장에 들려 물 좋은 고등어를 샀다. 고등어 구운 것을 무척 좋아하는 혁이 때문이다. 아침에 운동회에 나가자는 혁이의 청을 들어주지 못한 것에 대한 미안함 때문이었는지도 모른다. 고등어가 한창 노랗게 익어갈 무렵 혁이가 "엄마"하며 환한 모습으로 들어섰다. 가슴엔 육상 선수의 모형을 새긴 노란 트로피까지 안고 말이다.

"엄마, 이게 뭐겐?"

"그건?"

나는 급히 달려가 혁이가 내미는 트로피를 받아 쥐며 이리저리 살폈다. 아래에 '전교 마라톤 일등'이라는 금박으로 쓴 글이 눈에 들어왔다.

"아니 이걸 네가?"

"응. 내가 일등해 탔어. 상급생들까지 전교 선발 선수들이 다 참가한 마라톤 경기에서 말이야."

혁이가 엄지손가락을 빼들며 어깨를 솟군다.

"아니 넌 마라톤 경기가 아닌 축구 경기에 나간 거 아니었니?"

"맞아. 근데 체육 선생님이 내 인내력과 힘을 보겠다고 오후에 날 마라톤 경기에 추천했어. 내가 일등까지 할 줄은 몰랐던 거 같아. 히히."

나는 격해 우쭐해서 웃는 혁이를 와락 그러안았다. 눈에서는 저도 모르게 눈물이 솟았다.

벅찬 일은 그것뿐이 아니었다.

한 달 후에 진행된 시내 학교 간 대항 운동대회가 끝난 며칠 후 경기에서 남다른 특기에 따른 우수한 실력을 보여준 혁이에게 유명한 K유소년축구선수단 감독님이 찾아왔다.

운동장에 혁이를 직접 데리고 나온 감독님은 여러 각도로 공을 차보게 하면서 만족한 웃음을 지었다고 한다.

혁이를 K유소년축구선수단 단원으로 뽑고 싶다는 말을 그날 저녁 감독님에게서 나는 직접 전화로 연락받았다.

"혁이 어머니, 혁이는 훌륭한 축구 선수감입니다. 혁이처럼 타고난 체력에 빠른 몸놀림과 속도는 아무나 가질 수 있는 것이 아닙니다. 절 믿고 맡겨 주신다면 앞으로 국가대표가 될 수 있게 잘 키워 보겠습니다."

나는 그 말을 듣는 순간 눈물이 앞서고 목이 꽉 메어 올라 미처 대답을 못했다. 한국에 오길 잘했구나, 하는 생각이 나의 사유를 온통 격정으로 흔들었다. 그와 함께 어린 혁이와 압록강을 넘길 수밖에 없었던 일도 주마등처럼 흘렀다. 그렇게 된 데는 비운으로 가득 찬 나의 가정사와 연관이 있었다.

2

혁이가 축구 재능이 남다르다는 것을 알아본 사람은 남편이었다. 남편은 없는 시간을 일부러 짜서 매일이다시피 운동장에서 혁이와 공놀이를 했다. 부자가 공을 차며 어두워져도 들어올 줄 몰라 밥상을 차려놓고 기다리다 못해 난 자주 짜증을 냈다. 그 짜증은 잠자리에서까지 이어졌다. 그럴 때면 남편은 히죽히죽 웃으며 나를 꼭 껴안고 진짜 복덩이를 낳아줘 고맙다고 했다. 복덩이라니, 대체 그 복덩이가 누구냐고 하자 누구긴? 우리 아들, 혁이가 바로 복덩이 중의 진짜 복덩이라며 남편은 나를 안은 팔에 힘을 실었다. 뭘 보고 그러는지 물을 사이도 없이 "진짜 축구 천재라면 천재야 아홉 살 나이에 킥이 좋고 몸놀림과 판단이 그렇게 빠를 수가 없어. 난 매일 놀라오, 그런 애가 내 아들이라니, 여보 우리 혁인 크면 꼭 큰 선수가 될 거요. 아참, 당신이 그런 천재를 낳다니, 당신 역시 보배덩이야, 아이고 요 보물덩이"남편의 입술이 내게로 육박하면 나는 일부러 몰인정하게 밀어낸다.

"정신 좀 차려요. 장사 기질이나 특별하다면 몰라. 이 세월에 축구는 무슨."

"이런? 여보 혁이는 남자야. 남자가 돈 같은 거 따르면 돼? 이제 보우. 나라를 대표하는 축구선수가 될 테니, 공화국축구선수 말이야 공훈체육인? 아니면 인민체육인? 허허 혁인 크면 꼭 그렇게 될 거요. 내가 그렇게 만들겠소. 두고 보우 당신."

"어련하겠어요? 그 아버지에 그 아들이겠죠. 잘해 봐요."

내 말속엔 빈정거림이 가득했다.

"어허 왜 자꾸, 큰일 칠 아들을 놓고…… 당신은 기쁘지도 않소?"

"나라꼴을 봐요. 식량공급이 안 돼 지금 불법밀수로 밥을 먹으면서 그런 소리가 나와요?"

"아, 거야 일시적이겠지. 그리고 따져보면 지금 이 시기가 그렇게 나쁜 것도 아니지 않소. 국가식량공급이 제대로 될 때보다 밀수이긴 하지만 우린 지금 더 많은 걸 얻고 있잖소."

"그만 좀 해요. 난 매일 매 시각이 불안해요. 외화벌이에 몸담고 있는 당신이 자꾸 잡혀가는 꿈을 꾼단 말에요. 돈과 식량이 문제예요? 사람이 이렇게 불안해서야 산해진미에 묻혀 산들, 살로 가 겠어요?"

"별걱정을, 하긴 외화벌이가 교화벌이란 말이 공공연히 돌고 있 긴 하지만 설마 내가?"

"당신이 적임자지. 직접거래를 위해 자주 국경을 넘어 다니잖 아요. 중국에 가서도 당신 진짜 말과 행동 조심해야 돼요. 부탁이 에요."

"아 됐소. 쓸데없는 소릴, 그러다 그 말이 정말로 씨가 되겠소. 내가 당신을 두고 가긴 어딜 가? 난 말이야 세상이 두 쪽 난다 해 도 혁이와 당신 곁을 떠나지 않겠소."

"혁이 일로 기뻐할 때만은 아니에요. 지금 상황이 집안에 천재 가 났다 해도 빛을 보긴 일러요. 거목이 되자면 토양이 걸고 햇빛 이 필요한 거 아니겠어요?"

"그렇긴 해, 당신 말도 일리가 있어. 그래도 희망을 가지고 살아 야지 나라가 계속 이 모양이겠소. 몇 시요? 지금."

벽을 쳐다보니 벌써 자정이 넘었다. 남편이 속삭였다.

"여보, 우리 어제 보던 남조선 드라마 한 편 더 봐야지?"

"정말? 여보 오늘은 축구 경길 보면 안 될까요? 오늘따라 난 그 게 더 보고 싶은데……."

"흐흐 당신, 말은 빈정대도 혁이가 축구천재 기질이 있다니까 더 기분 좋아 이러는 거지?"

"아이 참. 현실이 어두워서 그러지 나라고 혁이 일이 왜 안 반갑 겠어요. 어서요."

"알았소."

남편은 2002년 한일 월드컵 대항전을 담은 USB를 찾아 텔레비 전에 연결시켰다. 이미 본 것이지만 보고 또 봐도 싫지 않은 영상 이었다. 화면에 나오는 것은 다름 아닌 한국과 스페인의 8강전 경 기였다. 나 역시 하나뿐인 아들이 축구 천재 기질이 있다는 말에 오늘따라 더 보고 싶었다. 혁이도 같이 곁에 앉히고 보고 싶었지 만 후일이 두려워 참았다.

국경도시인 양강도 혜산의 압록강 변에 사는 우리 부부는 밀수 로 들어오는 한국 영상물들을 사거나 빌려서 이렇게 몰래 보곤 했 다. 들키면 사활이 결정되는 짓이지만 지금 생각하건데 그런 목숨 건 시청이라서 중독성이 매우 강했다고 생각된다. 우리와 같은 민 족이지만 다른 환경에서 잘 살고 있는 남쪽 사람들이 공경되고 부 럽기도 했다. 그날 밤 내가 부쩍 한일 월드컵 경기를 보고 싶었던 것도 그런 내적 심정과 관련된다. 만약 남쪽나라에서 혁이가 태어 났더라면 축구천재 기질이 제대로 빛을 보고 성장할 것이라는 생 각도 당연히 했다.

나는 화면에 나오는 홍명보라는 한국 선수가 유럽의 강호인 스 페인의 꼴 문에 공을 차 넣는 것을 보며 눈물을 흘렸다. 나도 모르 게 감격이 한가득 차올라서다. 처음 보는 장면도 아니지만 홍명보

선수가 다 큰 혁이로 보여서다. 나는 몰래 숨어서 숨을 죽이고 보는 처지라는 것도 잊고 벌떡 일어나 짝짝 박수를 쳤다. 남편도 나와 같은 상념에 빠졌다가 박수를 친 것 같았다. 둘이 마주보며 박수를 치다가 누가 먼저랄 것도 없이 입에 손가락을 갖다 댔다. 그러고는 킥킥 웃었다. 마치 아들 혁이가 축구 국가대표 선수가 돼 골을 넣은 것처럼, 그것이 우리 부부의 꿈이었고 희망이었다.

하지만 현실은 가혹했다. 한 달쯤 지난 그해 늦가을 마침내 일이 터졌다. 일이 되려고 그랬는지 아니면 이런 일이 일어날 줄 미리 알고 남편이 그렇게 조처했는지 혁이는 평양에 있는 할아버지 집에 가 있고 없을 때였다. 외화벌이단위 주축이었던 남편이 중국에 출장을 나갔다가 들어오는 길로 체포되었다. 대상 거래처였던 연변의 중심지인 연길에서 한국 사람과 접촉했고 물물거래를 했다는 죄명으로 국가안전보위부에 체포되었던 것이다. 나는 그 소식을 남편과 같이 일하던 외화벌이 기지장을 통해 전해 들었다. 내가 걱정하던 일이 마침내 현실로 나타났다.

"아주머니도 무사하진 못할 텐데, 그 사람이 무슨 죄명으로 체포되었는가가 문제라면 문제요. 남조선 사람과의 접촉으로 단위 물건을 거래한 것이 드러난다면 이것 보오, 혁이 엄마도 몸을 피해야 하오. 있어 봐야 좋을 건 아무것도 없소. 내 말이 무슨 뜻인지 알겠소?"

"네 생각해 볼게요."

나는 그렇게 대답하고 물러나왔지만 속이 떨렸다. 내 신상이 위험해서가 아니었다. 바로 혁이 때문이었다. 평양에 있다고 잡아가지 못할 건 없었다. 어린 아들까지 위험하다고 생각하니 앞이 아뜩했다. 남편은 이런 일이 일어날 줄 예감했던 게 분명했다. 출장을 떠나기 며칠 전 내가 만약 잘못되면 지체 없이 혁이를 데리고 강을 건너가라고 일렀었다. 그건 또 뭔 소리냐고 하자 사람의 일은 모르니까 미리 대비를 하는 거요. 하며 웃었다. 그때 얼마나 속을 끓였는지 모른다.

피뜩 그 말이 떠올라 나는 급히 집에 돌아가 윗방으로 들어갔다. 그다음 남편이 늘 잠가두는 테이블 아래 서랍을 열었다. 열쇠를 감춰둔 곳은 나도 알고 있었다. 서랍 안엔 USB며 CD가 여러 개 있었다. 모두 한국 영상물이다. 나는 그걸 모두 꺼내 아궁이에 쓸어 넣고 그 위에 장작불을 지폈다. 그다음 아침에 삶아 두었던 국거리를 썰어 국을 앉혔고 쌀을 씻었다. 아니나 다를까 솥이 끓을 무렵 사복한 몇 사람이 지프차를 타고 와서 집 안을 들쑤셨다.

나는 아무것도 모르는 사람처럼 왜 이러냐며 강하게 맞섰다. 당시 나는 시내에서 자존심이 강하기로 소문이 난 여자라 엔간한 일엔 굽어들지 않고 원칙에 어긋난다면 대상이 국가권력기관 사람이라 해도 고분고분하지 않았다. 그러나 이번엔 달랐다. 그들은 뭐 이따위가 다 있냐며 내게 사정을 두지 않고 폭행을 했다. 가만있지 않으면 죽여 버린다며 신발도 벗지 않은 채 종이를 바른 천정이며 벽지를 칼로 마구 찢고 테이블 서랍을 부시고 책장의 책갈피까지 꼼꼼히 수색했다. 아무것도 찾아낸 것이 없게 되자 "네년 짓이지?"하고 한 자가 내 목깃을 쥐고 일으켜 세웠다. 뭣 때문에 이러냐며 내가 항변하자 책임자인 듯한 자가 나서며 "잠깐"하고 소리쳤다.

"지금이 몇 신데 저녁밥을 짓지?" 하며 아궁이를 눈짓한다. 내 목깃을 쥐고 쳐들었던 자가 나를 쥐어뿌리고 휭, 달려가 끓고 있는 솥을 들어 마당에 내 치고 불찌가 이글거리는 아궁이에 물독을 뒤엎어 물을 퍼부었다. 치지직, 하는 소리와 함께 불길이 꺼지며 시커먼 재가 솟구치자 모두 얼굴을 찡그리며 밖으로 뛰쳐나와 옷을 턴다. 그때 물을 부은 자만 그냥 남아 불 꺼진 아궁이 안의 재를 헤집었다. 나는 속이 한 줌만 해졌다. 사전에 나는 물건들을 부지깽이로 꼼꼼히 찾아 이글거리는 불길 속에 집어넣었다. 아직까지 남아 있을 리 없다고 생각했지만 혹시, 하는 조바심이 나를 긴장하게 만들었다. 재를 뒤집던 자가 손을 넣고 뭔가 찾아낸다. 작은 USB였다.

"찾았습니다."

큰 공로나 세운 듯이 의기양양해 책임자에게 넘기는 것을 보며 나는 앞이 아뜩했다.

"그 안에 뭐가 들었는지 차 안 기기에 넣어 보라우."

책임자가 소리쳤다.

나는 물건을 넘겨줄 때 USB를 눈여겨보았다. "잠깐만" 나도 내가 무슨 정신에 그렇게 급한 소리를 치며 마치 새처럼 물건을 든 자에게 달려갔는지 모른다. 아마도 사활이 걸린 그 일촉즉발의 순간에 나나 남편을 지켜야 한다는 본능적 충동이 내 몸을 그렇게 반응하게 했던 것 같다. 내가 물건을 가로채자 얼떨결에 당한 그 사람이 어처구니없다는 듯 허허 웃었다. 나는 USB를 책임자의 코앞에 들이댔다.

"왜 사람을 모함하자고 그럽니까? 목적이 뭐지요?"

"이년이 지금 뭐라는 거야?"

"아궁이에 불찌가 이글거리는데 거기서 꺼낸 물건이 어찌 이렇게 새것 같단 말입니까?"

"뭐?"

책임자는 물건을 들고 세세히 들여다보고는 "이거 어떻게 된 거야" 하고 물건을 재속에서 꺼내온 자를 쳐다봤다.

"그, 그 그게 제가 손으로 닦아서……."

"이런 젠장, 자 볼 것 다 봤으니 이젠 가지."

책임자가 말을 얼버무리는 자에게 눈을 흘기며 말했다.

시내 쪽으로 사라지는 차를 보며 나는 바닥에 퍼더버리고 앉았다. 일이 심상치 않음을 직감으로 느꼈다. 남편을 살려 집으로 보내 줄 심산이라면 저렇듯 모함까지 하며 작정하지 않았을 것이었다. 일단 보위부에 연행되면 그 뒤끝이 치명적이라는 소문이 비로

소 현실로 내 신상에 들이닥쳤음을 나는 실감했다. 몸을 피해야 할 것 같다는 기지장의 말이 다시 내 귀를 후볐다. 지금 당장 연행되지 않은 것만도 다행이었다. 아마도 주머니에서 꺼낸 USB를 재 속에서 꺼낸 것처럼 꾸민 짓이 내게 들켜 일단은 물러간 것인지도 몰랐다.

나는 집 안으로 들어가 흐트러진 물건들을 대충 정리했다. 생각이 고패 쳤다. 남편이 하던 말도 생각나 그날 밤 나는 소꿉친구인 연희를 찾아갔다. 연희는 중국 현지인과 연계돼 탈북 할 사람들을 국경까지 안내하는 브로커였다. 내 사정을 들은 연희는 한참 생각하다가 혁이는 걱정 말고 이 밤 강을 건너가라고 했다. 건너가면 안내할 사람이 있다는 것이었다. 급한 걸음이고 또 혁이를 보살필 안전 문제도 있으니 비용이 비쌀 거라는 말도 했다. 나는 돈은 걱정 말라며 연희를 안심시켰다. 그러나 연희가 부르는 액수를 듣고 나는 깜짝 놀랐다. 중국이나 한국에서라면 몰라도 이곳에선 그 돈이 천문학적 거금이었다. 기가 막혀 입 딱 벌리는 나를 보고 연희는 웃으며 혁이는 내가 돌보겠으니 걱정 말고 빨리 중국을 거쳐 한국에 가라고 했다. 한국이면 그 돈을 이내 벌 수 있을 거라고 했다. 선택의 여지가 없었다. 나는 그 밤 혁이가 있는 평양 시부모집 주소를 연희에게 남기고 눈물을 머금고 압록강을 건넜다.

3

혁이의 일기에서 충격을 받은 그 밤, 나는 잠들 수 없었다. 혁이의 고충과 외로움이 충분히 이해돼서다. 일가친척 하나 없고 엄마인 나 역시 만만찮은 혁이의 축구단 생활비용을 벌려 학부형 모임이나 운동회에도 나가주지 못했다. 거기에 축구단 동료들의 따돌림까지 받는다면 아무리 철의 심장을 지닌 아이라 해도 견디기 어려울 것이었다. 일기에도 있듯 주장인 준혁이란 애가 궁금했다. 대체 어떤 아이일까, 순간 엄마의 본능이 꿈틀거렸다. 마침 날이 밝는 내일 오후에 있을 축구단 강연이 다행으로 생각되었다. 축구단 감독님은 처음 혁이가 탈북한 학생이라는 사실을 몰랐다가 입단한 후 알고 크게 놀랐다고 했다. 그때부터 더 각별히 혁이를 돌봤다며 우리 축구단 아이들이 고생을 모르고 자라 힘들 때 그것을 극복하는 의지가 약하니 내게 혁이의 탈북 경로에 대한 이야기를 부탁해왔다. 생각해보니 감독님은 혁이를 두고 축구단에서 벌어지는 내적 사연을 알고 계신 듯했다. 혁이의 일기나 꿈에 나타난 모든 일과 그리고 감독님의 뜻밖의 부탁이 그것을 증명해주고 있었다.

비로소 내가 강연에서 무슨 말을 해야 하는지 생각났다. 회사에는 이미 시간을 받아둔 터라 다음 날 오후 나는 단정한 옷차림을 하고 단원들 앞에 섰다.

강의실이다. 스물세 명의 학생들이 샛별 같은 눈으로 나를 쳐다보고 있었다. 이 학생들이 바로 K유소년축구단 단원들이었다. 내가 들어서자 주장으로 보이는 애가 우뚝 일어나 "전체 일어섯. 강사 선생님을 향해 경례" 하고 소리칠 때 난 이 애가 바로 준혁이구나, 하고 생각했다. 체격 좋고 영준하게 생긴 아이였다. 그런데 왜 혁이에게 그토록 나쁜 인상을 주는 걸까, 탈북자라서? 그렇다면 이 애는 편벽이 심한 애인가? 그러면서 주장? 순간에 교차되는 생각에 나는 절로 머리를 흔들었다. 강의실은 물 뿌린 듯 조용했다. 나는 입을 열었다. 인사말을 하고 미래의 국가대표로 성장할 여러분들을 축하한다고 말하자 큰 웃음소리가 터졌다. 이어 박수가 일었지만 나는 그 웃음이 담은 의미를 미처 알아채지 못했다.

"한 북한 학생이 있었습니다. 어려서부터 축구에 남다른 재능이 있었던 아이였습니다. 그러나 북한에서는 그 재능을 마음껏 키울 수 없었습니다. 식량 미 공급으로 학교들에선 음악부나 미술, 축구부 같은 것을 운영할 여지가 없었기 때문이었습니다. 국경에서 무역 일을 하며 아들이 지닌 재능을 키워주던 아버지가 어느 날 뜻하지 않은 일로 보위부에 잡혀가자 그 학생은 뒤에 닥칠 후환이 두려워 부득이 탈북의 길에 나설 수밖에 없었습니다. 북한에선 아버지가 정치적 죄명을 쓰고 보위부에 구속되면 그 가족도 연좌제로 영원히 나올 수 없는 관리소에 갇히게 됩니다. 지체 없이 몸을 피해야만 했습니다. 탈북 경로의 안전과 위험성을 검증하기 위해 먼저 탈북한 엄마가 삼 년 만에 국경에 나와 숨어 사는 아들을 부르자 아들은 지체 없이 안내자의 뒤를 따라 강에 들어섰습니다. 순간 긴 불줄기를 뿜는 랜턴 불이 번쩍 빛을 발하고 귀청을 찢는 총성이 울렸습니다. 안내자가 총에 맞아 쓰러지는 환경에서도 열두 살밖에 안 된 아들은 물속으로 자맥질해 들어가 몸을 숨기고 기슭에 닿는데 성공했습니다. 중국 쪽엔 이미 엄마와 브로커들이 아들을 기다리고 있었습니다. 연속 울리는 총성을 피해 우거진 숲에 이르렀을 때 아들은 기진맥진해 정신을 잃고 쓰러졌습니다. 엄마는 아들을 흔들며 "어서 일어나 응? 어서 일어나 한국으로 가야지"하고 안타깝게 외쳤습니다. 엄마의 애타는 소리에 눈을 뜬 아들이 말한 첫 마디가 무엇이었는지 아십니까?"

나는 잠깐 말을 끊고 단원들을 쭉, 둘러보았다. 모두 긴장한 모습들이었다. 어린 아들이 무슨 말을 했는지 누구랄 것 없이 기다리는 진지한 표정이었다.

"열두 살 아들이 뭐라고 엄마에게 말했습니까?"

참지 못한 준혁이가 벌떡 일어나 물었다. 다른 누구도 아닌 준혁이가 그렇게 물어준 것이 나는 무등 반가웠다.

"'엄마, 나 볼, 축구 볼 차고 싶어' 였습니다. 얼마나 차고 싶었으면……."

나도 내가 한 뒷말을 듣지 못했다. 첫 마디에 우렁찬 박수와 환성이 터졌기 때문이었다.

박수는 오래 계속되었다. 이어 나는 뜻밖의 일에 부딪쳤다. 단원들이 나를 보고 박수치는 것이 아니라 뒤쪽에 앉은 혁이에게 돌아서서 박수를 치고 있었던 것이다. 눈시울이 젖어들었다. 혁이도 두 손으로 얼굴을 싸쥐고 책상에 엎드렸다.

그날 강연을 마치고 감독님 방에 들어갔을 때 그곳엔 준혁이도 와 있었다.

"혁이 어머니, 저희들이 잘못했습니다. 그렇지만 혁이도 좀. 실력이 좋은 건 알지만 다른 단원들을 너무 깔보거든요. 그 애들의 실력이 혁이보다 못한 건 사실이지만."

감독님이 웃으며 준혁이의 말을 자른다.

"준혁아 그만해. 혁이 어머니, 오늘 강연 잘 들었습니다. 차후 제가 단원들을 잘 타이르고 일심이 되도록 애쓰겠습니다. 사실 축구는 출전한 열한 명의 선수들 마음이 하나가 되지 않고서는 승리하기 어렵거든요. 혁이 어머니가 이해하십시오. 오늘 강연 이후 모두 하나가 되리라 믿습니다. 왠지 난 그렇게 생각되는군요."

나는 무슨 정신에 인사를 하고 밖으로 나왔는지 모른다. 집에서 엄마 말이라면 고분고분 잘 듣는 혁이에게 그런 면이 있었다는 것이 뜻밖일뿐더러 충격으로 안겨와서다. 그런 이유만으로 북한에 도로 갔으면 좋겠다고 했단 말인가? 물론 아버지 품이 그리워 그랬을 테지만.

그날 저녁 나는 조용히 혁이와 마주 앉았다. 엄마가 왜 자기를 불러 앉혔는지 혁이는 벌써 안 것 같다. 진지하게 하는 내 말을 듣는 아들의 얼굴이 점점 근엄해졌다.

"엄마 걱정 마요. 내가 이제부터 잘할 게요. 난 오늘 나를 향해 박수치는 애들을 보고 가슴이 뭉클했고 이렇게 좋은 애들의 마음을 내가 왜 몰랐는지, 많은 반성을 했어요. 엄마 고맙습니다. 엄마는 내가 잘 되길 그토록 바랐는데…… 내가 그만."

나는 할 말을 잃었다. 눈시울이 뜨거워졌다. 무슨 말이 더 필요할까, 그 나이 때면 충분히 그럴 수 있었다. 문제는 그것이 잘못된 것이고 나아가서 축구단의 승리에 제동을 걸게 된다는 것을 알면 되는 것이었다. 혁이는 그걸 통절한 반성 속에 깨달은 것 같았다. 너무 기특해 나는 와락 혁이를 그러안았다. 그러는 나를 혁이는 조용히 밀어냈다.

"어머니."

"응?"

엄마라 부르지 않고 어머니라 부르는 혁이의 목소리엔 평시에 느껴보지 못한 무게가 있었다.

그 무게가 나를 경직되게 만들었다.

"왜 아버지가 잡혀 간 걸 내게 숨겼어요?"

"그건……."

"내가 아파할까 봐서요? 아니 그건 어머니가 다 큰 아들에게 해서는 안 되는 일이지요. 난 오늘에야 알았어요. 내가 여기 한국에서 반드시 해내야 할 일을 말입니다. 그런 것도 모르고, 난…… 흐흑.”

혁이는 고개를 숙이며 마침내 눈물을 보였다. 그다음 방으로 뛰어 들어갔다.

“혁이야.”

방문 앞까지 따라간 나는 차마 들어가지 못하고 문 앞에 섰다. 혁이의 흐느끼는 소리가 우레 소리처럼 내 가슴을 울렸다. 아들은 지금껏 내가 보아온 철부지가 아니었다. 아버지를 그리며 주위를 경계하고 환경과 기분에 따라 울고 웃는 어린애가 아니었다.

아마도 아버지의 비극이 어린 가슴속에 커다란 바위를 들어앉힌 것 같았다. 근엄한 표정으로 왜 아버지 체포 소식을 숨겼냐고 물을 때부터 나는 혁이가 더는 소년이 아니라는 것을 느꼈다. 눈물이 났지만 가슴은 환희로 끓었다.

혁이는 이후 단 한 번도 나를 실망시킨 적이 없었다. 아버지에 대해 다시 물은 적도 없다.

시일이 지난 어느 휴일에 나는 혁이의 방을 청소하다 책상 서랍에 넣어둔 눈에 익은 일기장을 보았다. 순간 가슴이 울렁거렸다. 또 무슨 사연이 적혀 있을까? 다 큰 아들의 일기장을 들여다본다는 것이 마음에 걸렸지만 나는 용기를 내어 책을 펼쳤다. 밖에 나간 혁이가 들어올지도 몰라 눈에 띄는 대로 마지막 페이지를 읽었다.

2016년 9월 9일 날씨 쾌청함(마치 내 마음처럼).

언젠가 본 글과는 정반대여서 나는 방긋 미소를 짓고 글을 읽었다.

  오늘 감독님이 유소년축구단 대항전이 10월 1일부터 시작된다는 소식을 공식 알렸다.

  전국적 유소년축구단 대항전은 대회에서 우수한 실력을 나타낸 학생 선수들을 뽑아 유소년축구 국가대표팀 후보 선수로 키운다고 한다. 천재일우의 이 기회를 놓칠 수 없다. 그동안 내 실력도 많이 늘었다. 감독님이 분명히 그렇게 말씀하셨다. 단원들과의 연계도 좋아졌다. 나는 꼭 아버지와 어머니의 바람대로 국가대표가 되고야 말겠다. 북한 4·25 축구단 선수로 활약하던 아버지는 너무 이른 나이에 축구를 접고 노동 현장으로 내려가야만 했다 한다. 실력이 부족해서가 아니라 위의 간부들의 눈 밖에 나서라고 했다. 이곳엔 눈치나 나 아닌 다른 사람에게 잘 보일 필요도 없고 오로지 실력과의 싸움이다. 모든 것이 본인인 내게 달렸다는 말이다. 자신 있다. 나는 한다. 어머니가 이 일기를 또 몰래 보지 말았으면 좋겠다. 그래야 달라진 나를 두고 깜짝 놀라실 테니까, 바라는 목표를 알고 지켜볼 때보다 모르고 있어야 그 결과에 심장이 놀랄 정도로 기쁘실 테니까…….

나는 화들짝 놀라 얼른 일기장을 덮었다. 그리고는 청소가 아직

안 끝났다는 것도 잊은 채 급히 아들 방에서 나왔다. 왜 그렇게 얼굴이 붉어지던지, 하지만 가슴 벅차게 뛰는 심장의 박동소리에 나는 나도 모르게 가슴에 손을 짚고 한동안 꼼짝 않고 소파에 앉아 있었다. 환희에 찬 얼굴에는 평생 지어보지 못한 웃음이 넘실거렸다.

4

10월은 금방 다가왔다. 나는 그간 아들이 밤낮으로 뛰는 강도 높은 훈련에 맞춰 음식을 만들고 매일 옷을 갈아입게 준비해주고 어쩌다 집에 들어오면 편히 쉬도록 온갖 노력을 다했다. 감독님도 여러 차례 만났다. 감독님은 나를 만나고 헤어질 때마다 혁이는 걱정 말라며 늘 엄지손가락을 흔들며 만족한 웃음을 짓곤 했다.

드디어 경기 첫날이 밝았다. 10월 1일 오후 네 시. 한강변의 드넓은 공설운동장에서 열린 K유소년축구단과 J축구단과의 경기엔 수천 명의 군중이 몰려왔다. 주말이 아니었지만 나는 회사에 월차를 내고 운동장으로 나갔다. 경기를 시작하기 위해 선수들이 입장했다. 줄을 맞춰 나오는 K축구단 세 번째에 선 혁이가 두리번두리번 관객석을 살핀다. 나는 얼른 일어나 팔을 쳐들었다. 혁이도 맞받아 팔을 흔들고는 감독님처럼 내게 엄지손가락을 쳐들고 히쭉 웃는다. 찌르르 가슴이 뜨거워졌다. 그 순간 내 눈엔 아들이 마치다 자란 아니, 벙글거리는 남편의 모습으로 보였다.

'아 여보. 당신이 지금 이 자리에 있어 혁이의 저 늠름한 모습을 볼 수 있다면 얼마나 좋을까요.'

나는 떨어지려는 눈물을 애써 감추고 돌로 만든 관객석에 앉았다.

긴 호각소리와 함께 경기가 시작되었다. J축구단도 만만찮았다. 최종 공격수로 나선 혁이와 우측 미드필더로 나간 준혁이가 중앙 공격수로부터 받은 볼을 재치 있게 주고받으며 골 문대까지 진출했지만 수비수의 끈질긴 방어로 좀처럼 슛을 날릴 수 없었다. 번마다 최종 공격이 좌절됐지만 내가 보기에도 혁이의 활약이 마치 먹이를 덮치는 맹수의 달림처럼 빨라 저도 모르게 탄성을 지를 정도였다. 나뿐이 아니었다. "저 선수 이제 일을 쳐, 두고 보라니까", "진짜 빨라 공 다루는 솜씨도 남다르고" 모두 혁이의 활약을 두고 하는 소리였다. 하지만 관객석의 바람과 달리 갑자기 변수가 생겼다. 골문 앞에서 수비수의 실수로 빼앗긴 공이 삐어져 나가 상대편 선수의 중거리 슛에 의해 볼은 안타깝게도 그물에 걸렸다. 와, 하는 함성이 일었다.

나는 속상해 눈물까지 났다. '어떻게 해' 그러나 경기는 냉혹했다. 전반전은 그렇게 끝났다.

나는 급해 맞아 쉬고 있는 선수들에게 준비한 음료수 박스를 들고 찾아갔다. 한데 뜻밖의 모습에 나는 어안이 벙벙했다. 모두 나를 반겼고 한 골 차로 뒤지고 있는 상황임에도 선수들은 주눅은커녕 웃고 떠들며 음료수를 마셨다. 나는 혁이에게 다가가 "이길 자신이 있니?" 하고 근심 가득한 눈길로 물었다.

"어머니도 참, 경기는 끝나봐야 알지, 그깟 한 골에 주눅들 우리가 아닙니다. 걱정 마요."

나는 혁이가 말한 우리라는 말에 가슴이 뭉클했다. 오랜만에 들어본다. 혁이의 달라진 모습이 그렇게 대견스러울 수가 없었다.

"혁이 어머니 걱정 알겠습니다. 혁의 말처럼 끝나야 알지요. 음료수 잘 마셨습니다."

준혁이가 다가와 내 손을 잡고 안심시킨다. 뒤에 선 감독님도 그러는 혁이나 준혁이를 대견한 눈빛으로 보며 또 내게 엄지손가락을 쥐어 보였다. 나도 기분이 맑아졌다.

조금 후 후반전이 시작되었다. 그러나 경기 마감 시간이 박두했음에도 상대편 골문을 열 기회는 좀처럼 잡히지 않았다. J축구팀은 지금 이대로 경기를 끝낼 심산으로 수비수를 대폭 증강했고 별로 공격에 나서지 않았다. 90분이 다돼갈 무렵 천금 같은 기회가 찾아왔다. 우측에서 준혁이가 차준 공이 상대편 수비수의 몸에 맞고 맹호같이 돌진하는 혁이의 발에 걸렸다. 개인기가 좋은 혁이가 요리조리 공을 빼돌리며 달려 나온 골키퍼까지 따돌리자 K축구단 응원조가 일제히 자리를 차고 일어났다. 골문 중심에서 불과 십미터도 안 되는 거리다. 가슴에 손을 모아 쥐고 초긴장 속에 어서 혁이가 골문에 공을 차 넣기를 바랐다. 수비수 한 명이 다리를 뻗으며 태클을 걸 때 혁이는 문대로 차 넣어도 될 볼을 달리던 속도 그대로 우측에서 돌진하는 준혁에게 슬쩍 밀어주는 것이었다. 준 혁은 다 차려준 밥상을 뒤엎을 선수가 아니었다.

폭풍 같은 환성이 일었다. 골, 골 관중석에 이는 환호에 나도 섞 였지만 나는 많이 아쉬웠다. 얼마든지 골을 넣을 수 있었는데 왜? 혁이가 달려가 골을 넣은 준혁이를 얼싸안는다. 포옹한 채 운동장 에 뒹굴며 마치 형제처럼 얼굴을 비비는 그 위에 달려온 K선수들 이 마구 쌓이며 뒹굴었다. 나는 가슴이 뭉클했다. 처든 팔을 멈춘 나는 그 장면을 영원히 잊지 않으려 두 눈에 정기를 모았다. 다른 사람은 어떻게 보는지 몰라도 나는 그 장면이 남북의 사람들이 얼 싸 안고 눈물을 흘리며 뒹구는 모습으로 보였다. 눈물이 흘렀다. 7 월 어느 날 우연한 기회에 혁이의 일기를 보고 놀랐던 내가 아니 었다. 저렇듯 일심동체가 되기까지 그들 두 학생은 그간 얼마나 많은 노력을 했을까, 감동의 순간이었다. 나는 축구장 경계선을 맴 돌다가 뛰어온 선수들을 안고 도는 감독님을 우러렀다.

'고맙습니다. 감독님. 우리 혁이를 진짜 축구선수로 키우셨군요.'

혁이를 유소년축구단에 데려가며 훌륭한 국가대표 선수로 키 우겠다던 감독님의 말이 불현듯 떠올랐다. 그간 우여곡절도 있었 지만 혁이는 마침내 자신을 이기고 팀을 위해 헌신하는 유능한 선 수로 자랐다. 경기는 다시 시작됐다. J축구단 선수들은 잃은 점수 를 회복하려는 듯 일제히 공격에 나섰다. 드디어 정규시간이 지나

추가시간이 주어졌다. 2분의 추가시간도 다 흘러 10초를 남겨 둔 시점, K진영으로 돌진하던 J공격수의 발에서 공을 뺏어낸 수비수가 길게 볼을 앞으로 내찼다. 최종 공격에 나선 J진영에는 골키퍼밖에 없는 상황. 좌측으로 날아오는 공을 받은 준혁이가 질풍같이 공을 몰고 달린다. 중앙으로는 혁이가 달렸다. 나는 혁이가 물 위를 스치며 나는 제비처럼 보였다. 그렇게 빠를 수가! 문전 구역에 들어서는 순간 준혁이가 좌측에서 찔러준 볼이 혁이의 발에 걸렸다. 이 절호의 찬스를 혁이는 놓치지 않았다. J선수들이 허겁지겁 달려와 혁이를 에워쌌지만 볼은 벌써 골문 우측을 향해 날아간 뒤였다. 키퍼가 몸을 날렸지만 맹속도로 날아간 공을 잡기엔 무리였다.

와아, K축구단 응원석에 난리가 났다. 꽹과리가 울리고 북소리가 천지를 진감한다. 학부형들이 달려와 나를 그러안고 환성을 지른다. 나는 그때처럼, 당장 가슴이 터져버릴 것 같은 환희를 느껴본 적은 없었다. 숨이 막혔다. 나를 축으로 하늘이 빙글빙글 돌고 돈다. 아, 아, 환희에 따른 격정, 감격, 눈물. 순간이지만 세상 모든 것이 내 작은 가슴으로 날아드는 환각에 나는 그만 돌 의자에 주저앉았다.

혁이의 골로 경기는 마감됐다. 10초. 그 10초의 긴박한 순간에 기적이 일었다. 그 기적의 주인공이 바로 내 아들 혁이다. 2대 1로 K선수단의 승리로 끝난 운동장에선 어린 선수들이 혁이를 목마에 태우고 퇴장하고 있었다. 선수들과 응원단이 한 덩이가 돼 터트리는 환호성이 끊이지 않고 고조되고 있었지만 나는 조용히 운동장을 빠져 나왔다.

나는 강가에 서서 장엄하게 흐르는 한강을 바라보았다. 뒤에선 그때까지 환호성이 그칠 새 없었다지만 내겐 그 소리가 들리지 않았다. 도도히 흐르는 한강물 가운데 그리운 남편의 얼굴이 나타났다. 지금은 어디에서 어떤 고초를 겪으며 살고 있는지, 남편은 웃고 있었다. 나도 마주 웃었다. 눈에선 거침없이 눈물이 흘러내렸다. 오래도록…….

끝없는 '탈脫-'의 궤적을 쫓으며

이자은(문학평론가)

'탈북자(North Korean defectors/refugees)'라는 말이 공식화된 지도 벌써 이십 년이 되었다. 1997년 남한정부는 "북한이탈주민의 보호 및 정착지원에 관한 법률"을 공포함으로써 그간 귀순용사歸順勇士, 월남인越南人 등으로 불리던 월경자越境者를 탈북자로 재규정했다. 냉전의 긴장이 가신 1990년대 후반, 남한정부는 복종, 순종과 같은 의미를 지닌 '귀순'이라는 말을 버리고 일견 탈이데올로기적으로 보이는 '북한 이탈'이라는 단어를 선택했다. '귀순자/월남자'로부터 '탈북자'로의 변경에는 그들의 존재론적 전환이 암시되어 있다. '脫-北'이라는 한자가 적나라하게 보여주듯, 그들을 지칭하는 말에는 더 이상 도달해야 할 지점, 정착해야 할 땅이 명시되지 않는다. 끝없는 '이탈-(ex-)'의 삶만이 남게 된 것이다. 그들은 1995년

유엔난민고등판무관사무소(UNHCR)가 인정하는 난민이 되었다.

국경을 넘든 북에 머물러 있든, '탈-북자'가 된다는 것은 기존의 사회와 체제로부터 뱉어내어진 존재가 된다는 의미다. 북한은 이미 세계자본주의로부터 고립된 뱉어내어진 존재, 예외적인 존재다. 그 안에 살아가는 개인들은 또다시 기득권 체제로부터 끊임없이 배제되어 간다. 그들은 북한이 내세웠던 경제원칙으로부터, 식량배급에서, 직장에서, 기존의 삶의 터전과 공동체에서 예외적 존재가 되어간다. 그리고 예외적 존재가 포화상태에 이르게 되었을 때, 그들은 고향에 머물러 있으면서도 '탈-북자' 곧, 난민이 된다. 장마당에서는 당국이 금지한 불법 거래가 성행하고(「초상화 금고」), 건장한 청년은 '꼬리 없는 소'가 되어 밭을 간다(「꼬리 없는 소」). 탈북자를 난민으로 인정하지 않는 중국에서는 사정이 더 참담하다. 오로지 생존을 위해 동포가 동포를 속이기도 하고(「서기골 로반」), '가부장제-자본주의' 이중착취 구조에서 젊은 여성의 몸은 생존을 위한 수단으로 전락하기도 한다.(「붉은 댕기머리 새」) 그러나 남한에 도착한다고 해서 평안한 삶이 기다리고 있는 것은 아니다. 두고 온 가족의 탈출 자금을 마련하기 위해 남한 사회에서 또다시 경제적 난민으로 떨어진다.(「봄비 내리는 날」, 「초대받지 않은 손님」) 이 글은 끝없는 '탈-'의 궤적을 쫓으며 그 과정에서 만난 삶의 모습을 전하기로 한다.

붕괴된 공동체의 모습

도명학의 「꼬리 없는 소」는 트랙터와 일 소는 물론 노동력마저 귀해진 '과부촌' 마을에서 제대군인 용우가 '인간 소'가 되어 밭을 간다는 이야기다. 소가 된 용우와 가대기를 끌고 뒤따르는 박 영감은 일하는 내내 투덜거린다. 그리고 이들이 일하는 밭에는 "혁명적 군인정신으로 살며 일하자!"라는 구호판이 홀로 서 있다. 당원이 되기 위해 소가 된 용우와 그런 용우에게 혁명적 군인정신을 앙양하고 섰는 외로운 구호판이 아이러니를 발생시킨다. 그러나 유머러스한 사건 뒤로 언뜻언뜻 스치는 마을의 모습은 결코 가볍지 않다. 이 마을이 평양에서 추방된 사람들의 마을이라는 것, 남편들이 잡혀가거나 처형되어 '과부촌'이 되었다는 것, 이십여 호 가운데 다섯 명이 행방불명자가 되었다는 것, 그들은 인신매매꾼들에게 스스로를 팔아 국경을 넘어 갔다는 것이 용우와 박 영감 뒤로, 혁명적 구호판 뒤로 어렴풋하게 제시되어 있다. 소설의 진짜 아이러니는 여기서 발생한다. 허물어지는 공동체를 배경으로 용우와 박 영감이 번갈아가며 소가 되어 밭을 가는 상황. 팔려가는 여자들과 소가 되는 남자들, 참혹하게 또 우스꽝스럽게, 그렇게 고향은 무너져 내리고 있다.

설송아의 「초상화 금고」는 점차 '자본주의-가부장제' 사회로 진입하는 북한 사회에서 최약자로 전락해가는 여성의 삶을 본격적으로 보여준다. '장마당'이 생겨나자 진옥은 타고난 장사수완으로 가정을 꾸려나간다. 남편은 간부 집안 아들이었으나 당비마저 아내에게 얻어 쓰는 형편이 된다. 진옥은 살아남기 위해 돈이 될 만한 품목을 불법 제조·거래하고, 보위부의 눈을 피하기 위해 수령님의 초상화 뒤에 비밀 금고를 마련한다. 소설의 제목이기도 한 '초상화 금고'는 북한 사회에서 '수령의 초상(국가권력)-금고(자본)'가 표리일체의 관계를 이루고 있다는 것을 폭로한다. 나아가 당원인 남편의 폭력과 배신으로 진옥이 보위부에 잡혀가고 만다는 소설의 결말은, '가부장-국가-자본'이라는 권력의 카르텔이 여성과 같은 하위주체의 몫을 탈취함으로써 지탱된다는 것을 보여준다. 설송아의 소설에는 세계자본주의의 예외적 존재로서 포섭되어 버린 현재 북한 사회의 기형적 권력구조와 그 작동 방식이 드러나 있다.

한편, 이지명의 「확대재생산」은 1980년대 '외화벌이 생산전투'가 한창이던 탄광을 배경으로 철무와 은옥의 연애사건을 그리고 있다. '생산전투-절약'이라는 '확대재생산'의 구호와 젊은 남녀의 연애사나 '확대재생산'하는 당 간부들의 모습이 대조되면서 작가의 비판적 시각이 드러난다. '사상 검열'에 대한 비판이 철무의 입을 통해서 직접 표출되면서도, 해학적 어조를 일관되게 유지하고 있다는 점도 특기할 만하다. 또, 80년대 북한 탄광의 모습과 젊은이들의 연애는 이 작품에서만 엿볼 수 있는 귀한 장면이라 하겠다.

월경越境의 비-법지대非-法地帶

북한에서 탈출한 이들이 남한에 혹은 제3국에 도착하기까지 가장 많이 경유하는 나라가 중국이다. 그러나 중국은 현재 탈북자를 난민으로 인정하지 않고 있어, 중국 내 탈북자들은 어떤 국제법의 보호도 받지 못한다. 따라서 탈북자들은 인신매매, 노동착취 등에 무방비로 내몰린다. 김정애의 「서기골 로반」은 중국 내 탈북자들의 처지를 담은 소설이다. 덕만과 순옥은 탈북자들을 숨겨준다는 서기골 로반(사장)의 집에 도착한다. 그런데 이들을 기다리고 있는 것은 밤낮 없는 노동이며, 로반은 이들의 약점을 빌미로 임금도 제대로 지급하지도 않는다. 그런데 어느 날 '가짜 공안' 소동으로 탈북자들이 모두 뒷산에 숨는 일이 벌어졌는데, 이 일로 로반 역시 탈북자임이 밝혀진다.

「서기골 로반」이 중국 산골마을에서 은신하여 살아가는 탈북자들의 고단한 삶을 다소 해학적인 에피소드로 그려냈다면, 이정의 「붉은 댕기머리 새」는 탈북 여성의 수난을 좀 더 사실적으로 그려낸 소설이다. 장 씨네 세 가족과 은별이 엄마는 함께 압록강을 건넜다. 장 씨 가족은 운 좋게 조선 음식점에 자리를 잡게 되지만, 그저 마음만 착한 은별이 엄마는 어렵게 고용된 식당에서도 쫓겨나기 일쑤다. 장 씨는 은별 엄마가 떠나주기를 바라게 되고, 하루라도 빨리 양식을 구해 돌아가고자 했던 은별 엄마는 업자에게 속아 몸을 팔게 된다. 소설에서 자주 확인되는 바, 국경을 넘으면서부터 경제활동이 가능한 이들은 대개 여성이다. 여성의 몸은 이미 '상품화'되어 북에서 온 어떤 재화보다도 태환성兌換性이 높으며, 업자에게 인신매매를 당하거나 속았다 하더라도 그녀들에겐 호소할 제도적 장치가 없기 때문이다. 어느 날 장 씨 가족은 공안에게 쫓기게 되면서 그나마 마련했던 기반을 모두 잃어버리게 된다. 이때를 기다렸다는 듯, 조선족 동포는 장 씨에게 아내를 '창녀'로 내놓으라고 협박한다. 두 여자의 운명은 약간의 시차만 있을 뿐, 둘 다 법적 보호를 받을 수 없는 난민 여성의 비극 한가운데 있다. 작가는 은별 엄마가 자신을 저버렸던 장 씨네를 돌보아주는 것으로 이야기의 결말을 내면서 절망 가운데 희망의 불씨를 살려놓는다. 그러나 이들이 비-법의 지대에 비-존재로 살아가는 한, 이 극적인 희망 역시 또 한 번의 유예일 뿐이라는 것도 자명하다.

불가능한 정착

유영갑의 「봄비 내리는 날」과 정길연의 「초대 받지 않은 손님」은 남한 도착 후 가족을 찾기 위해 정착금을 모두 써버리고 재-난민이 된 인물을 그리고 있다는 점에서 공통적이다. 먼저, 「봄비 내리는 날」의 동수는 연변에서 동생 동희와 헤어졌다. 일단 살고 보자는 마음에 동생을 한족 남자에게 딸려 보냈지만, 한 번 헤어지고 나니 만날 방법이 요원했다. 대한민국 여권을 받아들고 연변을 몇 번이나 찾아갔으나 동희의 소식은 알 수 없었고, 그동안에 정착지원금으로 받은 아파트 보증금은 녹아 없어졌다. 이러한 사정은 「초대 받지 않은 손님」의 현우도 마찬가지다. 현우의 아버지는 다니던 공장이 멈춰 서자 술로 세월을 보낸다. 할머니와 여동생이 연이어 죽고, 현우는 인민군 입대를 앞둔 시점에 도강한다. 현우는 구사일생으로 남한에 도착하고, 다행히 사립 명문대까지 입학하게 된다. 남한에서 자리 잡을 즈음, 고향에서 소식이 들려온다. 그의 '배신'으로 아버지가 고초를 겪고 동생마저 위험하다는 것이다. 현우는 임대아파트 보증금에다 정부 생활지원금, 비상금까지 털어 고향으로 보낸다.

이처럼 두 소설의 주인공은 비슷한 선택을 한다. 그들은 천운으로 남한에 정착하게 되지만, 남은 가족을 찾기 위해 정착지원금을 모두 써 버린다. 그러나 이들의 운명은 전혀 다른 결말로 치닫는다. 「봄비 내리는 날」의 동수에겐 기다리던 동희의 소식이 날아든다. 막 내리기 시작하는 봄비와 방금 껍질을 깨고 나온 병아리는 동수 남매의 앞날을 축복하는 듯하다. 반면 「초대 받지 않은 손님」의 현우는 고층 아파트 엘리베이터를 기다리고 있다. 전 재산을 털어 동생의 탈출자금을 마련하고, 그것이 잘 전달되었다는 확인을 받고서, 죽음을 결심한 것이다. 상이한 결말에도 불구하고, 탈북자들의 남한 사회에서의 삶이 결코 순탄치 않다는 것은 분명해 보인다. 그들은 삶의 기반 전부를 걸고 북에 남은 가족들을 구출하려 한다. 탈출의 과정은 끝없이 남아 있고, 그 과정에서 이들은 어렵게 도달한 남한 사회에서도 다시 이탈된 존재가 되어 간다.

덧붙여 「초대 받지 않은 손님」에는 몇 가지 중요한 징후가 드러나고 있다는 점도 지적하고 넘어가야 하겠다. 주인공 현우는 '현우/상철'로 분열되어 있고, 또래 탈북자 금화는 '소윤'이 되어 과거를 잊고자 한다. 이는 탈북자들이 자신을 보존하면서 남한 사회에 적응해 가는 것이 아니라, 환경에 맞추어 전혀 다른 사람이 되어 감을 의미한다. 결과 그들에게는 분열 혹은 단절이라는 극단적인 선택지만이 남는다. 또 하나 중요한 지점은, 현우가 같은 학교 학생들을 '평양 아이들'에 비유하면서 위화감을 느낀다는 것이다. 반면, 남한의 경제적 하위 계층이라 할 수 있는 편의점 아르바이트생에게서는 친밀감을 느낀다. 사실 '탈북자'라는 정체성이 단일한 어떤 것일 리가 없다. 현우에게는 같은 북한 출신의 '평양 아이들'보다 말씨가 다른 남한의 편의점 아르바이트생이 더 친밀한 것이다. 이는 소설에서 스쳐 지나가는 에피소드지만 '탈북자'라는 명명에 가려 간과할 뻔한 중요한 점을 지적해준다. 탈북자들이 남한 사회의 계층 구조 속에 재편되는 조건은 출신지에만 국한되지 않으며, 계층 구조 내에서 이들은 남한 소외자들과의 연대 가능성을 타진해 나가게 된다.

한편, 박주희의 「꿈」은 한국에 입국한 후 삼 년 만에 아들(혁)을 중국에서 데려온 엄마의 이야기다. 온갖 어려움 끝에 아들을 데려왔건만, 그는 또래의 남한 아이들과 잘 어울리지 못한다. 더욱이 축구 선수가 되려는 혁이에게 동료들의 따돌림은 치명적이다. 몰래 엿본 혁이의 일기장에는 남한 아이들의 시선에서 받은 상처와 그들에 대한 적개심, 아빠에 대한 그리움, 정체성의 혼란 등 나이에 비해 무거운 고민들이 담겨 있다. 그러나 엄마라고 해서 모든 것을 보듬어 줄만큼 생활이 녹록치 않다. 모자는 각자의 역할에서 고군분투한다. 이야기는 혁이가 친구들과 멋진 '팀플레이'를 보여주는 것으로 활기차게 끝난다. 작가는 연약한 희망일지라도 포기하지 않길 바라는 듯하다. 낯선 얼굴들이 조금씩 서로의 진심을 열어나갈 때, '꿈'은 뜨거운 포옹이 되어 살갗에 와 닿는다.

월남문학에서 탈북문학까지

지금까지 '탈북문학'이 놓여 있는 공간적 자리를 더듬어 보았다. 북한으로부터 제3국을 거쳐 남한으로, 혹은 또 다른 국가로 끝없이 월경을 거듭해야 하는 탈북자들의 이야기는 한국문학의 공간적 배경을 확장해놓았다. 그러나 월경자의 탈출 서사가 갑자기 출현한 것은 아니다. 시간적 축을 따라 가면, 해방직후 월남/월북

문인들의 문학이 있으며, 한국전쟁과 그 이후의 '월남문학', '귀순자 문학'이 있다. 그리고 1990년대 후반에 이르러는 '탈북문학'으로 명명된다. 8·15 해방부터 한국문학은 '전쟁-냉전-세계자본주의체제'라는 세계사적 문제와 연동하면서 분단문학의 특수성을 담지하고 있었던 것이다.

이성아는 「얼음불꽃」에서 단절되어 있는 문학사적 시간을 거슬러 올라 북한에서 불우한 삶을 마감한 이태준을 조명해낸다. 잘 알려져 있는 바와 같이 이태준은 정지용, 김기림, 이상, 박태원 등과 더불어 '구인회'를 조직하기도 했던 1930년대 한국 문단을 대표하는 작가다. 그러나 「얼음불꽃」에서 그려내고 있는 이태준은 북한에서 집필금지를 당하고 신문사 교정원으로 전락한 쇠락한 모습이다. 일제말기라는 냉혹한 시대를 버티며 가까스로 지켜온 가치가, 그것을 위해 각자의 입장에서 맞잡았던 연대가, '당 문학'이라는 정치권력 아래에서 사그라져가는 모습이 몰락한 작가의 시선을 통해 드러나고 있다.

한편, 방민호의 「윤혜영은 죽지 않았다」는 북한의 '높은 사람'의 사랑을 거절하고 애인과 동반 자살을 기도했다는 북한 가수 '윤혜영'과 그녀의 삶을 추적하는 남한 신문기자 '채홍옥'의 삶을 병치해서 보여준다. 윤혜영과 채홍옥은 각기 권력자-높은 사람과 부장-에 의해 사랑을 강요받고 있다. 사랑의 진실성은 삭제되고, 권력의 부당한 힘이 이들의 삶을 강제하고 있다는 점에서, '윤혜영-

채홍옥'이 나누어 가진 공동의 운명은 남북 사회의 상동적 구조를 암시한다. 그런데 죽었다는 윤혜영은 매스컴에 나타나고, 비극의 주인공은 따로 있다는 어느 시인의 증언이 이어진다. 채홍옥은 윤혜영이 죽지 않았다는 것을 알게 된 날, 부장의 손아귀에서 벗어나기로 결심한다. 홍옥은 혜영이 죽지 않았다는 일말의 희망으로 자신의 길을 선택하지만, 그녀가 내딛는 길은 세찬 비의 연무 속에 잠겨 있다. 진실은 쉽사리 모습을 드러내지 않을 성싶다.

비와 연무 속에서

월남작가라 일컬어지는 이호철은 1961년 「판문점」이라는 소설을 발표했다. 주인공 진수는 남북회담 취재 차 판문점을 방문하고, 그곳에서 북쪽 여기자를 만나 이야기를 나눈다. 비를 피하며 그들은 좀 더 가까워지고, 돌아서는 진수의 마음에 그녀는 꽤 크게 자리 잡는다. 그러나 1961년 「판문점」에서 짧은 순간이나마 가능했던 어떤 교감과 사랑이, 2018년 '윤혜영-채홍옥'의 서사에서는 삭제되어 있다. 이들을 적시는 세찬 비는 반세기를 훌쩍 넘어 계속되고 있지만, 이젠 잠시 비를 피할 곳도 없다. 게다가 진실과 거짓, 권력과 사랑의 경계선마저 흩어버리는 연무마저 자욱하다. 문학사에서 전자는 월남문학에, 후자는 탈북문학에 놓인다. 양자 사이에 놓인 시간은 악화일로였던 것 같다. 그동안 개인의 삶은 양쪽 모두 권력이라는 껍데기만 남긴 채 허물어져 왔는지도 모른다. 진실은 더 요원해지고 희박해져 버렸는지도 모른다. 그러나 윤혜영이 어디서 어떻게 살아 있을지라도, 살아 있다는 그 이유로 홍옥은 부장의 손아귀에서 벗어나는 걸음을 시작한다. 그녀는 한동안 비와 연무 속을 뚫고 나아가야 할 테고, 우리는 쉽사리 희망을 기약할 수도, 낙관을 제시할 할 수도 없다. 그럼에도 이쪽과 저쪽에서 목숨을 건 '탈脫-'의 뜀박질은 계속되고 있다. 그들이 갈구하는 것은 밥 한 공기의 생존에서 사랑과 자유라는 보편적 가치에까지 이른다. 그 가치를 수호하는 것은 우리 모두의 몫일 테다. 우리는 그들 삶의 궤적을 쫓는 고단한 일을 멈출 수가 없다.

언젠가 2017년 한반도의 상황을 다루는 대하소설이 나온다면, 그 소설은 매우 아슬아슬하고 숨 막히는 분위기를 묘사하고 있을 것이 분명하다. 남한의 극적인 정권교체와 평화에 대한 소망에도 불구하고 북한의 일관된 핵개발과 미국의 강력한 대북 제재는 전쟁으로 가는 길과 평화로 가는 길 사이를 줄타기하면서 일 년이라는 시간을 간신히 지탱해왔기 때문이다.

2018년 1월 1일, 이런 숨 막히는 분위기가 반전되어 북한의 김정은 위원장은 신년사를 통해 평창올림픽 참가를 발표했고, 이어 북한 선수단과 예술공연단, 그리고 최고 지도자들이 평창올림픽에 참가하면서 평화의 흐름이 조성되었다. 이런 극적인 반전이 오랫동안 지속되는 평화의 서막일지, 아니면 폭풍 전야의 일시적인 고요함일지 현재로서는 알 수 없지만, 우리는 멀리 내다보면서 미래를 준비하는 동시에 현실을 직시하며 현재를 성찰하지 않을 수 없다.

북한 인권을 말하는 남북한 작가의 공동 소설집이 세 번째로 출간된다.『꼬리 없는 소』에 실린 총 열 편의 소설은 북한을 떠날 수밖에 없었던 사람들의 절박한 상황으로부터 남한 정착의 과정에서 겪고 있는 어려움까지 넓고 깊게 조망되어 있다. 굶주린 고향을 등진 이들의 고난이나 슬픔, 법적 보호를 기대할 수 없는 제3국에서의 애환은 분단 한국의 특수한 사정을 보여주기도 하지만, 거대한 규모의 난민의 시대가 갖고 있는 세계적 동시성을 증거 하는 문제이기도 하다. 삼 년이라는 연륜이 쌓인 만큼, 이번 소설집에는 '탈북'이라는 문제의 특징을 예리하게 포착한 작품들이 실려 있다. 소설이 선취한 인간다운 삶의 모습은 역사적 사회과학적 연구와 사회적 토론을 이끌어가는 화두가 될 것이라고 기대한다.

서울대학교가 추진하고 있는 학문적 통일기반조성사업은 인문학과 사회과학뿐 아니라 의학이나 공학 등의 모든 학문영역에 걸쳐 있고, 2017년에는 학내 28개 연구소들이 참여할 정도로 확충되어왔다. 이 공동소설집 역시 이 사업의 중요한 결실이다. 삼 년째 남북 작가가 함께 하는 소설집을 기획하고 있을 뿐 아니라 손

수 작품을 쓰고 있는 국어국문학과의 방민호 교수의 노고가 없었더라면, 이런 귀중한 선물은 우리에게 주어지지 않았을 것이다. 고통스러운 기억을 끄집어내 살아 있는 경험으로 재구성해준 모든 작가 분들에게 감사를 드린다.

서울대학교 통일기반 조성사업은 성낙인 총장님의 든든한 지원으로 지속되고 있다. 감사를 드리지 않을 수 없다. 아울러 이 책의 편집과 출판을 맡아 준 도서출판 예옥에도 고마움을 전한다. 이 소설집에 담겨 있는 인간적 삶에 대한 회구가 우리 사회의 많은 사람들의 공감을 이끌어내고 나아가 한반도의 평화를 가져오는데 조금이나마 기여할 수 있기를 기대한다.

2018년 2월 9일 평창올림픽의 개막식을 보면서
통일평화연구원장 정근식 씀